Mord auf den ersten Blick

Roman

Claudia Evelyn Schulze

© Copyright 2017
Claudia Evelyn Schulze
747 Venus View Dr.
Vista, CA 92081
USA

1. Auflage 2017
Erstveröffentlichung: 28. Oktober 2017

Alle Rechte vorbehalten

Gestaltung: Claudia Evelyn Schulze

Herstellung und Druck
siehe letzte Seite

ISBN: 9781973184201

Dies ist eine fiktive Geschichte. Sämtliche Handlungen und Figuren in diesem Roman sind frei erfunden. Ähnlichkeiten mit real existierenden Personen und Ereignissen wären rein zufällig.

Alle Rechte, insbesondere das Recht der Vervielfältigung und der Verbreitung sowie der Übersetzung, vorbehalten. Kein Teil des Werkes darf auch nur auszugsweise ohne vorherige Genehmigung durch die Autorin gespeichert, verarbeitet, vervielfältigt, verbreitet oder veröffentlicht werden.

Inhalt

Kapitel 1	5
Kapitel 2	11
Kapitel 3	14
Kapitel 4	20
Kapitel 5	35
Kapitel 6	39
Kapitel 7	49
Kapitel 8	52
Kapitel 9	56
Kapitel 10	66
Kapitel 11	75
Kapitel 12	82
Kapitel 13	87
Kapitel 14	91
Kapitel 15	98
Kapitel 16	105
Kapitel 17	115
Kapitel 18	119
Kapitel 19	126
Kapitel 20	131

Kapitel 21	138
Kapitel 22	146
Kapitel 23	157
Kapitel 24	166
Kapitel 25	173
Kapitel 26	176
Kapitel 27	181
Kapitel 28	190
Kapitel 29	195
Kapitel 30	199
Kapitel 31	205
Kapitel 32	214
Kapitel 33	220
Kapitel 34	226
Kapitel 35	237
Kapitel 36	242
Kapitel 37	249
Kapitel 38	253
Die Autorin	258
Bisher erschienen	258

1

»Und dass das klar ist: Ich verlange absolute Diskretion.«

»S... Selbstverständlich«, stotterte ich eingeschüchtert, doch der unfreundliche Anrufer konnte mich nicht mehr hören. Er hatte schon grußlos aufgelegt.

Eine unheilvolle Vorahnung überfiel mich. Wie bei einer schief zugeknöpften Jacke war gleich zu Anfang irgendetwas schief gelaufen und ich hatte es zu spät bemerkt. Wütend auf mich selbst knallte ich das Handy auf die Couch. Warum hatte ich Idiotin diesen unsympathischen Macho nicht mit irgendeiner Ausrede abgewimmelt? Stattdessen hatte ich einen Unbekannten in meine Wohnung bestellt!

Bob, der neben mir lag, hob den Kopf und sah mich aus dunkelbraunen Hundeaugen vorwurfsvoll an. Meine immer gut gelaunte Zottelhundmischung konnte es überhaupt nicht leiden, wenn ich laut wurde.

»Sorry, Bob.«

Ich beugte mich zu ihm und kraulte ihn versöhnlich hinter dem Ohr.

»Aber wenn alles gut geht, habe ich in einer Stunde hundert Euro verdient und du weißt ja selbst, wie dringend wir das Geld brauchen.«

Mein bester Freund legte den Kopf schief und seufzte.

»Wenn du auf mich aufpasst, wird schon alles gut gehen«, beruhigte ich mehr mich als ihn. »Du kriegst auch ein leckeres Entenröllchen.«

In Aussicht auf seine Lieblingsspeise ließ Bob zufrieden die Schnauze wieder zwischen die Vorderpfoten sinken.

Warum saß ich eigentlich noch jammernd hier herum? Bevor mein erster Kunde auftauchte, gab es noch jede Menge zu tun!

Ich sprang auf und stopfte hastig alles, was in meinem winzigen Wohn-, Schlaf- und Arbeitsapartment herumlag, unter die Couch. Dann lief ich ins Badezimmer, stäubte etwas Gesichtspuder über die hektischen Flecken auf meinen Wangen und trug rosa schimmerndes Lipgloss auf. Prüfend betrachtete ich das Ergebnis im Spiegel. Perfekt war anders, aber es musste eben gehen. Nur das ausgewaschene T-Shirt mit dem Minnie Mouse Aufdruck ging gar nicht! Ich spurtete ins Schlafzimmer, doch kaum hatte ich die Schranktür aufgerissen, klingelte es bereits Sturm.

In der nächsten Sekunde war Bob hellwach. Er bellte, als gelte es, eine Großdemonstration der Briefträgergewerkschaft in unserem Hausflur aufzulösen. Eilig lockte ich ihn mit einem Entenröllchen auf seine Decke.

»Bleib und rühre dich nicht vom Fleck«, schärfte ich ihm ein. »Außer, er tut mir was. Dann beißt du ihm die Kehle durch.«

Obwohl mindestens siebzig Prozent gutmütiger Tibet Terrier in ihm steckten und er nicht größer war als eine Reisetasche, konnte meine Fellnase äußerst gefährlich wirken. Vor allem, wenn sie ein Entenröllchen verteidigte.

Ich nahm sein genüssliches Schmatzen als Bestätigung, holte tief Luft und ging zur Tür, um meinen Besucher hereinzulassen.

Zwei grüne Augen blitzten mich aus dem düsteren Hausflur an. Der dazugehörige Mann bearbeitete gerade zum zweiten Mal ungeduldig meinen Klingelknopf. Ärger und Ungeduld wechselten sich in seinem Mienenspiel ab. Mein erster Eindruck vom Telefon hatte mich also nicht getäuscht: Was für ein unmöglicher Kerl! Ein ausgesprochen attraktiver Kerl allerdings, soweit ich das bei den mangelhaften Lichtverhältnissen in meinem Treppenhaus beurteilen konnte. Unwillkürlich stockte mein Atem. Ich kannte nur einen Mann, der ähnlich gut aussah und das war mein schwuler Nachbar aus dem Dachgeschoss.

Doch dieses Prachtexemplar hier war ganz offensichtlich Hetero, sonst hätte er mich ja nicht angerufen. Ich sah ihn misstrauisch an. Was in aller Welt wollte er bei mir? Ein Typ wie er hatte das doch überhaupt nicht nötig!

Diese Augen. So einen Farbton hatte ich noch bei keinem Menschen gesehen. Ein stechendes Grün, fast wie bei einer Raubkatze. Eine Strähne hatte sich aus seinen leicht gelockten dunklen Haaren gelöst und hing ihm vorwitzig in die Stirn. Die Stoppeln seines Drei-Tage-Barts waren gerade noch kurz genug, um als businesstauglich durchzugehen.

Anscheinend war er gerade aus seinem klimatisierten Büro gekommen, denn an diesem warmen Augusttag trug er einen dunkelblauen Zweireiher. Die schwarzen Derbys mit Profilsohle und das weiße Hemd, bei dem statt einer Krawatte die obersten beiden Knöpfe offen standen, verliehen dem edlen Outfit eine lässige Note. 'Puristische Eleganz' nannten Fashion Blogger diesen Modestil.

Der Typ sah nicht nur blendend aus, er hatte augenscheinlich auch Kohle. Na, wenigstens musste ich mir um meine Bezahlung keine Sorgen machen!

Endlich gelang es mir, meinen Blick von ihm zu lösen.

»Bitte kommen Sie rein«, bat ich ihn.

Mr. Traummann ging selbstsicher an Bob, der zähnefletschend an seinem Entenröllchen kaute, vorbei in mein Wohnzimmer.

»Möchten Sie ablegen?«

Welchen hohlen Mist schwafelte ich eigentlich? Die grünäugige Sahneschnitte raubte mir den Verstand! Bedauerlicherweise sah es nicht so aus, als ob sie sich auf einen längeren Aufenthalt bei mir einrichtete.

Statt seines Sakkos reichte mir der Mann ein Blatt Papier: »Ich habe alles, was Sie brauchen, ausgedruckt. Ich erwarte das Ergebnis bis achtzehn Uhr. Bringen Sie es in einem neutralen Umschlag persönlich bei meiner Sekretärin vorbei. Hier ist die Adresse.«

Er griff in die Jackentasche und förderte eine Visitenkarte zutage.

»Wie gesagt, strengste Diskretion. Ich kann mich auf Sie verlassen.«

Das war keine Frage, sondern ein Befehl.

Ohne eine Antwort abzuwarten, drehte er sich um und verließ meine Wohnung genauso dynamisch, wie er sie betreten hatte. Entgeistert sah ich meinem Blitzbesucher hinterher, wie er die vier Stufen hinuntersprang, die meine Hochparterrewohnung von der Eingangstür trennten.

Als die Haustür ins Schloss gefallen war, atmete ich erleichtert auf. Eine aquatisch kühle Wolke eines markanten Aftershaves hing noch immer in der Luft. Bevor sie mir vollends die Sinne vernebeln konnte, drückte ich schnell meine Wohnungstür zu.

Das unheilvolle Gefühl, das ich schon am Telefon gehabt hatte, überfiel mich wieder. Doch ich konnte nicht wählerisch sein, wenn ich in den nächsten vier Wochen nicht mit dem Hut in der Fußgängerzone sitzen wollte. Die Nürnberger Werbeagentur, die ich gemeinsam mit meiner Freundin Jill führte, blieb im August geschlossen, weil auch die meisten unserer Kunden Betriebsurlaub machten. Und während Jill, die als Diplombetriebswirtin besser mit Geld umgehen konnte als ich, zu einem Selbstfindungsseminar nach Indien entschwebt war, war mein Konto schon jetzt so leer wie ein Adventskalender am 25. Dezember.

Als kreativem Kopf und Texter unserer Agentur war mir natürlich sofort eine rettende Idee gekommen, wie ich das finanzielle Sommerloch überstehen konnte: Ich hatte einen Flyer entworfen und mehrere hundert davon in den Briefkästen der gut betuchten Stadtviertel verteilt. Darin bot ich als Sommerspecial die individuelle Gestaltung von Einladungen für unvergessliche Gartenpartys und andere Sommerevents an.

Leider hatte sich bisher nur ein Einziger daraufhin gemeldet: Der Typ, der soeben meine Wohnung verlassen hatte. Seine Idee von einem gelungenen Sommerevent schien ein trautes Tête à tête mit einer Frau zu sein, die er gerade auf einem Dating-Portal gefunden hatte. Ich sollte nun eine Kennenlern-E-Mail für ihn texten. Das hatte zwar überhaupt nichts mit dem zu tun, was ich angeboten hatte, aber sein Geld würde unseren Vierwochenvorrat an Entenröllchen und Schokoladenkeksen bezahlen. Den horrenden Preis von hundert Euro, den ich für diese wenigen Zeilen gefordert hatte, hatte er anstandslos akzeptiert. Höchste Zeit, endlich damit zu beginnen.

Ich ließ einen Espresso aus meinem Kaffeeautomaten, öffnete die letzte Schokokekspackung und setzte mich an meinen Esstisch, der gleichzeitig mein Home Office war.

Während mein Notebook hochfuhr, versuchte ich, mich gedanklich in die Situation des merkwürdigen Kauzes zu versetzen. Kein Wunder, dass er auf einer Dating-Webseite nach einer Partnerin suchte. Keine normale Frau würde sich im Alltag in dieses gefühlskalte Alphatier verlieben! Die Arme, die die E-Mail, die ich für diesen Unsympath formulieren sollte, erhalten würde, tat mir jetzt schon leid!

Ich blickte auf den Ausdruck. Klar, dass er sich ein blondes Fotomodell geangelt hatte. Yara hieß die Schöne, die unter dem Nicknamen 'eternallove' nach der großen Liebe suchte. Neidisch betrachtete ich ihr Foto. Die Natur hatte ihr nicht nur ein hübsches Gesicht mitgegeben, sondern unfairerweise auch noch alle anderen Eigenschaften, die man als Traumfrau brauchte. Alles an der blonden Schönen war makellos und zeugte von stilsicherem Geschmack, bei dem es auf ein paar hundert Euros hin- oder her nicht ankam.

Ob sie wohl genauso eine reiche Zimtzicke war wie der Grünäugige? Anders als er lächelte sie fröhlich in die Kamera und sah eigentlich ganz nett aus. Hoffentlich war sie charakterlich stark genug für - wie hieß das Ekel eigentlich? Ich warf einen Blick auf die Visitenkarte: Engelmann.

Moment mal.

Engelmann?

Lars K. Engelmann?

Das eben war *der* Lars K. Engelmann gewesen?

Den Namen hatte ich schon oft gehört, aber bis eben

hatte ich kein Gesicht damit verbunden. Ich grinste. Die Chancen standen gut, dass Yara in Lars den perfekten Partner sah, spätere Heirat mit profitabler Scheidung nicht ausgeschlossen. Denn bei meinem unfreundlichen Klienten handelte es sich um keinen Geringeren als den Inhaber der Metrocity Kinokette und damit einen der reichsten Singles der Region.

Natürlich durfte ich das in der E-Mail, die ich für ihn schreiben sollte, auf keinen Fall erwähnen. Schließlich war ich zu absoluter Verschwiegenheit verpflichtet.

Also musste mir in den nächsten drei Stunden und fünfundvierzig Minuten etwas anderes einfallen, das Yara unverzüglich zu ihrem goldummantelten iPad greifen ließ, um den unsensiblen Multi-Millionär zu kontaktieren.

Dabei hasste ich es, zu lügen! Missmutig machte ich mich, ein Regal voller Schokokekse vor Augen, an die Arbeit.

2

Viertel vor sechs raste ich, den Fuß abwechselnd auf Gaspedal und Bremse, durch die Stadt. Auf dem Beifahrersitz lag ein unbeschrifteter Umschlag, in den ich außer dem E-Mail-Text an Yara noch ein paar schnell aus dem Ärmel geschüttelte Textproben für Kinowerbeslogans gesteckt hatte.

Nicht auszudenken, wenn wir durch diesen Zufall bei der Metrocity-Group den Fuß in die Tür kriegten, um einen Auftrag für unsere Werbeagentur an Land zu ziehen! Rein karmatechnisch musste die Begegnung mit dem launischen Ekel ja für irgendetwas gut sein.

Doch zuerst musste ich Yara von Lars überzeugen. Ich war guter Dinge. Mit ein paar werbewirksamen Worten hatte ich die gefühlskalte Froschnatur in einen warmherzigen Märchenprinzen verwandelt. Selbst ich hatte mich beim abschließenden Korrekturlesen fast in meine Version von Ekelmann, Pardon, Engelmann verliebt.

Ich parkte im Halteverbot und schlüpfte eine Sekunde, bevor der Pförtner die Tür absperrte, noch durch den Haupteingang des Glaspalasts, von dem aus die Metrocity-Verwaltung ihre Fäden spannte.

Atemlos sprang ich in den Aufzug, der soeben eine Handvoll Mitarbeiter in der fröhlichen Erwartung ihres Feierabends ausgespuckt hatte und drückte auf den obersten Knopf. Die Türen schlossen sich und die vollverspiegelte Kabine schwebte in die Chefetage.

Auf der rasanten Fahrt nach oben blickte mich mein Spiegelbild stirnrunzelnd an. Ich wusste selbst, dass ich dringend zum Friseur musste. Verglichen mit Yaras Foto war mein Aussehen so aufregend wie ein Besuch auf dem Einwohnermeldeamt. Nervös zupfte ich an meinen Haaren. Vielleicht würde ich mir von den hundert Euro, die ich gleich in Empfang nahm, ja mal pinkfarbene Strähnchen in meine langweiligen dunkelbraunen Haare machen lassen?

Ich knöpfte die coole pinkfarbene Jeansjacke, für die ich gerade meine letzten Euros ausgegeben hatte, bis zum Hals zu, damit man wenigstens das Minnie Maus Shirt nicht sah. Hoffentlich bemerkte auch niemand die Pfotenabdrücke, die Bob am Oberschenkel meiner Jeans hinterlassen hatte.

Im zehnten Stock kam der Aufzug zu einem sanften Halt. Die schweren Edelstahltüren schwangen geräuschlos auseinander und gaben den Blick in eine marmorbelegte Empfangshalle frei.

In der Ferne, hinter einem edlen Tresen mit indirekter Beleuchtung, bewachte ein Empfangsdrache die Milchglaswand, hinter der sich die Firmenleitung versteckte.

Ich steuerte auf sie zu, peinlich bemüht, die Gummisohlen meiner Sneakers so vorsichtig auf dem hochglanzpolierten Fußboden aufzusetzen, dass sie nicht bei jedem Schritt unanständige Töne von sich gaben.

Die Empfangssekretärin, die gekleidet war, als käme sie gerade von einem Sektempfang im Buckingham Palast, sah an mir herab, als wäre ich heute bereits das dritte Mal hier, um Freitickets zu schnorren.

»Grüß Gott. Ich möchte etwas für Herrn Engelmann abgeben«, erklärte ich und versuchte mich an einem gewinnenden Lächeln.

»Legen Sie es hier hin«, wies sie mich kühl an und wand sich wieder dem Computer zu.

Folgsam legte ich den Umschlag auf die hohe Theke.

»Was ist denn noch?«, fragte sie ungehalten, als ich mich nach dreißig Sekunden noch immer nicht in Luft aufgelöst hatte.

Ich grinste verlegen.

»Meine Bezahlung.«

»Schreiben Sie eine Rechnung.«

Sie legte geschäftsmäßig den Telefonhörer an ihr mit einem auffälligen Ohrring verziertes Ohr und tippte mit dem rot lackierten Fingernagel spitz auf eine Taste der Telefonanlage.

»Aber wir hatten Bargeld vereinbart. Ich glaube, das war Herrn Engelmann lieber«, flüsterte ich, um das Tuten des Freizeichens nicht zu unterbrechen.

Sie betrachtete mich ein weiteres Mal abschätzig von oben bis unten.

»Ohne Rechnung geht hier gar nichts. Wer sind Sie eigentlich?«

Mir war inzwischen so heiß, dass ich befürchtete, meine Jeansjacke würde bereits Schwitzflecken unter den Achseln zeigen.

»Janin Sommer. Ich bin Werbetexterin.«

»Dann schreiben Sie eben eine Rechnung für einen Werbetext. Das kann doch nicht so schwer sein.«

Die schmallippige Hexe drückte auf einen weiteren Knopf und bellte in den Hörer: »Was heißt, Sie wollten gerade gehen, Meyer? Herr Engelmann wartet auf Ihren Bericht. Wie? Natürlich noch heute Abend.«

Mit der anderen Hand machte sie eine Bewegung in meine Richtung, als verscheuche sie ein lästiges Insekt.

Ich warf ihr einen Blick zu, den ich eigentlich für meinen Tankwart reserviert hatte, der den Benzinpreis immer dann heruntersetzte, wenn ich vollgetankt aus seinem Hof fuhr. Dann gab ich ihr noch exakt sechzig Sekunden, um mich zu ignorieren, bevor ich mich umdrehte und mit laut schmatzenden Schritten zurück zum Aufzug lief.

Frauen wie Yara konnten in High Heels tanzen. Ich konnte nicht mal in flachen Schuhen über einen Marmorboden laufen, ohne mich zu blamieren.

Im letzten halben Jahr als Single hatte ich mich wirklich zu sehr gehen lassen. Es war höchste Zeit für eine Veränderung.

3

Am nächsten Morgen klappte ich säuerlich meinen Notebookdeckel auf und verschwendete weitere fünf Minuten damit, eine Rechnung zu schreiben, damit der fiese Millionär seine Privatausgaben auch noch von der Steuer absetzen konnte. Ok, ich hatte sowieso nichts Besseres zu tun. Aber alles in allem hatte ich bereits so viel Zeit in diesen dämlichen Auftrag investiert, dass ich selbst mit dem Sammeln von Pfandflaschen mehr verdient hätte.

Zudem bereute ich nach meinem Besuch in Ekelmanns Glaspalast zutiefst, Textproben abgegeben zu haben. Hoffentlich hatte er sie schon in den Papierkorb geworfen, denn für eine Firma, in der ein derartiger Umgangston herrschte, wollte ich auf keinen Fall arbeiten. Selbst wenn ich völlig pleite wäre - das Metrocity-Gebäude würde ich nicht einmal mehr betreten, um dort aus dem zehnten Stock zu springen.

Missmutig klebte ich eine Marke auf den Umschlag, die meinen Stundensatz endgültig unter den gesetzlichen Mindestlohn drückte und nahm Bob an die Leine, um die Rechnung in den nächsten Briefkasten zu werfen.

Ende der Woche wetteiferten mein Konto und mein Schreibtisch immer noch darum, wer von beiden leerer war. Mein Kühlschrank hatte beste Aussichten auf den dritten Platz.

Ich hatte es ja geahnt: Mein E-Mail-Text war den extravaganten Ansprüchen des verwöhnten Millionärs nicht gerecht geworden. Die hundert Euro konnte ich mir wohl abschminken. Na gut, dann musste ich eben Bobs Halsband und meinen Gürtel enger schnallen.

Selbst meine Eltern konnte ich erst in zwei Wochen anpumpen, denn sie waren gerade auf Teneriffa. Doch nichts hasste ich mehr als diesen Gedanken, denn dann musste ich mir endlich eingestehen, dass mein Vater recht gehabt hatte und meine Selbstständigkeit nicht so perfekt lief, wie ich mir das seit Jahren einredete.

Aber noch hatte ich zwei Wochen Zeit für ein Wunder.

Ich suchte in meinem Tiefkühlfach nach dem letzten Schokokeks, den ich für Tage wie heute dort versteckt hatte und riss die letzte Entenröllchenpackung für Bob auf.

Immerhin hatte ich etwas bei dieser kläglichen Aktion gelernt: Von jetzt an arbeitete ich für Neukunden nur noch gegen Vorauskasse. Außerdem würde ich nie mehr einen fremden Mann zu mir nach Hause bestellen. Denn gerade meldeten alle Zeitungen, dass nur wenige Straßen von mir entfernt eine junge Frau von einem Unbekannten in ihrer Wohnung ermordet worden war.

Am Sonntagabend lümmelte ich in Leggings und einem überdimensionalen Wohlfühlshirt mit dem Notebook auf der Couch und guckte Yogavideos auf YouTube. Google, mein Berater in allen Lebenslagen, hatte das vorgeschlagen, um mein seelisches Gleichgewicht wieder herzustellen, und wie immer hatte Google recht. Ich fühlte mich bereits so glücklich und sorgenfrei wie ein umhäkelter Baum und war kurz davor, einzudösen, als sich rhythmisches Pochen in meine spirituelle Sitzung mischte.

Erst als Bob leise wuffte, realisierte ich, dass das inzwischen penetrant gewordene Klopfen nicht von einem Specht, sondern von meiner Tür kam. Nun bearbeitete der rücksichtslose Störer auch noch meinen Klingelknopf. Bobs Wuffen erreichte auf der Skala von Null bis Briefträger eine Fünf. Das konnte doch nur wieder die Kuh aus den ersten Stock sein, die sich ständig über irgendetwas beschwerte! Genervt rutschte ich von der Couch, stapfte, so schnell es meine Einhorn-Plüschpantoffeln zuließen, in den Flur und riss geladen die Tür auf.

Im schummrigen Treppenhaus funkelten zwei stechend grüne Augen, die das Licht aus meiner Wohnung wie Katzenaugen reflektierten.

Engelmann? Was wollte der denn noch von mir? Um diese Zeit? Das konnte nur eines bedeuten: Er hatte erst am Sonntagnachmittag Zeit gefunden, meine brillante Textprobe zu lesen, und war sofort persönlich vorbeigekommen, um uns die Zusammenarbeit mit seiner Firma anzubieten!

So schmeichelhaft das war, ich war fest entschlossen, abzulehnen. Aber die Gelegenheit war günstig, ihn auf meine hundert Euro anzusprechen. Ich holte entschlossen Luft und sah ihm herausfordernd in die Augen.

Doch schon im nächsten Augenblick verkroch sich mein Selbstbewusstsein unter den Abtreter. So kalt wie er mich ansah, war der arrogante Steuerbetrüger höchstens gekommen, um sich über die nicht ordnungsgemäße Aufschlüsselung meiner Rechnung zu beschweren.

»Ich brauche deine Hilfe«, stellte er statt einer Begrüßung fest.

Es war einfach unglaublich, wie respektlos dieser Typ war! Erst tauchte er hier an einem Sonntagabend unangemeldet auf und dann duzte er mich auch noch.

Aber was sah er wieder gut aus! Heute trug er eine schlichte schwarze Lederjacke, die vermutlich mehr gekostet hatte, als ich im vergangenen Jahr an meinen Vermieter abgedrückt hatte, dazu Jeans und Sneakers. Den Reißverschluss der Jacke hatte er gerade so weit geöffnet, dass er den Blick auf ein weißes T-Shirt freigab, unter dem sich zweifellos ein attraktives Sixpack verbarg. Zudem stieg mir die Mischung aus echtem Lederduft und seinem charakteristischen Rasierwasser unverschämt verführerisch in die Nase.

Verlegen rückte ich mein viel zu großes XXL-Shirt mit der verwaschenen Tinkerbell gerade, das mir von der linken Schulter gerutscht war. Mit dem Ergebnis, dass nun meine rechte Schulter unbedeckt war.

Engelmanns Mundwinkel wanderten einen halben Zentimeter nach oben und verzogen sich zu einer Art Grinsen, was mich noch mehr aus der Fassung brachte.

Doch im nächsten Augenblick hatte er sich bereits wieder im Griff und fixierte mich mit stahlharter Miene. Ich schaltete mein Gehirn wieder ein. Was hatte er gesagt? Ich sollte ihm helfen? Wobei?

»Hat ... Hat Yara denn nicht auf Ihre E-Mail reagiert?«, stammelte ich verunsichert.

»Doch«, antwortete er knapp.

»Das freut mich aber!«, rief ich erleichtert aus.

Yara hatte ihm geantwortet! Daher also sein kurzes Grinsen. Wie die Liebe einen Menschen doch verwandeln konnte! Die Gelegenheit musste ich unbedingt nutzen, um auf meine überfällige Rechnung hinzuweisen.

Doch noch bevor ich den Mund öffnen konnte, fuhr er kühl fort: »Das ist es ja gerade, warum ich jetzt in Schwierigkeiten bin. Du bist die Einzige, die mir jetzt helfen kann.«

Das konnte doch nur bedeuten, dass ich ihn bei seinen weiteren Anbahnungsversuchen unterstützen sollte! Der Typ war nicht nur taktlos, er war auch völlig unbeholfen, wenn es darum ging, eine Frau anzumachen. Aber das kam ja gar nicht in Frage! Auf keinen Fall würde ich jemals wieder für das Ekel arbeiten! Nein danke, das erste Erlebnis mit ihm hatte mir gereicht.

»Es tut mir leid, Herr Engelmann, aber ...«, setzte ich höflich an und verstummte, als er an mir vorbei in mein Wohnzimmer ging.

Was fiel diesem ungehobelten Klotz eigentlich ein? Gleich würde er sich auf meine Couch setzen, die Füße auf den Tisch legen und mich auffordern, ihm einen eisgekühlten Martini zu mixen! Natürlich geschüttelt und nicht gerührt.

Doch irgendetwas hatte dieser im Umgang mit Frauen offensichtlich völlig überforderte Typ an sich, das mich davon abhielt, ihn hochkant rauszuwerfen. Außerdem würde Yara es mir danken, wenn ich ihm ein paar Ratschläge für ihr erstes Date mit auf den Weg gab.

Aus reiner Frauensolidarität zeigte ich auf den Esstisch

und er nahm Platz. Ich zog einen Stuhl auf der anderen Tischseite heran und setzte mich ebenfalls.

Wir saßen uns nun gegenüber wie zwei Profischachspieler, jeder auf den Zug des anderen lauernd. Engelmann machte den ersten: Er beugte sich herunter, um den neugierig herangekommenen Bob zu streicheln. Bob rollte auf den Rücken und Engelmann begann, seinen Bauch zu massieren.

Erst als ich ungeduldig mit den Fingern auf die Tischplatte trommelte, richtete er sich wieder auf und sah mich mit dem undurchsichtigen Ausdruck eines Serienkillers an. Ein kühler Türkiston hatte sich in seine Pupillen gemischt. Ich fröstelte.

»Wie kann ich Ihnen denn nun helfen?«, murmelte ich und versuchte vergeblich, meine Augen aus diesem Eismeer zu lösen.

Endlich legte mein emotionsloser Besucher los. So sachlich, als ob er die Tagesschau moderierte, erklärte er, was ihn zu mir getrieben hatte und mit jedem seiner Worte lief mir ein neuerlicher kalter Schauer über den Rücken.

Lars K. Engelmann war nicht etwa gekommen, weil ich ihm helfen sollte, die Blonde näher kennenzulernen. Denn das war seit vorgestern gar nicht mehr möglich.

Yara war die Frau, die in meiner Nachbarschaft ermordet worden war.

Und zwar an dem Abend, als Lars Engelmann sie besucht hatte.

Doch falls man ihm Glauben schenken konnte, war sie bereits gestorben, bevor er das Treppenhaus betreten hatte.

»Ich muss wissen, ob mich jemand gesehen hat, damit ich meine nächsten Schritte planen kann«, endete er.

»Aber ... Aber da kann ich Ihnen nicht helfen, da müssen Sie einen Privatdetektiv engagieren«, stieß ich fassungslos hervor.

»Bist du wahnsinnig?«, brauste mein Gegenüber auf, »Ich werde den Teufel tun und noch jemanden einschalten! Wenn die Presse herausbekommt, dass ich an dem Abend, an dem die Frau umgebracht worden ist, bei ihr war, bin ich geliefert!«

Wieder gefasst fügte er hinzu: »Du bist die Einzige, die davon weiß. Du musst in ihr Haus gehen und so unauffällig wie möglich die Nachbarn befragen. Finde heraus, ob einer von ihnen etwas beobachtet hat.«

»Das mache ich auf keinen Fall«, wehrte ich entschieden ab.

»Doch, das machst du«, bestimmte er. »Schließlich hast du mich in das Schlamassel gebracht.«

Zwei stechend grüne Augen unterstrichen die Dringlichkeit dieser Forderung.

Mit kaltem Entsetzen starrte ich zurück.

Ganz allmählich sickerte in mein Bewusstsein, wie tief ich bereits in der Sache mit drin steckte. Eine Gänsehaut legte sich wie ein kratziges Frotteehandtuch um meinen Nacken. Ich hatte mich mit einem unberechenbaren Exzentriker, vielleicht sogar einem Mörder eingelassen!

Dessen Augenfarbe hatte sich gerade in tiefes Samtgrün verwandelt. Die bittenden Augen passten nicht zu dem, was er sagte. Sie logen nicht. Hinter der harten Schale steckte ein zutiefst verunsicherter Mann.

Bob, der feinste Antennen für Stimmungsänderungen besaß, war aufgestanden und saß jetzt neben Engelmanns Stuhl, als wolle er seinem neuen Freund zur Seite stehen.

»Ich gebe dir tausend, Cash«, sagte dieser, griff in die Innentasche seiner Jacke und blätterte zehn makellose Hunderteuroscheine auf meinen Tisch.

Ich sah wie hypnotisiert auf die Tischplatte und schluckte. Lars Engelmann griff noch ein weiteres Mal in seine Tasche. Diesmal förderte er eine Tüte Entenröllchen zu Tage, die er wortlos daneben legte.

Nun blickte mich auch noch ein zweites Augenpaar flehentlich an.

Unschlüssig sah ich zwischen den beiden hin und her.

»Ok, was muss ich tun?«, gab ich schließlich nach.

4

Da die Parkstraße, in der Yara Atasoy gewohnt hatte, von meiner Wohnung nur durch den Stadtpark getrennt war, brachte ich Bob nach unserem Morgengassi heim und machte mich zu Fuß auf den Weg.

Das Internet war nicht allzu hilfreich gewesen, als ich versucht hatte, genauere Informationen über den Mordfall zu bekommen. Der Polizeibericht und die Webseite unserer Tageszeitung teilten nur in einem kurzen Satz mit, dass die Mordkommission nach dem Fund einer leblosen Frau in einem Wohnhaus in Nürnberg Ermittlungen aufgenommen hatte.

Engelmanns gestrige Version war gewesen, dass Yara auf die E-Mail, die ich für ihn geschrieben hatte, geantwortet und ihm anscheinend genauso unbesorgt wie ich ihre Adresse gegeben hatte. Als er sie am nächsten Abend zur verabredeten Zeit besucht hatte, war sie tot auf der Treppe vor ihrer Dachgeschosswohnung gelegen. Engelmann war noch auf dem Treppenabsatz umgekehrt, in sein Auto gesprungen und aus dem Hof gerast.

Ich sollte nun, ohne Aufsehen zu erregen, herausfinden, ob ihn jemand dabei beobachtet hatte.

Das konnte ja nicht allzu schwer sein. Ich würde Yaras Nachbarn einfach alle der Reihe nach in ein bisschen Small Talk verwickeln. Da Yara nicht in einem Hochhaus wohnte, waren dies die am schnellsten verdienten tausend Euro meines Lebens. Oder zumindest neunhundert, denn ich war mir nicht sicher, ob die Bezahlung für meinen vorhergehenden Auftrag mit Engelmanns zweitem Angebot abgegolten war.

Im Gegensatz zu den altehrwürdigen, aber noch nicht renovierten Häusern in meiner Straße, in denen vor allem Studenten und ausländische Familien lebten, bestand die Parkstraße aus aufwendig renovierten Jugendstilhäusern, die teuer vermietet wurden. Auch das Haus, in dem Yara gewohnt hatte, wirkte wie aus einem Denkmalschutz-Prospekt. Es bestand aus vier Etagen mit makellos hellen, für die Stadt typischen, Sandsteinquadern und einem neu gedeckten Dachgeschoss. Es gab zwar keine Balkone, doch viele der erneuerten Sprossenfenster waren bodentief und hatten einen angedeuteten französischen Balkon.

Während einige Nachbarhäuser trendige Cafés und hippe kleine Läden mit ausgefallenem Schnickschnack beherbergten, war das Haus ein reines Wohnhaus. Eine breite Einfahrt führte in einen sauber gepflasterten Hinterhof, in dem sich auch der Hauseingang befand. Die Anwohner konnten hier der katastrophalen Parksituation im Innenstadtbereich entfliehen. Zu dieser vormittäglichen Stunde war der Parkplatz bis auf ein silberfarbenes Porsche 911 Cabrio leer.

Auf einer modernen Edelstahlkonstruktion neben dem Eingang, die auch die Briefkästen beherbergte, befanden sich fünf Namensschilder, die gleichzeitig als Klingelknopf dienten. Auf dem obersten Schild stand 'Atasoy', die Bewohner der Stockwerke darunter hatten vier biedere deutsche Nachnamen. Nichts deutete darauf hin, dass hinter diesen wohlsituierten Mauern vor nur wenigen Tagen ein grausamer Mord geschehen war. Beim Gedanken an die junge Frau, die noch vor ein paar Tagen nichts ahnend nach der großen Liebe gesucht hatte und jetzt mit einem Schild am großen Zeh im Leichenschauhaus lag, lief mir ein Schauer über den Rücken.

Ich beschloss, mit der Wohnung, die direkt unter Yaras lag, zu beginnen, und drückte entschlossen auf das Klingelschild des dritten Stocks. Gerade als ich aufgeben und zum nächsten Knopf übergehen wollte, gab die Sprechanlage doch noch ein Rauschen von sich und eine Frauenstimme schnarrte: »Ja bitte?«

»Frau Müller? Ich hätte ein paar Fragen an Sie«, begann ich planlos.

Warum hatte ich mir nichts zurechtgelegt? Was, wenn

keiner der Nachbarn mit mir sprechen wollte? Warum sollten sie das auch tun?

»Kommen Sie auch von der Polizei?«, krächzte es aus dem Lautsprecher.

»Ja, genau!«, rief ich erleichtert und der Summer ertönte.

Das war noch nicht einmal gelogen. Auf meinem Fußmarsch durch den Stadtpark war ich ja tatsächlich einer Polizeistreife begegnet.

Ich stieg auf einem roten Läufer, der mit goldenen Halterungen links und rechts an den knarzenden Holzstufen verankert war, in den dritten Stock, wo mich bereits eine Dame mit Rollator erwartete. Sie hatte in etwa das Alter und das Ausmaß ihrer bunt verglasten Jugendstil-Wohnungstür, die sich in voller Breite über den Treppenabsatz erstreckte.

Ausgezeichnet! Mit älteren Mitmenschen kam ich besonders gut zurecht. Irgendetwas hatte ich an mir, dass jede Seniorin dazu veranlasste, mich lückenlos über ihren Gesundheitszustand seit Einführung der Krankenkassenkarte zu informieren.

Die rüstige Rentnerin rückte resolut die Häkelstola, die sie über dem geblümten Kleid trug, zurecht und musterte mich skeptisch vom Scheitel bis zur Sohle. Warum sah sie mich bloß so an? War es so ungewöhnlich, dass ein Kriminalbeamter in pinkfarbener Jacke, Jeans und Sneakers erschien? Hoffentlich fragte sie nicht nach meinem Ausweis!

»Frau Müller, wir hätten da ein paar Fragen an Sie«, versuchte ich, sie durch professionelle Wortwahl abzulenken.

Zum Glück hatte ich letzten Sonntag den 'Tatort' geguckt.

»Was haben Sie gesagt?«, fragte die alte Dame und legte eine Hand hinter die Ohrmuschel.

»Haben Sie an dem Mordabend etwas gesehen?«, schrie ich sie an.

»Das habe ich doch alles schon ihren Kollegen erzählt«, wunderte sie sich, »aber kommen Sie ruhig rein, Frau Kommissarin. Möchten Sie einen Kaffee?«

»Gerne«, freute ich mich und trat ein.

Das lief ja wie geschmiert!

Hocherfreut, dass ihr trister Tagesablauf unterbrochen worden war, machte sich Frau Müller auf den beschwerlichen Weg ins Wohnzimmer. Der dunkle Parkettboden stöhnte knarzend unter jedem ihrer Schritte. Ich folgte ihr in gebührendem Abstand. Im Flur der Altbauwohnung war nichts von dem milden Sommertag zu erahnen, der sich draußen anbahnte.

»Ich wohne schon seit 1936 hier«, erfuhr ich auf unserem Marsch durch den Flur. »Wir mussten zwar im Krieg in den Luftschutzbunker, aber dem Haus ist nichts passiert.«

Nach unserem Fußmarsch, der gefühlt ebenso lange gedauert hatte wie der Zweite Weltkrieg, kamen wir endlich in einem lichtdurchfluteten Wohnzimmer mit hohen Stuckdecken und einem prähistorischen Kachelofen an.

Frau Müller deutete auf den antiken Esstisch: »Bitte schön, nehmen Sie Platz, Frau Kommissarin. Ich mach uns einen Kaffee.«

Damit schlurfte sie durch die offenstehenden Flügeltüren in die angrenzende Küche und ich hatte Zeit, mich umzusehen.

Das Wohnzimmer ließ auf zwei ausgeprägte Leidenschaften seiner Bewohnerin schließen: Häkeln und die bayerischen Berge. Jeder Zentimeter des massiven Mobiliars war mit Spitzendeckchen bedeckt. Auf der Polstergarnitur aus dunkelrotem Samt lag zusätzlich zu den selbstgehäkelten Schondeckchen noch eine schützende Plastikfolie. Die Wände waren über und über mit gerahmten Schwarz-Weiß-Fotos und bunten Gemälden mit Gebirgsmotiven bedeckt. Es erinnerte ein bisschen an das Heimatmuseum von Berchtesgaden.

Endlich pfiff der Wasserkessel. Zehn Minuten später stoppte auch das Gluckern des Handfilters und Tassen klapperten. Ich sprang auf und eilte der alten Dame entgegen, um ihr das Silbertablett mit Selbstgebackenem und zwei blümchengemusterten Porzellantassen, randvoll mit aromatisch duftendem Kaffee, abzunehmen.

Wir setzten uns an den glatt polierten Eichentisch und ich machte mich aus reiner Höflichkeit sofort über das Gebäck her, während Frau Müller mit zittrigen Händen an ihrer Tasse nippte und redselig darauf los plapperte.

Eine halbe Stunde später hatte ich meine zweite Tasse Kaffee und den Kuchenteller geleert und bereits ein klares Bild meiner neuen Karriere vor Augen. Das mit den Befragungen war ja wirklich kinderleicht! Und der bei Privatdetektiven anscheinend übliche Tagessatz so viel lukrativer als der miese Lohn für Werbetexter.

»Können Sie nicht mal mit ihren Kollegen von der Stadtreinigung sprechen, Frau Kommissarin?«, unterbrach die alte Dame meine Zukunftspläne.

»Worüber?«, fragte ich ahnungslos.

»Na, dass die Straße im Winter nur einmal am Tag geräumt wird. Ich selbst habe ja seit Jahren das Haus nicht mehr verlassen, außer der Pflegedienst bringt mich zum Arzt, aber da muss man sich doch mal beschweren. Oder was meinen Sie, Frau Kommissarin?«

»Ich bin da völlig Ihrer Meinung, Frau Müller.«

Verstohlen sah ich auf die Uhr. Es war höchste Zeit, die alte Dame auf Kurs zu bringen.

»Frau Müller, was wissen Sie über Yara Atasoy?«

»Die Frau Atasoy ...« Sie schnappte theatralisch nach Luft, »... also gut kenne ich sie ja nicht.«

Nach weiteren zwanzig Minuten wusste ich Dinge über die Tote, die diese noch nicht mal ihrem Tagebuch anvertraut hätte. Sie war erst vor einem halben Jahr eingezogen und hatte seitdem noch nie Fenster geputzt.

»Die Fingernägel hätten Sie mal sehen sollen, Frau Kommissarin, diese Fingernägel! Damit kann man natürlich nicht putzen. Und außerdem war die doch gefärbt, es gibt doch gar keine blonden Türken.«

Yara war nämlich, wie ihr Name andeutete, aber ihr hellblondes Haar auf dem Dating Profilfoto gar nicht vermuten ließ, türkischer Nationalität.

»Was haben Sie denn an dem fraglichen Abend gemacht, Frau Müller?«, unterbrach ich den Redefluss der mitteilsamen Seniorin.

»Ferngesehen. Am Mittwoch kommt doch immer der Franzl Hintermoser mit dem Alpenexpress und ...«

»Frau Müller! Haben Sie irgendetwas gesehen oder gehört, was uns dienlich sein könnte? Haben Sie jemanden im Treppenhaus bemerkt? Oder ein Auto wegfahren sehen?«

Die Alte schüttelte traurig den Kopf. Man konnte ihr ansehen, dass sie nichts lieber getan hätte, als den entscheidenden Hinweis für die Ergreifung des Mörders zu geben.

»Wissen Sie, meine Augen sind ja nicht mehr die besten«, entschuldigte sie sich, »und in meinem Alter ist man ja so vergesslich. Aber geben Sie mir Ihre Telefonnummer, Frau Kommissarin. Ich rufe Sie gleich an, wenn mir noch etwas einfällt.«

Während ich noch in meiner Jacke kramte, unschlüssig, wie ich die fehlende Visitenkarte erklären sollte, reichte mir Frau Müller bereits einen Kugelschreiber. Dankbar kritzelte ich meine Festnetznummer auf die Papierserviette. Dann verabschiedete ich mich eilig, bevor ihr doch noch auffiel, dass ich unmöglich von der Polizei sein konnte.

Zurück im Treppenhaus griff ich mir an den Kopf. Hatte ich der alten Schachtel tatsächlich meine Telefonnummer aufgeschrieben? Ich Idiotin - nicht mal Columbos Hund wäre so ein dummer Schnitzer unterlaufen! Was, wenn sie merkte, dass ich mich als falsche Ermittlungsbeamtin ausgegeben hatte und dies den Behörden steckte?

Ich hastete zurück zur Tür und klingelte Sturm, um das belastende Beweisstück an mich zu bringen, doch selbst als ich mich auf vehementes Klopfen verlegte, öffnete Frau Müller nicht mehr.

Hoffentlich hatte die schrullige Alte nicht soeben das Zeitliche gesegnet, sondern saß putzmunter vor dem Fernseher! Mit meinen Fingerabdrücken überall und meiner Telefonnummer auf der Serviette würde ich der Polizei sonst einiges zu erklären haben.

Mit Magenkrämpfen stieg ich die Stufen hinab, doch das hatte nichts damit zu tun, dass ich als verdeckter Ermittler versagt hatte. Ich hätte den zweiten Teller mit Frau Müllers Selbstgebackenem nicht auch noch leeren sollen.

Ich drückte auf die Klingel im zweiten Stock und schwor mir, dass ich in dieser Wohnung höchstens an meinen Fingernägeln kauen würde.

Nach kurzer Zeit ertönte bereits der Summer der Haustür von unten. Arbeitete in diesem Haus denn keiner? Oder waren alle hier vereinsamte Witwen, deren Highlight des Tages war, wenn der Postbote ein Paket für den Nachbarn abgab? Seufzend richtete ich mich auf eine weitere Stunde Kaffeeklatsch ein.

Doch der Mann, der mir kurz darauf seine Wohnungstür öffnete, war vom Rentenalter so weit entfernt wie die Realität von meinem Vorsatz, noch in der Bikinisaison zwei Kilo abzuspecken. Er hatte kurze blonde Haare mit einem stylishen Trendschnitt, stahlblaue Augen, einen Körper, der von einer Göttin modelliert worden war und zwei starke Arme, in die ich in der nächsten Sekunde bereits sank.

Nicht weil mir so schlecht von Frau Müllers Kuchen war. Sondern weil mich diese starken Arme bereits festgehalten hatten, als das dazugehörige Gesicht noch von frechen, langen Locken eingerahmt war.

Sie gehörten zu meiner ersten Jugendliebe, Patrick Berger. In ihnen zu liegen fühlte sich noch genauso gut an wie früher.

Sofort kamen die Erinnerungen zurück: Wie unsterblich war ich in Patrick verliebt und wie unsagbar groß mein Liebeskummer gewesen, als ich endlich mit eigenen Augen gesehen hatte, was alle um mich herum bereits wussten: Ich war nicht die Einzige, mit der Patrick nach der Schule auf dem Rücksitz seines feuerroten Alfa Romeos knutschte. Meine damalige Freundin Lisa Schmitz hatte sich an den hübschen Lockenkopf herangeschmissen und ihn, wie ich Jahre später erfahren hatte, überflüssigerweise auch noch geehelicht.

So schnell ich konnte, machte ich mich los. Sicher waren die blonde Lisa und der blauäugige Patrick inzwischen stolze Eltern eines entzückenden, blauäugigen Jungen und eines bildhübschen, blond gelockten Mädchens und es war mehr als unangebracht, dass ich mich so reflexartig in die Arme ihres Erzeugers geworfen hatte.

»Jani?«, fragte Patrick verwundert.

»Patrick!«, staunte ich.

»Was machst du denn hier?«, sagten wir dann beide gleichzeitig und antworteten mit einem »Ich ...«, bevor wir lachend abbrachen.

»Du zuerst«, ergriff Patrick das Wort und schüttelte immer noch ungläubig den Kopf. »Was machst du hier?«

Gut sah er aus, in seinem Poloshirt mit dem eingestickten Markennamen auf der Brust. Der Kragen lag glatt über der Knopfleiste und selbst an den Ärmeln waren akkurate Bügelfalten.

Meine Ex-Freundin war also nicht nur stolze Ehefrau und Mutter einer Bilderbuchfamilie, sie war auch die perfekte Hausfrau.

»Ist ... Ist Lisa auch da?«, stammelte ich, weil ich an nichts anderes denken konnte.

Patrick lachte das hinreißende Patricklachen, das ihm auch heute noch atemberaubende Grübchen auf die Wangen zauberte.

»Nein, wir sind inzwischen geschieden«, sagte er.

»Das tut mir leid«, log ich und ein breites Zahnpastalächeln legte sich über meine Lippen.

»Lügnerin«, lachte Patrick.

Mein Gesicht nahm die Farbe des Treppenhausläufers an. Wie gut er mich immer noch kannte!

Er zog mich wieder an seine Brust, die noch immer so gut nach Patrick roch, dass mir ganz schwindelig wurde.

»Schön, dich zu sehen«, sagte er, als er mich wieder auf die Beine gestellt hatte. »Ja, was machst du eigentlich hier?«

»Ich ermittle in einem Mordfall«, platzte ich ohne nachzudenken heraus.

Meine Worte verfehlten ihre Wirkung nicht.

»Sag bloß! Du bist bei der Polizei?«, rief Patrick bewundernd aus.

Noch bevor ich mir überlegen konnte, wie ich aus dieser Nummer wieder herauskam, fügte er stolz hinzu: »Ich nämlich auch. Ich bin bei der Drogenfahndung. Gestatten: Kommissar Berger.«

Er führte grüßend die Hand zur Schläfe.

Es dauerte ein paar Sekunden, bis diese Aussage durch mein vor Verliebtheit vernebeltes Hirn gedrungen war. Dann hämmerte sie unerbittlich wie ein Song von Ramstein auf mein Denkzentrum ein. Patrick war im Gegensatz zu mir tatsächlich Kommissar! Warum plapperte ich bloß immer los, ohne zu denken? Und warum landeten keine Außerirdischen, um mich zu entführen?

Zum Glück war er wenigstens nicht bei der Mordkommission. Trotzdem war es höchste Zeit, die Sache richtigzustellen. Ich lachte gekünstelt auf.

»Das war ein Witz, haha. Ich bin gar nicht bei der Polizei. Ich bin Werbetexter. Broschüren und so.«

Ich schwor mir, mich nie wieder als Kommissarin auszugeben. Selbst Privatdetektivin wollte ich nicht mehr werden. Zum Teufel mit der Kohle! Das war alles viel zu nervenaufreibend!

»Ach so.«

Patrick sah verwirrt aus. Dann schien ihm einzufallen, dass ich schon immer einen merkwürdigen Sinn für Humor gehabt hatte und er lachte wieder sein unwiderstehliches Lachen. Gebannt starrte ich auf die beiden Grübchen und wechselte schnell das Thema.

»Bist du wieder verheiratet? Hast du Kinder?«

»Nein, und du? Bist du verheiratet? Hast du Kinder?«

»Nein und nein.«

Wir lachten beide verlegen. Dann sahen wir uns eine Spur zu lange in die Augen.

»Mensch, schade«, sagte Patrick endlich und löste seinen Blick. »Ich hab gleich Dienst. Aber wir müssen unser Wiedersehen unbedingt bald feiern.«

»Ja, das müssen wir«, schmolz ich dahin.

»Warte«, bat er und ging zurück in seine Wohnung, um wenige Sekunden später mit einem Notizblock und einem Stift zurückzukommen.

Wie in Trance kritzelte ich zum zweiten Mal an diesem Tag meine Telefonnummer auf ein Stück Papier.

»Ruf mich an«, hauchte ich dabei so sinnlich, als handelte es sich nicht um mein Handy, sondern eine 0180-er Nummer, bei der gleich eingeblendet würde, wie viel Cent ihn das pro Minute kostete.

Wir verabschiedeten uns mit flüchtigem Rechts-Links-Küsschen und Patrick schloss die Tür.

Patrick! Mein Patrick! Er war wieder zu haben und er wollte mich wiedersehen! Im Geiste sah ich mich schon mit ihm am Baggersee liegen, dort, wo wir uns zum ersten Mal geküsst hatten. Ob es die uneinsehbare Stelle am Seeufer wohl noch gab? Beim Gedanken daran wurde mir ganz heiß.

Aber ich musste meine Euphorie vorerst dämpfen. Schließlich hatte ich meinen Job hier noch nicht zu Ende gebracht. Außerdem waren zehn Jahre eine lange Zeit und wir mussten uns natürlich erst wieder neu kennenlernen.

Glückselig tanzte ich in den ersten Stock. Dort wohnte laut Namensschild ein Dr. Eckert. Ich machte eine Atemübung, wie ich sie in dem YouTube Video gesehen hatte, und drückte, als mein Herz wieder im Normaltempo pochte, auf den Klingelknopf. Im nächsten Augenblick wurde bereits der Vorhang hinter der bunten Glastür zur Seite geschoben und in einem der kleinen transparenten Felder der Scheibe erschien ein Gesicht. Kurz darauf öffnete eine freudlos blickende Endvierzigerin mit altbackener Dauerwelle die Tür bis zum Anschlag der Sicherheitskette. Sie sah mich an, als stünde ich mit einer Bibel unter dem Arm auf der anderen Seite ihrer Türschwelle.

»Ja, bitte?«, fragte sie misstrauisch.

»Guten Tag, Frau Dr. Eckert«, sagte ich höflich, »ich bin von den Nürnberger Nachrichten. Ich schreibe gerade einen Artikel über den Mordfall hier im Haus und wollte gerne von Ihnen wissen ...«

»Dr. Eckert ist mein Mann«, unterbrach sie mich streng. »Wir haben beide den ganzen Abend ferngesehen und nichts gehört und nichts gesehen.«

Im Hintergrund ertönte eine ärgerliche Stimme: »Gisela, ich hab dir doch gesagt, du sollst nicht ohne mich mit der Polizei sprechen!«

»Aber die Dame ist nicht von der Polizei, Hermann. Sie ist von den Nürnberger Nachrichten.«

Gisela wurde zur Seite gedrängt und ein Mann mit glänzender Glatze und Bierbauch erschien im Türspalt.

»Hau ab, wir brauchen hier keine Presse«, knurrte er. »Außerdem waren wir gar nicht zuhause.«

Er zog unsanft die Tür ins Schloss.

Ich schnüffelte und wand mich angewidert ab. Mit dem Glatzkopf war eine eklige Wolke ins Treppenhaus gedrungen. Dem Geruch nach zu urteilen, stammten die

Vitamine in seinem Frühstück von hochprozentig destilliertem Obst. Vermutlich litt er deswegen an Gedächtnisschwund. Denn hatte seine Frau nicht gerade gesagt, sie hätten ferngesehen?

Aber was ging das mich an? Ich war schließlich nicht hier, um den Mord aufzuklären. Alles was ich zu tun hatte, war herauszufinden, ob jemand Lars Engelmann oder sein Auto gesehen hatte. Und diese beiden hatten ganz offensichtlich nichts gesehen.

Zufrieden stieg ich ins Erdgeschoss, wo ich bereits erwartet wurde. In der geöffneten Wohnungstür stand ein Mann meines Alters mit Männerdutt und Unterhemd. Wie konnte er sich denn leisten, hier zu wohnen?

»Du bist von den Nürnberger Nachrichten? Ich bin Tim. Ich bin hier Hausmeister.«, stellte er sich vor. »Ich habe ...«, er räusperte sich und ich bemerkte, wie seine Augen feucht wurden, »... sie gefunden.«

Sicher hatte er das schreckliche Bild noch immer vor Augen. Ob er den fliehenden Engelmann gesehen hatte?

»Komm rein«, bat er mich und drehte sich schnell um.

Neugierig folgte ich ihm.

Die Wohnung des Hausmeisters war genauso geschnitten wie die von Frau Müller. Sein Wohnzimmer wurde von einem gigantischen Flat Screen-TV dominiert, auf dem gerade lautlos die Pferde von 'Game of Thrones' in Originalgröße an uns vorbei galoppierten. Davor hatte er eine Multifunktions-Trainingsstation, ein Laufband und diverse andere Fitnessgeräte aufgebaut.

Tim angelte nach der Fernbedienung und stoppte das Pferdegetrappel.

»Setz dich.«

Er deutete auf die einzige Sitzgelegenheit im Raum, einen Gaming-Sessel. Vorsichtig stieg ich über ein paar Kabel und verfrachtete einen Joystick und eine Tastatur auf den Parkettboden. Dann rutschte ich hinter das Lenkrad und versuchte, meine Füße von den Pedalen fernzuhalten, die unten angebracht waren.

Tim nahm auf der Hantelbank vor dem Fenster Platz.

»Also, wie war das an dem Abend, als du die Tote gefunden hast?«, fragte ich und lehnte mich erwartungsvoll in meiner Sitzgelegenheit zurück.

Er sah mich erstaunt an.

»Machst du dir gar keine Notizen?«

»Doch, natürlich.«

Ich wurde rot. Schnell zog ich mein Smartphone aus der Tasche und suchte nach der Diktier-App, die ich noch nie benutzt hatte. Dann nickte ich ihm auffordernd zu.

»Läuft das Mikro?«, vergewisserte er sich und ich nickte. »Gut. Also, an dem Abend war es recht laut im Treppenhaus, oben, wo die Yara wohnt ... gewohnt hat, meine ich. Ich hab meine Tür aufgemacht, weil ich dachte, da stimmt doch was nicht. Es klang nämlich so, als ob sie mit einem Mann gestritten hat. Aber dann war alles wieder ruhig und ich bin wieder rein und hab angefangen, zu trainieren. Das war so kurz vor sieben und das weiß ich deswegen so genau, weil ich jeden Tag von sieben bis acht trainiere.«

Er ließ seinen rechten Bizeps spielen. »Machst du später ein Foto von mir?«

»Na klar. Hast du sonst etwas gesehen oder gehört?«

»Ja. Das mit der Yara hat mir dann doch keine Ruhe gelassen und ich hab gedacht, ich schau besser mal nach ihr. Nee, warte. Zuerst ist jemand die Treppe runter gerannt und dann hab ich gedacht, ich schau mal nach.«

»Ja, und?«, fragte ich ungeduldig.

Wann kam er endlich auf den Punkt?

»Na ja, also, dann bin ich hoch und hab sie auf der Treppe vor ihrer Wohnung liegen sehen.«

Er schluckte.

»Und was hast du gemacht? Hast du Erste Hilfe geleistet?«

»Nein, ihr Blick war ganz komisch und ihre Arme so verdreht.«

Er machte eine Bewegung, um dies zu verdeutlichen.

Mit Tränen in den Augen fuhr er fort: »Ich war mir ganz sicher, dass sie tot war. Ja, und dann ist unten im Hof mit quietschenden Reifen ein Auto weggefahren. Ich hab sofort das Fenster im Treppenhaus aufgerissen und gerade noch gesehen, wie jemand mit hundertachtzig Sachen abgehauen ist.«

»Hast du den Fahrer oder die Autonummer erkannt?«, wollte ich aufgeregt wissen.

»Nein«, schniefte er, »ich habe von oben nur gesehen, dass es ein schwarzer Audi A6 war.«

»Was hast du dann gemacht?«

»Die Polizei angerufen.«

»Danke, Tim.«

Ich schaltete die Diktier-App aus und steckte mein Handy in die Tasche.

»Du wolltest doch noch ein Foto von mir machen«, beschwerte sich Tim weinerlich.

»Weißt du, ich glaube, wir warten damit, bis es dir wieder besser geht. Ich schick dir in den nächsten Tagen einen Fotografen vorbei.«

Tim sah mich enttäuscht an. Dann nickte er.

»Ok.«

Er kritzelte etwas auf einen Zettel und gab ihn mir.

»Hier ist meine Handynummer. Gib das deinem Fotografen. Nicht, dass ich gerade weg bin, wenn er kommt. Am besten, er ruft mich vorher an.«

Ich steckte den Zettel achtlos in meine Jackentasche und verabschiedete mich. Als ich wieder im Treppenhaus stand, erwog ich für eine Sekunde, ins Dachgeschoss zu gehen, um mir den Fundort der Leiche anzusehen, doch ich verwarf den Gedanken sofort. Mein Auftrag war erfüllt. Nichts wie weg hier!

Nur eins musste ich noch wissen: Wie war Lars Engelmann ins Haus gekommen, wenn Yara seiner Aussage nach doch bereits tot war? Hatte er etwa gelogen? Ich drückte probehalber von außen gegen die schwere Holztür. Aha. Wie in meinem Haus war sie nur eingeschnappt. Das bedeutete, dass die Bewohner ihre Besucher nicht unbedingt selbst hereinlassen mussten. Jeder konnte jederzeit das Treppenhaus betreten.

Auf dem Weg durch den Hof fiel mein Blick wieder auf den Porsche. Tatsächlich: Nach dem N für Nürnberg prangten die Buchstaben PB auf dem Nummernschild. Das musste Patricks Wagen sein! Er hatte ja schon immer für schnelle Autos geschwärmt.

5

Erschöpft lief ich zurück zu meiner Wohnung. Das Detektivspielen war wirklich anstrengender, als ich gedacht hatte. Jetzt würde ich meinem Auftraggeber noch kurz Bericht erstatten und danach den Namen Engelmann für alle Zeiten aus meinem Gedächtnis streichen. Sicherheitshalber würde ich für den Rest meines Lebens auch nicht mehr ins Kino gehen.

Ich wählte die Telefonnummer auf seiner Visitenkarte.
»Hallo, kann ich bitte Herrn Engelmann sprechen?«
»Worum geht es denn?«
»Um, öhm, um einen Werbetext.«
»Sie schon wieder.«
Der Empfangsdrache! Es klang so unterkühlt, als säße sie auf einer Packung Fischstäbchen.
»Ich habe Ihnen doch gesagt, Sie sollen eine Rechnung einreichen.«
Wie gut, dass sie mich daran erinnerte!
»Das habe ich ja getan«, entgegnete ich trotzig. »Aber bis jetzt ist sie noch nicht bezahlt worden.«
»Kindchen! Und da glauben Sie allen Ernstes, Herr Engelmann würde sich persönlich darum kümmern? Ich verbinde Sie zur Buchhaltung.«
»Nein!«, rief ich wütend, »Ich will nicht mit der Buchhaltung sprechen. Herr Engelmann wartet auf meinen Anruf.«
Doch es tutete bereits in der Leitung. Wütend legte ich auf. Wenn Engelmann nicht mit mir sprechen wollte, war das sein Problem. Ich hatte meinen Auftrag erfüllt.

Ich war gerade dabei, das Sortiment an Schokokeksen und Entenröllchen, das ich mitgebracht hatte, im Küchenschrank zu verstauen, als es drei Mal klingelte. Es war einfach zu lästig, wenn man im Erdgeschoss wohnte und tagsüber zuhause war! Paketpost, Haussammlungen, Zeugen Jehovas - meistens stellte ich mich tot. Doch gleich Sturm zu klingeln, ging ja nun wirklich zu weit! Wütend riss ich die Tür auf.

Im Hausflur stand Engelmann und zog sich gerade eine dunkle Sonnenbrille von den Augen.

Mein Ärger verwandelte sich in Erstaunen. Hatte er beim letzten Mal auch schon diesen merkwürdigen Oberlippenbart gehabt?

»Bist du verrückt, mich im Büro anzurufen?«, zischte er.

»Wo denn sonst, du Blödmann?«, lag mir auf der Zunge, doch ich schluckte es herunter.

Es war für eine schleunige Beendigung dieses Auftrags zweifellos besser, wenn ich höflich blieb.

Beleidigt verteidigte ich mich: »Sie haben mir doch Ihre Visitenkarte gegeben.«

»Ich habe einen schriftlichen Bericht in einem neutralen Umschlag wie beim ersten Mal erwartet. Muss man denn alles erklären?«, stöhnte er und verdrehte die Augen.

In seinen Pupillen flimmerte es wie in einem dieser Bilder mit optischen Täuschungen.

»T... tut mir leid«, stammelte ich wie hypnotisiert.

Engelmann schien dies als Aufforderung zu verstehen, hereinzukommen. Mit einem knappen Kopfnicken drückte er sich an mir vorbei und ging ungebeten in mein Wohnzimmer.

Als ich dort ankam, lag Bobs Entenröllchen bereits verwaist auf dem Boden und mein Hund, alle vier Pfoten von sich gestreckt, vor dem Millionär. Der zupfte an den Knien seiner Businesshose und ging in die Hocke. Mit jedem Strich seiner Hände durch Bobs dichtes Fell heftete sich ein Büschel beige melierter Haare an den edlen Zwirn.

Nach einer Weile räusperte ich mich, um das traute Glück zu unterbrechen. Engelmann stand auf und zog die Hosenbeine zurecht. Dass er nun aussah, als trüge er Fellstiefel, schien ihn nicht weiter zu beunruhigen.

»Also, was haben Sie herausgefunden?«

Die Katzenaugen funkelten neugierig.

Wir waren also wieder beim Sie. Der Mann litt wirklich an einem Gespaltenen-Persönlichkeits-Syndrom. Ich beschloss, meine Information so knapp wie möglich zu halten, um nicht einen weiteren Ausbruch heraufzubeschwören.

»Ich habe alle Nachbarn befragt. Nur der Hausmeister aus dem Erdgeschoss hat gesehen, wie jemand aus dem Hof gefahren ist.«

Engelmann wurde blass.

»Hat er mich erkannt? Hat er meine Autonummer gesehen?«

»Nein.«

»Gott sei Dank!«

Er atmete auf und griff in sein Jackett. Unter Bobs enttäuschtem Blick förderte er nur einen druckfrischen Hunderteuroschein zutage und legte ihn auf meinen Tisch.

»Die Bezahlung für Ihren E-Mail Text. Die Tausend für die Befragung der Nachbarn haben Sie ja bereits bekommen. Damit wäre unsere Geschäftsbeziehung beendet«, schloss er, noch bevor ich erwähnen konnte, dass der Hausmeister allerdings sehr wohl Marke und Farbe des Fluchtfahrzeugs erkannt hatte.

Doch spielte es wirklich eine Rolle, wenn ich dieses unbedeutende Detail für mich behielt? Sicher gab es Hunderte von Audis A6 in der mittelfränkischen Metropole.

Engelmann war bereits aufgesprungen und lief mit drahtigem Schritt zu meiner Wohnungstür. Dort drehte er sich noch einmal um.

»Noch etwas. Falls mir zu Ohren kommt, dass irgendeine Information an die Öffentlichkeit dringt, wird das für Sie Konsequenzen haben.«

»Sie können sich auf mich verlassen«, sagte ich und ärgerte mich im selben Moment über meine Unterwürfigkeit.

Warum verunsicherte mich der Typ so sehr, dass ich ihm für seine Unverschämtheit auch noch in den Hintern kroch?

»Leben Sie wohl«, befahl Engelmann und verschwand.

Als die Tür zugefallen war, sah ich misstrauisch auf den Geldschein, der ein Loch in meine Tischplatte zu brennen schien. Wenn ihm meine Schnüffelei eintausend Euro wert gewesen war, hatte er ja vielleicht wirklich etwas mit Yaras Tod zu tun.

Deckte ich etwa einen Mörder?

Andererseits liebte Bob den neurotischen Millionär und normalerweise konnte man seinem Instinkt vertrauen. Ich beschloss, Engelmann als verrückten Exzentriker abzuhaken, steckte den Schein ein und nahm Bobs Leine von der Garderobe.

»Komm, lass uns noch mal rausgehen.«

Als ich mich herunter beugte, um die Leine an seinem Halsband zu befestigen, stieg eine aquatisch frische Note aus seinem Fell. Meine Knie wurden weich. Hoffentlich würde dieser Geruch bei unserem ausgedehnten Spaziergang an der frischen Luft genauso verschwinden wie meine Angst vor dem Mörder in meiner Nachbarschaft, der noch immer frei herum lief.

Den konnte ich im Moment gar nicht brauchen! Ich hatte die große Liebe meines Lebens wiedergefunden! Seit fast einem Jahr war ich mal wieder in etwas verliebt, das keine Kalorien hatte und ich war fest entschlossen, nicht eher zu sterben, bevor ich noch einmal dem Ruf meines Herzens gefolgt war!

6

Bis Patrick anrief, musste ich dringend an meiner Schokoladenseite arbeiten. Dummerweise hatte auch mein langjähriger Hairstylist Gian Franco gerade Betriebsurlaub und die pinkfarbenen Strähnchen mussten warten. Aber wenigstens konnte ich mein langweiliges Standardoutfit, Jeans, T-Shirt und Sneakers, für unser erstes Date gegen irgendetwas tauschen, das Patrick neugierig auf den Inhalt machen würde.

Normalerweise shoppte ich online oder fuhr in die umliegenden Einkaufszentren, um bei den Modeketten günstige Klamotten zu erstehen. Doch dank Engelmanns grünen Scheinchen konnte ich heute ausnahmsweise mal in den besten Läden der Stadt stöbern.

Kurz entschlossen machte ich mich daher auf den Weg in die Innenstadt und durchkämmte Modeboutiquen, in denen ich noch nie zuvor gewesen war.

Ich war nicht sicher, was ich eigentlich suchte. Meine Freundin Jill hätte mir bestimmt zu einem leichten, weißen Sommerkleid geraten, um Patricks männliche Instinkte zu wecken, doch mädchenhaft war nicht mein Stil. Skinny Jeans und eine tief aufgeknöpfte Bluse dagegen schon eher. Das war genauso aufregend - aber leider nicht angebracht, falls er vorhatte, mich fein auszuführen.

Schließlich wählte ich ein kurzes schwarzes Kleid, das bis auf den tiefen Schlitz, der die Haut an meinem linken Oberschenkel durchblitzen ließ, völlig schlicht war. Es war perfekt für meine Zwecke, denn mit den entsprechenden Accessoires konnte ich mich damit sowohl in einem eleganten Restaurant als auch in einer hippen Cocktailbar sehen lassen.

Ich tauschte den Gegenwert einer Jahresration Schokokekse gegen eine Papiertüte mit dem übertreuerten Stück Stoff und machte mich auf die Suche nach einem Dessousgeschäft. Ich hatte nicht einen einzigen BH, der zum Höschen passte und die meisten meiner ausgeleierten Baumwollslips waren als Verhütungsmittel zuverlässiger als die Pille.

Erwartungsvoll betrat ich einen Laden, den ich bisher für ein Sanitätshaus gehalten hatte. Irgendwie hatte ich mit dem altbackenen Familiennamen immer ein Fachgeschäft für Hüftleiden assoziiert. Doch in ihrem Schaufenster entdeckte ich ein bezauberndes Wäscheset, das selbst Christian Grey alle fünfzig Schattierungen der Schamesröte ins Gesicht getrieben hätte.

Nachdem ich die riesige Verkaufsfläche mehrmals staunend abgeschritten hatte, ging ich mit gesenktem Kopf zum Anfang des BH-Alphabets und nahm schüchtern einen sündigen Hauch von Nichts von der Stange.

Ich drehte mich gerade zweifelnd vor dem Spiegel in der Umkleidekabine hin und her, als es bellte. Das war nicht Bob, sondern mein derzeitiger Klingelton. Schnell kramte ich mein Handy aus der Tasche und entriegelte die Tastensperre. Die Nummer kannte ich nicht.

»Hallo?«, fragte ich vorsichtig.

»Jani, bist du's?«, drang eine vertraute Stimme an mein Ohr.

Patrick!

Meine Knie fühlten sich urplötzlich an wie zu lange gekauter Kaugummi und ich ließ mich auf den Boden der Kabine sinken.

»Kann ich Ihnen helfen?«

Der Vorhang wurde einen Spalt geöffnet und eine Verkäuferin blickte fragend auf meine nackten Beine, die weit in den Verkaufsraum hineinragten.

»Nein!«, rief ich, machte eine abwehrende Handbewegung und zeigte auf mein Handy.

Sie nickte verständnisvoll und verzog sich diskret.

»Dann entschuldigen Sie bitte die Störung«, sagte Patrick gerade enttäuscht.

»Halt!«, rief ich verzweifelt, »leg nicht auf, Patrick, ich bin's, Jani!«

»Du bist noch genauso chaotisch wie früher«, stellte er tadelnd fest.

»Ja«, gab ich, überwältigt vor Glück zu.

»Ich habe heute Abend frei und dachte, wir könnten ...«

»Gerne!«, fiel ich ihm ins Wort.

»Lass mich doch erst mal ausreden! Also, ich wollte fragen, ob du mit mir zu dem neuen Italiener gehst, der gerade aufgemacht hat. In der Arbeit schwärmen alle davon. Und das wollte ich mir mal anschauen.«

Er konnte nur Valontano's meinen. Das derzeit angesagteste Restaurant der Region. Ein total neues Konzept, alle Medien hatten darüber berichtet. Nur die auserlesensten Zutaten, so frisch, dass man die Auspuffgase des Trucks noch riechen konnte, der sie soeben angeliefert hatte. Dafür war mein neues Kleid wie geschaffen!

»Jani, bist du noch dran?«

»Ja, entschuldige. Natürlich, sehr gerne«, strahlte ich.

»Gut, dann hole ich dich um sieben ab.«

»Ich freue mich«, zirpte ich aufgeregt und versprach mich drei Mal, als ich ihm meine Adresse gab.

Als wir aufgelegt hatten, sah ich entsetzt auf die Uhr meines Smartphones: Um Himmels willen, es war schon kurz nach fünf! Hatte ich wirklich den ganzen Tag mit Shopping verbracht und alles, was ich gekauft hatte, war dieses Kleid? In zwei Stunden kam Patrick und ich musste vorher noch mit Bob raus und mich ausgiebig aufbrezeln.

Hastig riss ich mir die schwarze Seide vom Körper, blätterte noch einmal hundert Euro auf den Tresen und hetzte in den italienischen Schuhladen nebenan, wo ich mich innerhalb von fünf Minuten für ein Paar viel zu hohe Stilettos, eine Clutch und ein paar glitzernde Accessoires von vier weiteren Scheinen trennte. Mein Outfit rangierte nun irgendwo zwischen Schwarzer Witwe und Straßenstrich, war aber gerade noch vertretbar und gar nicht so verkehrt, um einem Mann den Kopf zu verdrehen.

Zwei Stunden später saß eine ungewohnte Version von

mir selbst in Patricks Porsche, während wir, erheblich schneller als es seine Kollegen erlaubten, mit geschlossenem Verdeck über die regennassen Straßen heizten.

Der Parkplatz des In-Italieners war hoffnungslos überfüllt. Wir parkten viele Straßen weiter und liefen durch die stürmische Gewitternacht zurück zum Restaurant. Ich war bei Patrick eingehakt und schlitterte auf meinen Stilettos tapfer neben ihm über das nasse Pflaster, hoch konzentriert darauf, mich unter seinen Schirm zu ducken, der durch den heftigen Wind ständig die Position wechselte. Mit der freien Hand zippelte ich verzweifelt an meinem Kleid, das von den Böen ständig bis zu meiner Hüfte hochgeweht wurde.

Doch der eisige Wind, der uns erbarmungslos entgegen peitschte, hatte auch etwas Gutes: Er wehte die unschöne Szene aus meiner Erinnerung, die sich abgespielt hatte, als der neugierige Bob zu Patricks Begrüßung in meinen schlecht beleuchteten Flur gestürmt war und mein drogenmilieu-geschulter Polizist reflexartig nach ihm getreten hatte. Zum Glück war es mir schon in der nächsten Sekunde gelungen, Bob, der daraufhin bereits Patricks Hosenbein anvisiert hatte, am Halsband zurückzuhalten und es war bei keinem der Beteiligten zu Verletzungen gekommen.

Endlich betraten wir den Gourmettempel.

»Stopp!« Patrick hielt mich an der Schulter zurück, als ich lossprinten wollte, um ein anderes Pärchen auszubremsen, das sich gerade auf den letzten freien Tisch zubewegte. »Du kannst dich hier nicht einfach hinsetzen. Wir müssen erst unser Essen holen.«

Er schüttelte missbilligend den Kopf. Ich wurde rot und reihte mich verschämt hinter ihm in die lange Schlange der Genießer ein, die sich vor Valontano's Frischetheke eingefunden hatten, um ihren ganz persönlichen Gaumenkitzel aus den feinsten Zutaten der Saison zusammenzustellen.

Wie gut, dass ich mich in Schale geworfen hatte, denn alle anderen Gäste waren ebenfalls so gekleidet, als mache es ihnen nichts aus, innerhalb einer Stunde ihren Tagesverdienst zu verfressen. Der krasse Gegensatz der abgehobenen Preise zum rustikalen Charme des Restaurants war bemerkenswert.

Trotz meiner vom Winde verwehten Frisur waren wir ein schönes Paar: Patrick in einem akkurat gebügelten weißen Hemd, einem lässigen Blazer und Designerjeans, ich in edlem Schwarz und ein bisschen Glitzer. Blöd war nur, dass die nassen italienischen Stilettos schwer wie Betonschuhe der Mafia an meinen Füßen klebten.

Während wir Prosecco schlürften und Zentimeter um Zentimeter aufrückten, beugte sich Patrick immer wieder zu mir herunter, um mir interessante Begebenheiten aus seinem täglichen Kampf gegen das Böse ins Ohr zu schreien. Zumindest glaubte ich, dass es das war, was er rief, denn in der bahnhofsgroßen Restauranthalle, die sich über zwei Stockwerke erstreckte, war es laut wie auf einem AC/DC-Konzert. Vorsichtshalber nickte ich immer wieder bewundernd, wenn er eine Pause machte. Mein Held! Er hatte so gar nichts von einem langweiligen Polizeibeamten, sondern führte ein Leben, aufregend wie das eines Undercover-Cops aus Hollywood. Wie glücklich konnte ich mich schätzen, ihn wiedergefunden zu haben!

Zwei Proseccos später waren wir an der Reihe.

»Insalata Caprese«, bestellte ich das einzige Gericht, das ich mit meinen bescheidenen Italienischkenntnissen auf der Menükarte als fleischlos identifiziert hatte.

Kurz darauf nahm ich einen dreieckigen Teller in Empfang, auf dem der Küchenchef eine übersichtliche Anzahl Mozzarella- und Tomatenscheiben gruppiert, mit Basilikum verziert und in einer dunklen Balsamico-Vinaigrette ertränkt hatte. Neidvoll sah ich auf Patrick, der einen prall gefüllten Teller mit Carne cruda all' Albese vor sich her balancierte, das er mit mehreren Lagen Mozzarella di Bufala und Scaglie di Parmigiano garniert hatte. Nicht, dass ich als Vegetarier scharf auf das halb rohe Fleisch war, aber zumindest hätte ich es für Bob einpacken können. Meine Salatsuppe dagegen musste ich alleine auslöffeln.

Nach zwei vergeblichen Runden durchs Erdgeschoss trugen wir unsere Tabletts in den ersten Stock, wo wir zwei Randplätze auf einer der harten Holzbänke ergatterten.

Patrick winkte den Kellner heran und orderte in fließendem Italienisch: »Due Monte Alto di Lugana.«

Nachdem der Kellner zwei Gläser Weißwein gebracht hatte, erhob er sein Glas: »Salute!«

»Auf uns. Wie schön, dass wir uns wiedergetroffen haben«, schrie ich und stieß mein Glas an seines.

Der Wein schmeckte fruchtig und süß. Normalerweise bevorzugte ich trockenen Rotwein, doch ich hätte heute Abend selbst das Regenwasser geschlürft, das auf die schräge Fensterfront neben uns herab prasselte, so glücklich war ich, hier mit Patrick zu sitzen.

Er hatte seinen Teller bereits geleert, als ich immer noch dabei war, die Mozzarellascheiben am Tellerrand zum Trocknen aufzureihen. Dafür war ich ihm voraus, was unseren Weinkonsum betraf. Aufgeregt wie ich war, redete ich mit Händen und Füßen und der Kellner, der meine Gesten wohl falsch interpretierte, schenkte mir immer wieder nach.

Nach einem Handzeichen von Patrick entfernte er dessen leeren Teller und befreite mich von dem Schlachtfeld, das ich auf meinem Tablett angerichtet hatte.

Es wurde immer anstrengender, den Lärm der riesigen Restauranthalle zu übertönen, und ich hatte nach den zahlreichen Proseccos und Luganas schon einen leichten italienischen Akzent. Mein Mund war so ausgetrocknet wie die in einem kleinen Terrakottatöpfchen vor sich hinwelkende Tischdekoration, meine Füße dagegen immer noch feucht.

»Lisa und ich haben nach dem Abitur geheiratet«, erzählte Patrick gerade.

Eifersüchtig hörte ich zu, wie er von seiner Ehe

schwärmte, die offensichtlich all die Jahre vorbildlich gewesen war, bis Lisa ihn überraschend verlassen hatte. Was wohl der Grund für ihre Entscheidung gewesen war? Egal – alles was zählte, war, dass wir beide heute hier zusammen saßen. Das Schicksal hatte seinen Fehler bemerkt und in einem zweiten Anlauf alles arrangiert, um die beiden Menschen zusammen zu bringen, die von Anfang an füreinander bestimmt gewesen waren: Patrick und Jani.

Schon kurz darauf sah er mich mit seinen unwiderstehlichen, stahlblauen Augen an und sagte die drei Worte, auf die ich so lange gewartet hatte:

»Lass uns gehen.«

Er sprang auf und lief leichtfüßig die Treppe hinunter, um an der Theke zu zahlen.

Vorsichtig ans Treppengeländer geklammert, tastete ich mich Stufe um Stufe nach unten. Die feuchten Betonschuhe erschwerten meinen ohnehin weinseligen Gang. Als mich nur noch wenige Stufen vom rettenden Erdgeschoss trennten, sah ich mich suchend nach Patrick um. Wo war er in dieser Menschenmasse bloß abgeblieben? Die Schlange der Wartenden reichte inzwischen bis zum Eingang. Was fanden bloß alle an dieser überteuerten Bahnhofswirtschaft?

Als ich ihn endlich entdeckt hatte, blieb mein Mund offen stehen. Er lehnte lässig an einer Säule im Eingangsbereich und mehrere Frauen sahen in seine Richtung. Sie tuschelten aufgeregt. Mein Herz hüpfte vor Stolz und Eifersucht, bis ich bemerkte, dass ihre Blicke nicht Patrick, sondern einem Pärchen galten, das gerade trockenen Fußes durch die Eingangstür geschlendert kam.

Es handelte sich um keinen Geringeren als Lars K. Engelmann, nebst atemberaubender Begleitung. Engelmann hatte in Höhe der Wespentaille des Supermodels seinen Arm um ihren Rücken gelegt und dirigierte sie galant zum einzig leeren Bistrotisch.

Sofort kam ein Kellner angesprungen und ließ diskret das Reserviert-Schild in seiner Schürzentasche verschwinden. Natürlich, das war ja klar. Leute wie Engelmann mussten sich selbstverständlich nicht mit dem gewöhnlichen Volk anstellen. Der Millionär zog, ganz alte Schule, einen der bequem gepolsterten Stühle für seine hübsche Partnerin zurück. Es sah fast so aus, als besuchte er gerade einen Benimmkurs und war beim Praxisteil angelangt.

Das Traumpaar setzte sich und fing an, in den eigens von der Bedienung herbeigebrachten Menükarten zu blättern.

Misstrauisch beäugte ich die Schöne. Sie passte genau in Engelmanns Beuteschema: Blond und nur aus Beinen, Hüfte und Busen bestehend. Verglichen mit ihr sah ich aus wie ein aufgemöbelter Lastkahn, der sich durch die Unbilden der sieben Weltmeere gekämpft hatte. Ihre puderfarbenen Wildlederpumps, das Business-Kostüm und die modische Steckfrisur waren so trocken, als wäre sie soeben aus dem sonnigen Los Angeles eingejettet. Augenscheinlich hatte Engelmann seine Protzkarosse bis vor die Tür gelenkt und dort jemandem den Schlüssel in die Hand gedrückt, damit der Wagen geparkt wurde.

Na, der hatte sich ja schnell getröstet. Männer! Mit Sicherheit rechnete er dieses Date auch noch als Geschäftsessen ab.

Wo hatte er die Tussi bloß so schnell aufgetrieben? Wieder online? Aber mir konnte das ja egal sein. Selbst wenn die Zeitungen morgen früh meldeten, dass sie tot in ihrem Penthouse lag. Kopfschüttelnd machte ich mich daran, die restlichen Stufen hinter mich zu bringen.

Patrick scheuchte den Porsche durch die dunkle Nacht und die Schmetterlinge in meinem Bauch wirbelten aufgeregt durcheinander.

Hatte sein »Lass uns heimgehen« »Gehen wir zu mir« oder »Gehen wir zu dir« bedeutet? Sollte ich ihn in meine Wohnung einladen, um unser erstes Treffen zu vertiefen?

Schweren Herzens beschloss ich, dies nicht zu tun. Nach dem Missverständnis zwischen Bob und Patrick heute Abend war es keine so gute Idee. Ich musste die beiden erst ganz allmählich aneinander gewöhnen.

Anscheinend dachte Patrick ähnlich, denn er blieb mit laufendem Motor in der zweiten Reihe vor meinem Haus stehen.

»Danke für den schönen Abend«, hauchte ich und tätschelte sein Knie.

»Ja, das müssen wir bald wiederholen«, sagte Patrick und streckte mir sein Gesicht für ein flüchtiges Rechts-Links-Küsschen entgegen.

Bob, dem meine Abwesenheit in Hundejahren viel länger vorgekommen sein musste, begrüßte mich, als käme ich nach langer Kriegsgefangenschaft wieder nach Hause. Ich tauschte das schwarze Kleid gegen eine Jogginghose und ein T-Shirt mit Bugs Bunny Aufdruck und hoppelte mit ihm in den Stadtpark. Auf dem Weg nach draußen warf ich die durchweichten Stilettos in den Müllcontainer. Diese Stelzen waren sowieso viel zu hoch, als dass ich mich jemals in ihnen wohlfühlen würde.

Die kalte Abendluft tat gut. Auf dem Heimweg benahm sich der Boden unter mir endlich nicht mehr, als hätte ich bei Google Earth zu schnell gezoomt.

Wieder zuhause kuschelten wir uns mit Frauchen- und Hundekeksen auf die Couch, um eine Wiederholung des »Bachelors« zu gucken. Als die letzte Kandidatin ihre Rose bekommen hatte, konnte ich mich nicht länger zurückhalten. Ich tippte auf Bobs Schulter, zeigte auf den Bildschirm und versuchte behutsam, Verständnis für meine zukünftigen Pläne mit Patrick bei ihm zu wecken.

»Siehst du«, sagte ich, »das ist es, was wir Menschen brauchen: Einen Partner, mit dem wir zusammen durchs Leben gehen können.«

Bob sah mich beleidigt an.

»Einen zweibeinigen Partner meine ich natürlich«, beeilte ich mich, zu berichtigen. »Das ist etwas ganz anderes, als das, was wir beide haben.«

Doch Bob guckte immer noch wie damals, als ich ihm Brokkoli unters Futter gemischt hatte.

7

Meine Glückssträhne hielt an. Am nächsten Morgen meldete sich ein Reiseveranstalter, der seit letztem Sommer nichts mehr in unserer Agentur beauftragt hatte, auf meiner Mobilnummer und flehte mich an, einen ultradringenden Last-Minute-Prospekt für ihn zu entwerfen.

Ich sicherte ihm sofortige, professionelle Bearbeitung zu, und hatte mich gerade voller Vorfreude auf eine weitere unvorhergesehene Einnahme an die Arbeit gemacht, als mein Handy noch einmal bellte. Hoffentlich hatte er nur etwas vergessen und es sich nicht anders überlegt!

»Janin Sommer, wie kann ich Ihnen helfen?«, zwitscherte ich daher mit meiner überzeugendsten Kundenberatungsstimme.

»Ich werde dir gleich helfen!«, raunzte mich der Mann am anderen Ende der Leitung böse an.

Wie mein Kunde von eben klang das nicht. Mir schwante nichts Gutes.

»Du sagst, mich hat keiner gesehen und auf einmal fragt die Polizei nach meinem Geschäftswagen!«, beschwerte sich der Anrufer weiter.

Engelmann! Und das Leben war gerade so schön gewesen. Im Hintergrund rauschte Wasser. Wo war er? Etwa auf der Toilette?

Eine Oktave leiser raunte er: »Angeblich war es nur eine Routine-Untersuchung, aber das Ganze ist trotzdem eine Katastrophe! Die Polizei, hier in meiner Firma! Wenn ich das gewusst hätte, hätten sich meine Anwälte rechtzeitig darum gekümmert. So hatte ich mir nicht mal ein Alibi ausgedacht. Ich habe ausgesehen wie ein Verbrecher!«

»Vielleicht bist du das auch, wenn du dir ein Alibi ausdenken musst«, dachte ich und verkniff mir eine Antwort.

Anscheinend gab es in Nürnberg erheblich weniger schwarze Audis A6, als ich angenommen hatte. Aber was gingen mich Lars Engelmanns Probleme an? Sollte sich doch seine neue Trulla darum kümmern.

Kurzerhand drückte ich ihn weg.

Zwischen Patrick und mir knisterte es, mein Kühlschrank und mein Portemonnaie waren voll und es war ein strahlend schöner Sommertag. Den ließ ich mir bestimmt nicht von einem Typen wie Engelmann versauen. Oder von einem blöden Last-Minute-Prospekt. Ich wollte sowieso noch einmal in den Dessous Laden! Aber zuerst war Bob dran. Der Arme war in den letzten Tagen viel zu kurz gekommen. Kurz entschlossen nahm ich Leine und Autoschlüssel vom Haken und schwebte auf Wolke 7 aus der Wohnung.

Wir hatten den Fürther Stadtwald fast erreicht, als im Autoradio der Jingle für die Kurznachrichten ertönte.

»Verdächtiger im Mordfall Yara A. festgenommen«, verkündete der Nachrichtensprecher die Schlagzeile.

Meine Wolke schrumpfte von Größe 7 auf XS.

Nach einem weiteren Jingle rückte der Sprecher mit der ganzen Story heraus: Aufgrund von Zeugenaussagen waren verschiedene Fahrzeughalter überprüft und ihre Fingerabdrücke mit denen am Tatort verglichen worden. Dabei hatte sich der Verdacht gegen eine Person erhärtet, die daraufhin in Gewahrsam genommen worden war.

Ich legte eine Vollbremsung hin.

Bestimmt war Engelmann derjenige, den sie verhaftet hatten! Ich hatte einen Mordverdächtigen in meine Wohnung gelassen!

Hinter mir begann ein Hupkonzert und ich fuhr abwesend wieder an. War der schizophrene Millionär tatsächlich ein Mörder? Ohne Zweifel war er ein merkwürdiger Sonderling. Doch er war ein ganz anderer gewesen, wenn er Bob gestreichelt hatte.

Und Bob hatte sich noch nie in einem Menschen geirrt.

Wir waren auf dem Waldparkplatz angekommen und er

sprang in Lichtgeschwindigkeit aus dem Auto und fegte auf das Wildschweingehege zu. Während er durch sein Revier jagte, um die gerade geschlüpften Frischlinge zu verbellen, scheuchte ich Engelmann aus meinen Gedanken.

Er brauchte mein Mitgefühl nicht. Sicher hatten seine Anwälte schon längst die notwendige Kaution gestellt und er war wieder auf freiem Fuß. Vermutlich schikanierte er in genau diesem Moment, in dem ich mir Gedanken über ihn machte, schon wieder seine Angestellten. Außerdem lebten wir in einem Rechtsstaat und wenn er unschuldig war, würde sich das herausstellen.

8

Die Tage bis ich Patrick endlich wiedersehen würde, flossen noch zäher dahin als bei meiner letzten Diät. In der Nacht träumte ich, wie wir in seinem Cabrio über kurvige Landstraßen bretterten. Patrick lenkte den Porsche in einen Waldweg und parkte am Rande der Lichtung. »Komm«, flüsterte er und wir stiegen aus und liefen Hand in Hand zum Baggersee. Am Ufer warfen wir uns ins Gras. Patrick zog mich an sich und wir küssten uns. Ich hatte ganz vergessen, wie gut er küssen konnte. Seine Küsse schmeckten einfach wunderbar. Fast noch besser als Schokokekse. Was für eine glückliche Fügung des Schicksals, dass ich wieder in seinen Armen gelandet war! Ich öffnete die Augen, um meine große Liebe anzustrahlen. Er strahlte liebevoll zurück. Diese Augen. Diese zärtlichen, grünen Augen. So sanft und tiefgründig wie der See zu unseren Füßen.

Grün?

Entsetzt fuhr ich hoch. Das war doch nicht zu fassen! Was tat Engelmann in meinem Traum?

All die schrecklichen Gedanken schossen blitzartig wieder in meinen Kopf. Deckte ich einen Mörder? Warum sonst war er bereit gewesen, mich so großzügig für meine Nachforschungen zu bezahlen? Machte ich mich schuldig, wenn ich den Ermittlungsbehörden nicht meldete, was ich wusste? Mein Puls raste. Innerhalb von Sekunden war ich schweißgebadet. An Schlaf war nicht mehr zu denken.

Ich versuchte, mich durch tiefes Ein- und Ausatmen zu beruhigen, so wie ich das im Yogavideo gesehen hatte. Wie ein Mantra wiederholte ich, dass das, was ich mir da zusammenreimte, gar nicht sein konnte. Ein Mann in seiner Position suchte nicht auf Dating-Webseiten nach Frauen, um sie umzubringen!

Oder doch?

Was, wenn er das Internet gezielt nach einem besonderen Frauentyp oder einer bestimmten Person durchkämmt hatte, um sie umzulegen? Ich hatte am eigenen Leib erlebt, wie gefühllos und berechnend er sein konnte.

Immerhin schien er kein Serienkiller zu sein, denn schließlich hatte die Blonde aus dem Restaurant ihr Date mit Engelmann überlebt. Zumindest hatte ich nichts von einem zweiten Mordfall gehört. Steckte sie etwa mit ihm unter einer Decke? Man hörte ja von Fällen, in denen ein arglistiges Paar einen unschuldigen Dritten zu perversen Sexspielen verführte. Was, wenn Yaras Tod gar kein geplanter Mord, sondern ein Unfall gewesen war?

Hellwach knipste ich das Licht an, holte mein Notebook und startete den Internetbrowser. Für 'Lars K. Engelmann' erschienen 13.000 Suchergebnisse auf Google. Das Foto, das rechts neben den Textergebnissen zu sehen war, zeigte einen blendend aussehenden, aber erschreckend emotionslos in die Kamera blickenden Mann. Dem Bildnachweis zufolge war es vor nicht allzu langer Zeit aufgenommen worden.

Sah so ein Mörder aus? Nein, ausgeschlossen!

Denn das hieße, Bob hätte sich in ihm getäuscht und das war unmöglich.

Ich klickte auf ein paar Links und las, was im Internet über den Millionär berichtet wurde. Laut Wikipedia war er nur zwei Jahre älter als ich und hatte in jungen Jahren bereits mehrere Vorstadtkinos betrieben. Die hatte er rechtzeitig abgestoßen und den Erlös in sein jetziges Kinoimperium investiert. Ich wechselte zurück zu Google und klickte dort auf die Bild-Suchergebnisse.

Ein Foto zeigte ihn zusammen mit einer Frau. Ich rieb mir überrascht die Augen. War er das wirklich? Wie lange war das her? Der verliebt in die Kamera lächelnde Mann von damals hatte so gar nichts mit dem heutigen Engelmann gemeinsam. Doch die Bildunterschrift behauptete, dass es sich bei dem glücklichen Paar um 'Lars Engelmann mit Ehefrau Marlen' handelte.

Neugierig klickte ich auf weitere Fotos, um sie zu vergrößern: Marlen und Lars als verliebtes Paar bei ihrer

Hochzeit. Marlen und Lars auf einem Gala-Dinner. Marlen und Lars, wie sie einem SOS-Kinderdorf einen großen Scheck überreichten.

Marlen und Lars, ein Traumpaar, immer verliebt, immer glücklich. Selbst auf dem letzten Foto, auf dem das Paar zusammen festgehalten worden war: Lars, der die in Decken gewickelte Marlen in einem Rollstuhl durch einen herbstlichen Park schob.

Beim nächsten Bild zuckte ein Stich durch mein Herz: Lars, ein um Jahre gealterter Mann, auf Marlens Beerdigung. Das war vor nicht einmal fünf Jahren gewesen.

Danach folgten nur noch Pressefotos des Unternehmers Lars K. Engelmann, wie ich ihn kannte: Ein erfolgreicher Geschäftsmann, dem es offensichtlich entfallen war, wie man lächelte.

Wer hätte gedacht, dass das Ekel einmal ein normaler, gut gelaunter, glücklich verliebter junger Mann gewesen war? Allem Anschein nach hatte ihn der jähe Verlust seiner Partnerin zu dem hartherzigen Menschen gemacht, der er heute war. Und kaum hatte er sich nach Jahren der Trauer wieder aufgerafft, nach einer neuen Partnerin zu suchen, hatte das Leben einen weiteren Schicksalsschlag für ihn bereitgehalten: Mordverdacht.

Nach Durchsicht der Fotos konnte ich mir auch vorstellen, warum er die blonde Türkin unbedingt kennenlernen wollte: Yara Atasoy sah der verstorbenen Marlen Engelmann so ähnlich wie eine jüngere Schwester.

War dies wirklich Zufall, oder gab es eine Verbindung zwischen den beiden Frauen? War Lars auf eine verschollen geglaubte Verwandte seiner verstorbenen Frau gestoßen? Hatte sich Yara als Doppelgängerin ausgegeben? Vielleicht hatte die junge Frau dem Millionär in irgendeiner Weise geschadet, und er hatte sie endlich aufgespürt und – vorsätzlich oder durch einen dummen Unfall - um die Ecke gebracht?

Wer war Yara Atasoy eigentlich?

Bei einer Suche nach ihrem Namen erschienen nur

wenige Ergebnisse. Alle führten zur Webseite eines Hamburger Reisebüros und keine der dunkelhaarigen, zum Teil kopftuchtragenden Damen auf dem Mitarbeiterfoto dort sah der Nürnberger Yara ähnlich.

Auch wer die Blonde aus dem Restaurant war, konnte ich nicht ausfindig machen. Wie war es Engelmann bloß gelungen, diese neue Beziehung vor der Presse geheim zu halten, wenn sich doch bei Valontano's alle nach den beiden umgedreht hatten? Und vor allem, warum zeigte er sich mit ihr in der Öffentlichkeit, wenn er doch bei Yara so sehr auf Anonymität bedacht war?

Das Ganze war mehr als rätselhaft.

Gegen vier Uhr morgens klappte ich endlich das Notebook zu, legte mich wieder hin und begann, Schäfchen zu zählen. Doch sie hüpften ständig durcheinander und ich lag noch lange wach.

Sollte ich meine vagen Verdächtigungen der Polizei mitteilen? Quatsch, was ich tun musste, war Lars Engelmann endlich zu vergessen. Wie hatte er sich bloß in meinen Schlaf gedrängt? Ich hatte doch so schön von Patrick geträumt!

9

Nach einer Nacht, die sich kürzer angefühlt hatte als das Warten auf den nächsten freien Servicemitarbeiter bei der Telekom Hotline, riss mich mein Festnetztelefon aus dem Tiefschlaf. Nach dem ersten Klingeln war ich bereits so wach wie nach drei doppelten Espressos, denn außer meiner Mutter rief dort niemand an. Hoffentlich war mein Vater nicht im Urlaub plötzlich krank geworden!

In unheilvoller Vorahnung rannte ich ins Wohnzimmer und riss den Hörer von der Station.

»Hallo?«

»Spreche ich mit Frau Sommer? Ich habe eine wichtige Nachricht«, fragte eine mir fremde Stimme.

»Ja! Was ist los?«, rief ich erschrocken.

»Sie haben den Täter verhaftet«, stellte die Frau fest.

Vom Überfall an der Strandpromenade bis zum Einbruch im Hotelzimmer zog alles Furchtbare, was einem im Urlaub passieren konnte, vor meinen Augen vorbei. Ich ließ mich aufs Sofa fallen. Meine armen Eltern! Aber wer war diese wenig einfühlsame Frau überhaupt? Es interessierte mich nicht, ob sie den Täter geschnappt hatten, solange ich nicht wusste, ob meine Eltern wohlauf waren!

»Wie geht es ihnen?«, kreischte ich daher aufgebracht.

»Mir geht es gut, Frau Kommissarin«, antwortete die Frau ruhig.

Frau Müller.

Während sich mein Pulsschlag allmählich halbierte, plapperte die Alte munter weiter: »Ich habe gestern im Radio gehört, dass Sie den Mörder verhaftet haben. Das kann doch nur der Freund von der Türkin sein, oder? Man liest doch ständig, dass sich diese Ausländer gegenseitig umbringen. Ach, Frau Kommissarin, ich bin ja so froh, dass die nicht mehr hier wohnt.«

»Frau Müller!«, schrie ich in den Hörer, um ihren Redefluss zu stoppen.

Die Alte ließ sich nicht aufhalten.

»Wie der schon ausgesehen hat«, zeterte sie weiter, »lauter Muskeln. Und eine Schlange war auf seinem Arm tätowiert. Eine Schlange! Können Sie sich das vorstellen? Auf dem Arm! Wer läuft denn so rum? Und dann hat er so ein ganz lautes Motorrad gehabt und hinten auf seiner Lederjacke war ein großer Löwenkopf. Das kann doch nur ein Zuhälter sein. Der war nämlich dauernd hier, Frau Kommissarin, Tag und Nacht. Gearbeitet hat der bestimmt nichts. Ich sage Ihnen, der ist Zuhälter. Und die Türkin hat er auch umgebracht, stimmt's?«

»Frau Müller!«, schrie ich noch einmal gereizt in den Hörer und die alte Schabracke verstummte endlich. In versöhnlichem Ton fügte ich hinzu: »Tut mir leid, aber ich darf Ihnen aus ermittlungstechnischen Gründen leider keine Auskünfte geben. Einen schönen Tag noch«, und legte auf.

Komisch, dachte ich, als ich beim Zähneputzen vor dem Spiegel stand. Yara hatte einen Freund gehabt? Warum war sie dann auf einer Dating-Webseite unterwegs? Hatte sich auf der Treppe etwa ein Eifersuchtsdrama zwischen Yaras Freund und Lars abgespielt, bei dem sie zwischen die Fronten geraten war?

Warum wurde ich nur ständig wieder an die Sache erinnert?

Am späten Nachmittag erschien Patricks Name auf meinem Handydisplay.

»Hallo, Patrick«, flötete ich überglücklich.

Ich hatte noch immer ein ganz schlechtes Gewissen wegen meines Traums von letzter Nacht.

»Hallo Jani. Hast du Lust, mit ins Kino zu gehen?«

»Ins Kino! Super!«

Meine Begeisterung hätte nicht größer sein können, wenn er mich auf eine Weltreise eingeladen hätte. Zwar stand das Wort 'Kino' ganz oben auf meiner Not-to-do Liste, denn leider gab es im gesamten mittelfränkischen

Raum keinen Filmpalast, der nicht zur Metrocity Kette gehörte, aber mit Patrick war das natürlich etwas ganz anderes. Ein Kinobesuch mit ihm würde meine erst kürzlich entwickelte Lichtspielhausallergie heilen. Außerdem fühlte ich mich schlagartig in meine Schulzeit zurückversetzt und sah uns schon hemmungslos auf den Klappsitzen fummeln.

»Was schauen wir uns denn an?«

»Sag ich dir später. Ich hol dich in einer Stunde ab«, antwortete Patrick und legte auf.

Schon um achtzehn Uhr? Das klang ja verheißungsvoll! Bestimmt hatte er einen ganz romantischen Film für uns ausgesucht und danach noch ein gemütliches Essen zu zweit geplant.

Im Zeitraffertempo nahm ich eine Dusche. Dann holte ich das neue schwarze Set aus Seide und Spitze und die schwarze Röhrenjeans, die so einen knackigen Po machte, aus dem Kleiderschrank. Ich überlegte gerade, was ich sonst noch anziehen sollte, als es bereits klingelte. Oh Gott, war das etwa schon Patrick? Es war doch noch nicht mal eine halbe Stunde vergangen, seit er angerufen hatte!

Bob, der auf meinem Bettvorleger konzentriert an einem Entenröllchen gearbeitet hatte, schoss wie ein Düsenjet im Tiefflug mit ohrenbetäubendem Bellen in den Flur.

Hastig warf ich meinen Bademantel über. Ich musste ihn vorne mit den Händen zusammenhalten, denn dummerweise fehlte der Gürtel. Hoffentlich zog Patrick nicht die falschen Schlüsse, wenn ich ihn so leicht bekleidet empfing. Doch es war schließlich nicht meine Schuld, dass er viel zu früh dran war.

Auf den Weg in den Flur kam mir ein schrecklicher Gedanke: Vielleicht war es gar nicht Patrick, sondern wieder dieser verrückte Millionär? Vorsichtig linste ich durch den Türspion. Doch keiner der beiden Personen, die vor meiner Tür warteten, sah auch nur annähernd so gut aus. Was hauptsächlich an den albernen Käppis lag, die sie trugen.

Die Polizei!

Was wollte die denn von mir? Hatte die alte Müllerin etwa gesungen? Entsetzen stieg in mir hoch. Mein Herz pochte bis zum Hals.

Als es zum zweiten Mal klingelte, hatte ich einen Plan: Ich würde einfach darauf beharren, dass ich die alte Dame rein geschäftlich besucht und ihr angeboten hatte, etwas auf Kommission für sie zu entwerfen. Ich hatte zwar keine Ahnung, was das genau war, aber Kommission - Kommissarin, das konnte eine schwerhörige Seniorin schließlich verwechseln. Alles Weitere würde mir im Gespräch schon einfallen. Außerdem hatte ich ja jetzt Beziehungen. Sicher konnte Patrick ein gutes Wort für mich einlegen, falls es brenzlig wurde.

Ich drängte den noch immer kläffenden Bob zur Seite und öffnete mutig die Tür.

»Guten Tag. Sind Sie Janin Sommer?«

Die beiden hielten mir ihre Ausweise unter die Nase. Ich zog meinen Bademantel noch enger zusammen und nickte eingeschüchtert.

»Wir haben ein paar Fragen an Sie. Dürfen wir reinkommen?«

»W... Worum geht es denn?«, fragte ich und bemühte mich, so unschuldig wie möglich auszusehen, während ich die beiden in mein Wohnzimmer führte.

Bob, mein treuloser Freund, hatte sich klammheimlich zurück auf den Bettvorleger verzogen. Was würde bloß aus ihm werden, wenn ich ins Gefängnis musste?

»Kennen Sie diesen Herrn?«

Der Beamte, der bisher noch nichts gesagt hatte, hielt mir ein Foto unter die Nase. Lars! Mein Herz schlug schneller, obwohl er darauf gar nicht gut getroffen war. Anscheinend war es unter unvorteilhaften Umständen in einem grell beleuchteten Raum aufgenommen worden.

»Ist das nicht der Chef von der Kinogruppe? Wie heißt

der doch gleich?«, überlegte ich angestrengt, »Ach ja, Engelmann. Kennt man ja aus der Zeitung.«

Ich lachte nervös.

»Haben Sie Herrn Engelmann schon mal persönlich getroffen?«

Mist! Sie schienen gut informiert zu sein. Leugnen hatte keinen Zweck. Ich entschied mich für meine Finanzamt-Strategie: Nicht lügen, aber nur das Nötigste berichten. Damit war ich bisher immer gut gefahren.

»Ich ... Ich habe mal für ihn gearbeitet.«, erklärte ich vorsichtig.

»Wann war das?«

»Das ist schon ein paar Tage her.«

»Um welche Art von Arbeit hat es sich da gehandelt?«

»Werbetexte.«

»Und sonst?«

»Sonst? Was meinen Sie?«, stellte ich mich dumm.

»Wir wissen, dass Herr Engelmann in letzter Zeit wiederholt hier bei Ihnen war. Was war der Grund für diese Besuche?«

Der Polizist musterte den Bademantel, den ich immer noch krampfhaft zusammenhielt. Seinem Gesichtsausdruck nach lag es für ihn auf der Hand, warum Lars mich in meiner Wohnung aufgesucht hatte. Gleich würde er nach meinem Gesundheitszeugnis fragen.

»Ich bin Werbetexter«, beharrte ich und sah betreten auf meine nackten Füße. »Wir haben über die Texte, die ich für ihn geschrieben habe, gesprochen.«

»Und deswegen kam er zweimal zu Ihnen ins Haus?«

»Ja.«

Der Polizist legte zweifelnd seine Stirn in Falten.

»Wenn Sie wollen, kann ich Ihnen meine Werbetexte sogar zeigen«, sagte ich triumphierend und ging zu meinem Notebook.

Dort suchte ich nach den Textproben, die ich seinerzeit in der Hoffnung eines Auftrages für Metrocity entworfen hatte. Wer hätte gedacht, dass sie doch noch einen guten

Zweck erfüllen würden?

Ich winkte die Polizisten heran: »Hier.«

Die beiden beugten sich über den Computer und überflogen den knappen Text. Dann sahen sie sich an. Der eine nickte.

»Danke. Wenn wir noch weitere Fragen haben, melden wir uns.«

Als sie die Wohnung verlassen hatten, rasten meine Gedanken. Woher wusste die Polizei, dass Engelmann bei mir gewesen war? Hatte er das etwa ausgesagt und ihnen den wahren Grund für seine Besuche bei mir genannt?

Dann hatte ich mich soeben durch eine Falschaussage strafbar gemacht.

Ich musste sofort mit ihm sprechen! Falls sich seine Aussage von meiner unterschied, musste ich das noch heute Abend bei der Polizei richtigstellen. Zum Glück hatte ich nicht unter Eid gestanden. Trotzdem, gelogen war gelogen und weitere Scherereien wegen dieser Sache waren das Letzte, was ich brauchte. Gerade jetzt, wo ich bald an der Seite eines Polizisten durchs Leben gehen würde!

Natürlich würde es mir nie im Traum einfallen, Engelmann noch einmal in seiner Firma anrufen, aber dieser Anruf war lebenswichtig. Hastig leerte ich meinen Mülleimer auf den Küchenfußboden und suchte nach der Metrocity Visitenkarte. Bob, der sein Versteck im Schlafzimmer inzwischen verlassen hatte, entdeckte sie schließlich in einer leeren Hundefutterdose. Ich zog das durchweichte Stück Papier heraus und tippte mit zittrigen Fingern die darauf angegebene Durchwahl in mein Handy. Hoffentlich konnte ich so spät am Freitagabend noch jemanden in seiner Firma erreichen! Und hoffentlich war er überhaupt auf freiem Fuß.

Sein Empfangsdrache meldete sich schon nach dem ersten Rufton.

»Herrn Engelmann bitte, es ist dringend«, sagte ich mit

verstellter Stimme.

»Sie schon wieder«, herrschte sie mich statt einer Begrüßung an. »In der Buchhaltung ist niemand mehr. Rufen Sie Montag wieder an.«

»Es ist wirklich dringend!«, rief ich flehentlich, »ich habe eine ganz wichtige Nachricht für ihn! Hallo?«

Die Hexe hatte aufgelegt.

Ich wählte noch einmal und ließ es durchklingeln, bis mein Telefon den Anruf abbrach. Dann sank ich mutlos auf die Couch.

Noch vor zwei Wochen hatte ich ein ganz normales Leben geführt. Nun war ich in einen Mordfall verstrickt und stand vermutlich bereits mit einem Fuß im Gefängnis. Gerade jetzt, wo ich meine große Liebe wiedergefunden hatte!

Zwei Minuten später bellte mein Handy. Bei meinem Glück war das Patrick und sagte nun auch noch ab. Andererseits würde mich das davor retten, ihm einen Abend lang vorzuspielen, dass alles in bester Ordnung und ich ein gesetzestreuer Bürger war. Missmutig sah ich aufs Display. Es war nicht Patrick - die Telefonnummer, die ich gerade gewählt hatte, rief zurück! Schneller als eine Putzfrau auf Extasy wischte ich über das Display, um den Anruf anzunehmen.

Noch bevor ich mich melden konnte, drang die frostige Stimme der Empfangszicke an mein Ohr: »Seien Sie um sieben auf dem Marktplatz in Hinterkleinhofen. Ich wiederhole, neun-zehn Uhr, Hinter-klein-hofen, Marktplatz. Und seien Sie pünktlich.«

Die Verbindung wurde beendet.

Als ob es mir verraten konnte, was das zu bedeuten hatte, fixierte ich mein Handy. War es Engelmann, der mich in - wie hieß das Kuhdorf doch gleich? - Hinterkleinhofen treffen wollte? Warum konnte er mich nicht einfach anrufen, oder bei mir vorbeikommen? Saß er in Untersuchungshaft? War es eine Falle der Hexe, die mir dort einen in Chloroform getränkten Wattebausch vor die Nase halten, mich töten und später im Wald entsorgen würde, weil sie meine Anrufe leid war?

Ohne nachzudenken, drückte ich auf die Wahlwiederholung und hatte sie erstaunlicherweise schon wenige Sekunden später noch einmal in der Leitung.

»Ja?«, schnauzte sie mich an.

»Ich bin's noch mal ...«

Sie unterbrach mich: »Das sehe ich. Was ist los? Herr Engelmann will Sie treffen. Können Sie etwa nicht kommen?«

Also war die Fantasie wieder einmal mit mir durchgegangen. Ich atmete auf.

»Doch, doch«, beeilte ich mich, zu antworten.

»Na also, dann seien Sie pünktlich.«

Die Leitung war wieder tot.

Das war ja typisch Engelmann! Das Ekel ging einfach davon aus, dass ich alles stehen und liegen ließ und kilometerweit durch die fränkische Pampa fuhr, um ihn zu treffen! Dabei wollte ich doch mit Patrick ins Kino! Stattdessen hatte sich mein eigenes Leben gerade in einen drittklassigen Gangsterfilm verwandelt.

Aber ich hatte keine andere Wahl. Ich musste nach Hinterkleinhofen fahren, um zu erfahren, ob Engelmann bei seiner polizeilichen Vernehmung etwas über unsere Treffen ausgesagt hatte. Das war jetzt wichtiger, als mit meiner großen Liebe zu turteln.

Schnell wählte ich Patricks Nummer, log ihm mit schrecklich schlechtem Gewissen etwas von einer unangenehmen Magen-Darm-Geschichte vor, die mich quälte und entschuldigte mich mehrere tausend Mal dafür.

»Ich möchte diesen Film aber sehr gerne mit dir zusammen ansehen«, bat ich ihn. »Lass uns das nachholen, sobald ich wieder gesund bin, ok?«

»Gut«, antwortete er fröhlich, »dann kann ich ja heute schon früher auf die Versammlung gehen.«

»Welche Versammlung?«, fragte ich, ein kleines bisschen eingeschnappt, dass er unseren gemeinsamen Abend so schnell mit einer anderen Aktivität ersetzt hatte.

»GdP. Der Ortsverband trifft sich doch heute. Ich hab dir doch erzählt, dass ich da nach dem Kino hin wollte.«

Hatte Patrick tatsächlich etwas, was ihm wichtig war, mit mir geteilt und ich hatte nicht zugehört? Fieberhaft versuchte ich, mich zu erinnern. GdP - hatte das nicht mit der Polizei zu tun, Gewerkschaft der Polizei oder so? Wann hatte er mir bloß davon erzählt? Aber jetzt war keine Zeit, mir über sein soziales Engagement Gedanken zu machen.

»Ich weiß«, log ich daher schon wieder und schämte mich. »Hatte ich nur vergessen. Dann wünsche ich dir viel Spaß. Ich ruf dich wieder an, wenn es mir besser geht.«

Sobald wir aufgelegt hatten, tippte ich 'Hinterkleinhofen' in meine Navigations-App ein. Na bravo, das Nest lag tatsächlich am anderen Ende der Welt! Ich hatte noch fünf Minuten, bevor ich das Haus verlassen musste, wenn ich es bis um sieben dorthin schaffen wollte.

Schnell sprang ich in die schwarze Jeans, die wirklich gut mit der zarten Spitze des BHs harmonierte, die vorwitzig aus dem V-Ausschnitt meines T-Shirts guckte. Für alle Fälle wählte ich dazu die Boots, in denen ich gegebenenfalls hart zutreten und schnell rennen konnte. Ich schaffte es sogar noch, meine Haare zu bürsten und Mascara, Rouge und Gesichtspuder aufzutragen.

Natürlich hübschte ich mich nicht extra für Lars Engelmann so auf. Erstens hatte ich die Klamotten sowieso schon rausgelegt und zweitens gab es Selbstvertrauen, wenn man sich in seiner Kleidung wohlfühlte. Ich hatte das unbestimmte Gefühl, dass ich jeden Funken davon brauchen konnte, wenn ich gleich erfahren würde, was er ausgesagt hatte.

Exakt zur von Google vorgegebenen Abfahrtszeit warf ich eine Dose Pfefferspray in meine Handtasche, nahm Bob an die Leine, und sah noch einmal kritisch in den

Spiegel. Dank der Combat Boots tendierte meine Gesamtkomposition ziemlich in Richtung Trampeltier. Egal, schließlich hatte ich kein Date, sondern traf mich mit einem Mordverdächtigen, um unsere Aussagen bei der Polizei abzustimmen.

Wie tief war ich nur gesunken?

10

Eine Minute später saßen wir in meinem Mini und ich klemmte das Handy, auf dem die Navigations-App lief, in die Halterung am Lüftungsschlitz.

Während der ersten Kilometer sah ich immer wieder nervös in den Rückspiegel. Erst als ich die Stadtgrenze hinter mir gelassen hatte, war ich sicher, dass mir niemand folgte und zwang mich, mich zu entspannen. Bob und das Pfefferspray würden schon dafür sorgen, dass alles gut ging.

Wir passierten das Ortseingangsschild von Hinterkleinhofen exakt zwei Minuten vor sieben. Die Straßen waren ausgestorben wie auf einem Satellitenbild bei Google Earth. Entweder waren die Einwohner der kleinen Gemeinde noch im Stall oder schon im Bett.

Warum in aller Welt hatte mich Engelmann in dieses gottverlassene Dorf gelockt?

Nachdem wir den Sportplatz und die Kirche hinter uns gelassen hatten, wechselten die Hausnummern der Hauptstraße in den einstelligen Bereich.

»Ihr Ziel befindet sich auf der rechten Seite«, behauptete die Navi-App-Frau und ich setzte den Blinker und fuhr in eine kleine Parkbucht mit drei leeren Plätzen.

Mit mulmigem Gefühl sah ich, dass ich vor dem Friedhof geparkt hatte. Doch auf dem kleinen Marktplatz, der auf der anderen Straßenseite schräg gegenüber lag, schien es tatsächlich Spuren menschlichen Lebens zu geben. Ein Gasthof hatte Klappstühle und Tische vor die Tür gestellt und eine Handvoll Gäste genoss dort den lauen Sommerabend.

Als ich die Fahrertür öffnete, stieg mir der Duft von frisch Gegrilltem in die Nase. Ich spürte, wie hungrig ich war, denn ich hatte seit dem Morgen nichts mehr gegessen. Eine Sekunde später war Bob in drei olympiareifen Sätzen auf meinen Schoß, aus dem Auto und über die Hauptstraße gesprungen.

»Bob!«, schrie ich entsetzt, doch er hatte bereits den Tisch erreicht, an dem die Kellnerin gerade einen Grillteller servierte.

Die Straßenstaubspuren, die seine Pfoten an den dunklen Hosenbeinen des Gasts hinterließen, der soeben in freudiger Erwartung eines saftigen Steaks Messer und Gabel aus der Serviette wickelte, waren selbst aus der Entfernung deutlich zu erkennen.

So etwas hatte mein Hund doch noch nie gemacht! Was war bloß in ihn gefahren?

Hastig stieg ich aus und lief hinüber, um mich in aller Form beim Träger der Hose zu entschuldigen. Natürlich würde ich dem armen Mann die Reinigungskosten erstatten.

Doch als ich den Tisch erreichte, blieb mir die Entschuldigung im Hals stecken. Ich konnte mir das Lachen nicht verbeißen. Der Typ sah von Nahem aus wie Humphrey Bogart in seiner Rolle als Privatdetektiv. Sein Gesicht wurde von einer dunklen Brille verdeckt. Er hatte den Kragen seines beigen Trenchcoats hochgestellt und einen altmodischen Hut tief ins Gesicht gezogen. Entweder litt er an einer quälenden Sonnenallergie oder dieser Stil war gerade bei der männlichen Landbevölkerung in. Einfach köstlich!

Urplötzlich sprang das Bogart-Double auf und packte mich am Arm.

»Komm!«, zischte er und drängte mich auf die Straße.

Gelähmt vor Angst und unfähig, Gegenwehr zu leisten, ließ ich mich von Bogart entführen. Für unbeteiligte Zuschauer musste es aussehen, als ob ein verliebtes Paar spontan seine Pläne geändert hatte und statt eines herzhaften Abendessens nun eng umschlungen das nächste Kornfeld ansteuerte. Bob, der eine Sekunde zwischen dem herrenlosen Grillteller und uns geschwankt hatte, trottete uns wenig enthusiastisch hinterher.

Wir hatten eine nahegelegene Bushaltestelle erreicht

und mein Entführer ließ mich los.

»Entschuldige, aber es darf mich keiner erkennen. Bist du sicher, dass dir niemand gefolgt ist?«

Die Stimme kannte ich doch! Ich atmete auf.

»Ja, aber warum ...«

»Das erkläre ich dir später. Du zuerst. Warum hast du angerufen?«

»Die Polizei war bei mir!«, platzte ich heraus.

»Oh nein, was wollten die denn?«

Die wenigen Stellen Haut, die von Engelmanns Gesicht zu sehen waren, wurden noch blasser. Er packte mich an der Schulter.

»Beruhige dich, ich habe nichts erzählt«, sagte ich und trat einen Schritt zurück, um seine Hände abzuschütteln.

Wenn er schon so respektlos war, mich zu duzen, tat ich das ab jetzt auch.

»Sie wussten, dass du bei mir warst und haben mich gefragt, was du wolltest.«

Er überlegte. »Das haben sie bestimmt von meinem Navigationssystem. Die haben ja mein Auto durchsucht. Was hast du gesagt?«

»Dass wir Werbetexte besprochen haben, natürlich.«
»Braves Mädchen.«

Er verzog den Mund zu einem missglückten Lächeln.

»Du hast ihnen also dasselbe erzählt?«, fragte ich hoffnungsvoll.

»Nein, sie haben mich nie nach dir gefragt. Außerdem habe ich auf Anraten meiner Anwältin bisher die Aussage verweigert.«

Wir atmeten beide auf.

»Tut mir leid, wenn du wegen mir in Schwierigkeiten gekommen bist«, kam es Lars sogar über die Lippen.

Nanu, das waren ja auf einmal ganz andere Töne! Kam da etwa der frühere Lars Engelmann durch, den ich von meiner Internetrecherche zu kennen glaubte?

Doch schon in der nächsten Sekunde schob der altbekannte Macho nach: »Du musst noch ein paar

Ermittlungen für mich einholen.«

Sprachlos starrte ich ihn an. Daher also die plötzliche Freundlichkeit!

»Auf keinen Fall!«, wehrte ich vehement ab.

Ohne auf meinen Protest einzugehen, fuhr er fort: »Die Polizei hat die Ermittlungen eingestellt. Sie glauben, dass ich für Yaras Tod verantwortlich bin. Meine Fingerabdrücke waren am Treppengeländer und es gibt keinen Hinweis darauf, dass noch jemand anders zur Tatzeit dort war.« Seine Stimme nahm einen scharfen Unterton an. »Aber ich war es nicht. Es muss noch jemand kurz vor mir dort gewesen sein.«

»Warum haben sie dich nicht verhaftet?«, fragte ich argwöhnisch.

»Ich bin auf Kaution frei. Ich habe mir noch nie etwas zu Schulden kommen lassen und es besteht keine Flucht- oder Verdunkelungsgefahr. Aber ich bin sicher, dass sie mich überwachen. Ich habe mein Büro durch die Tiefgarage in einem anderen Auto verlassen.«

Er nahm die Sonnenbrille ab und zwei samtgrüne Augen blickten mich sanft an.

»Bitte hilf mir. Ich zahle dir tausend Euro pro Tag.«

»Warum nimmst du dir nicht einen Privatdetektiv?«, unternahm ich einen kläglichen Versuch, seinem Blick zu widerstehen.

Lars hob eine Braue. Er sah mich nun an, wie man ein kleines Kind ansieht, dem man schon hundertmal erklärt hat, warum es nicht auf die heiße Herdplatte fassen darf.

»Und wie stellst du dir das vor?«, seufzte ich und fügte schnell hinzu: »Falls ich das machen sollte.«

In seinem Ausdruck manifestierte sich für den Bruchteil einer Sekunde ein Lächeln, bevor er sachlich erklärte: »Jemand muss kurz zuvor bei ihr gewesen sein und sie die Treppe herunter gestoßen haben. Die Polizei hat Würgespuren an ihrem Hals gefunden. Es war also kein Unfall. Finde heraus, wer bei ihr war.«

Ich sah ihn zweifelnd an.

»Wie soll ich das denn machen?«

»Dir wird schon etwas einfallen. Bei der E-Mail an Yara ist dir ja auch etwas eingefallen. Ohne dich wäre ich schließlich gar nicht ...« Er schien zu merken, dass die geplante Fortführung dieses Satzes ungeschickt war, und sagte stattdessen: »Du kannst jederzeit aufhören, wenn du nicht mehr willst. Aber du musst es versuchen. Finde etwas heraus. Bitte.«

Er hatte schon zum zweiten Mal bitte gesagt. Ich war schockiert. Vermutlich war Lars Engelmann dieses Wort seit dem Tod seiner Frau nicht mehr über die Lippen gekommen.

Er unterbrach meine Gedanken: »Lass uns ein paar Meter laufen und ich erkläre dir alles.«

Ich zögerte.

»Ok«, sagte ich schließlich.

Das Ehrgefühl, dass ich dazu auserwählt war, Recht und Gerechtigkeit auf der Welt wiederherzustellen, hatte gesiegt.

Na gut, wem machte ich etwas vor? Die vielen grünen Scheine, die er mir für ein bisschen mehr Schnüffelei in Aussicht gestellt hatte, tanzten vor meinem geistigen Auge. Und der Tanz, den sie aufführten, war verführerisch. Wenn ich das nur drei, vier Tage machte, hatte ich bereits doppelt so viel verdient wie in einem normalen Monat.

Wir bogen von der Hauptstraße auf einen Feldweg ab, wo Bob sich auslaufen konnte, während der plötzlich fast menschlich wirkende Millionär mir bestätigte, was ich mir selber bereits zusammengereimt hatte: Nach dem Tod seiner großen Liebe Marlen hatte Lars sich in sein Geschäft gestürzt. Erst vor Kurzem hatte er beschlossen, sich wieder nach einer Partnerin umzusehen. Online-Dating schien ihm dafür am besten geeignet. Dabei war er auf Yara gestoßen und wollte sie unter allen Umständen kennenlernen.

»Weißt du, sie war auf ihrem Profilfoto derselbe Typ wie Marlen. Blond, dunkle Augen mit langen Wimpern, hohe Wangenknochen. Derselbe Herzmund. Sie hatte sogar denselben niedlichen kleinen Höcker auf ihrer Nase.«

Er grinste wie ein verliebter Schuljunge und ein Stich fuhr durch mein Herz. Alles Eigenschaften, die ich nicht hatte. Mit Ausnahme des Höckers auf meiner Nase, den ich hasste, seit ich zwölf war.

»Aber ich wusste nicht, was ich ihr schreiben sollte. Ich bin ein bisschen rostig im Flirten nach den vielen Jahren, weißt du«, fuhr Lars mit seiner romantischen Beichte fort.

Sein nächster Satz holte uns beide in die kalte Realität zurück: »Und dann lag dein Flyer bei mir im Briefkasten.«

Die dümmste Idee, die ich jemals gehabt hatte.

»Du hast ihr also meinen Text per E-Mail geschickt. Was ist dann passiert?«

»Sie hat mit einer E-Mail geantwortet: 'Lieber Lars, danke für deine Nachricht. Ich würde dich gerne kennenlernen, wie wäre es morgen Abend um sieben bei mir?'. Ich habe zurückgemailt: 'Das würde mich sehr freuen', und sie hat mir in einem weiteren E-Mail ihre Adresse geschickt.«

»Trifft man sich denn beim ersten Mal nicht eher in einem Café? Ist dir denn nicht komisch vorgekommen, dass sie dich gleich in ihre Wohnung eingeladen hat?«

Lars sah mich an, als ob er sich diese Frage noch nie gestellt hätte.

Dann schüttelte er den Kopf: »Nein, mir war das sehr Recht. Ich habe wohl unbewusst angenommen, Yara hätte ähnliche Gründe, unser Treffen privat zu halten wie ich. Wenn ich mich mit einer Frau in einem Café sehen lasse, steht es doch gleich am nächsten Tag in der Zeitung.«

Aber seine neue Schnecke nahm er ganz ungeniert mit zu Valontano's? Da passte doch etwas nicht zusammen. Ich überlegte, ob ich ihn danach fragen sollte. Dann dachte ich daran, wie schnell die Laune des sonderbaren Millionärs umschlagen konnte und beschloss, den lohnenden Auftrag nicht zu gefährden.

»Was weißt du eigentlich über Yara?«

Lars überlegte kurz.

»Im Grunde gar nichts. Ich kenne sie nur von der Dating-Webseite, wo sie ja nicht viel von sich preisgegeben hat. Und ihren Namen und ihre Adresse habe ich aus ihrer E-Mail.«

Wenn ich mich richtig erinnerte, hatte Yara ihr Profil wirklich extrem knapp gehalten. Sie hatte so etwas geschrieben wie: 'Ich könnte hier zwar viel über mich erzählen, aber ich möchte Dich nicht langweilen. Wenn Du etwas über mich wissen möchtest, schick mir doch einfach eine Nachricht.'

Es sah tatsächlich so aus, als ob auch sie so anonym wie möglich bleiben wollte. Aber welchen Grund hatte sie dafür gehabt?

»Wusstest du, dass sie einen Freund hatte?«

Lars sah mich so entgeistert an, als hätte ich ihm eröffnet, dass Yara ein Kind von ihm erwartete.

»Sie hatte einen Freund? Warum war sie dann auf einem Dating-Portal?« Er blieb abrupt stehen. »Glaubst du, die beiden haben gemeinsame Sache gemacht und wollten mich irgendwie erpressen?«

»Wusste sie denn, wer du warst?«

»Nein, ich habe mich ihr nur als Lars ohne Nachnamen vorgestellt.«

»Hast du deine geschäftliche E-Mail verwendet?«

»Natürlich nicht! Ich habe eine völlig anonyme E-Mail Adresse bei Gmail.«

»Dein Foto. An deinem Profilfoto hat sie dich doch vielleicht erkannt?«

»Ich habe kein Foto hochgeladen.«

»Und dann wollte sie sich mit dir treffen? Also ich weiß nicht. Ich wäre total misstrauisch, wenn mich jemand auf einer Dating Seite ansprechen würde, der kein Foto von sich gepostet hat.«

»Deswegen habe ich ja einen überzeugenden E-Mail-Text bei dir bestellt.«

Er sah mich triumphierend an.

»Dann konnte sie ja wirklich nicht wissen, dass gerade du dich melden würdest«, gab ich zu. »Also scheidet ein mögliches Interesse an deiner Person für eine geplante Erpressung aus.«

Lars klopfte mir begeistert auf die Schulter: »Janin, du bist gut.«

Janin. Das war das erste Mal, dass er meinen Vornamen erwähnte. Ich hatte gar nicht gedacht, dass er ihn sich gemerkt hatte.

»Aber es ist durchaus möglich, dass sie nach Männern gesucht hat, um sie dann irgendwie auszunehmen«, spann ich den Gedanken weiter. »Gerade weil sie dich trotz des fehlenden Profilfotos eingeladen hat.«

»Du hast Recht«, stimmte Lars zu. »Dafür spricht auch, dass sie sich bei der Kontaktaufnahme so kurz gehalten hat.«

»Vielleicht war die Masche der beiden ja, kompromittierende Fotos zu machen und die Männer damit zu erpressen«, überlegte ich.

»Das kann gut sein. Ich kenne einige, die viel Geld bezahlen würden, wenn so ein Foto nicht an die Öffentlichkeit dringt.«

Inzwischen waren wir wieder auf der Hauptstraße angekommen.

»Weiß die Polizei, warum du bei ihr warst?«, fragte ich.

»Nein, bisher habe ich die Aussage komplett verweigert. Was die Polizei hat, sind nur meine Fingerabdrücke und die Zeugenaussage: Jemand hat einen A6 wegfahren sehen ...«

Er stockte und mir wurde heiß. Gleich würde er sauer werden, dass ich ihm dies damals nicht berichtet hatte und ich konnte die tanzenden grünen Scheine vergessen!

Doch glücklicherweise fuhr er fort: »... und sie haben in einer Routineuntersuchung mein Auto ausfindig gemacht und Yaras Adresse auf dem Navi gefunden. Und anscheinend auch deine.«

Plötzlich stand ihm das blanke Entsetzen ins Gesicht

geschrieben.

»Ob die Polizei denkt, ich besuche fremde Frauen in ihrer Wohnung, um mit ihnen ... zu schlafen? Wenn das in die Öffentlichkeit gelangt, bin ich erledigt!«

Und wenn deine neue Freundin es erfährt, erst recht, dachte ich.

Lars wechselte das Thema: »Woher weißt du eigentlich, dass Yara einen Freund hatte?«

»Ihre Nachbarin hat das erwähnt.«

»Dann geh noch mal zu dieser Nachbarin und versuche, mehr über diesen Freund herauszufinden.«

Lars blieb vor einem silbernen Kleinwagen stehen, tätschelte Bob zum Abschied und zog einen Schlüssel aus der Hosentasche.

»Montagabend um sieben erwarte ich deinen Bericht, Sherlock. Ruf mich ab jetzt nur noch auf diesem neuen Prepaid-Handy an.«

Er reichte mir dieselbe Visitenkarte, die ich bereits hatte, nur dass jemand auf diese mit einer schwungvollen Handschrift eine Handynetz-Vorwahl und 'LKE1LKE' geschrieben hatte. Mir entfuhr ein anerkennender Pfiff. Nur einem Millionär wie Engelmann gelang es, auf die Schnelle eine solche Nummer aufzutreiben.

Der war bereits in seinen Wagen gestiegen und brauste gerade davon.

Moment mal! Heute war Freitag. Das hieß, ich musste am Wochenende irgendetwas auftreiben, was ich diesem Sklaventreiber am Montag präsentieren konnte. Meine Pläne für ein Wochenende mit Patrick konnte ich vergessen!

11

»Finde heraus, wer bei ihr war.«

Diese Worte kreisten die ganze Nacht wie die Ankündigung eines Piloten, dass wir gleich notlanden würden, durch meinen Kopf. Hatte Lars mich nur deswegen beauftragt, Erkundigungen einzuholen, weil er in Wirklichkeit der Täter war und hoffte, dass es irgendjemanden anderen gab, auf den er den Verdacht abwälzen konnte?

Dreimal nahm ich am Morgen mein Telefon in die Hand, um Engelmann zu informieren, dass ich es mir anders überlegt hatte und doch nicht für ihn arbeiten wollte. Doch jedes Mal erschien eine andere Szene vor meinen Augen:

Lars, der sich nach Jahren der Einsamkeit endlich wieder verlieben wollte und nun aufgrund meiner E-Mail an Yara eine Mordanklage am Hals hatte.

Lars, den Bob so abgöttisch liebte, als wäre er der Erfinder des Entenröllchens.

Lars, der mir tausend Euro Tagessatz bezahlte.

Natürlich durfte Patrick nichts von meiner geheimen Mission erfahren. Sein Verständnis als Gesetzeshüter für das, was Lars von mir erwartete, bewegte sich ganz sicher nicht im messbaren Bereich. Aber mein Job als Privatschnüffler würde ja nur ein paar Tage dauern und danach würde ich nie wieder etwas hinter seinem Rücken tun.

Am besten, ich brachte das Ganze so schnell wie möglich hinter mich. Was wusste ich eigentlich?

Yara Atasoy war vor sechs Monaten in die Parkstraße gezogen und hatte nach Aussage von Frau Müller einen Freund, den die alte Dame für einen Zuhälter hielt. Trotzdem suchte sie auf einer Dating-Webseite nach einem Partner.

Ich starte die Diktier-App auf meinem Handy und diktierte, was ich herausfinden musste:

Erstens: Yara Atasoy: Wo hatte sie gewohnt und was hatte sie gemacht, bevor sie in die Parkstraße gekommen war? Gab es in ihrem Bekanntenkreis oder Arbeitsumfeld jemanden, der ihr schlecht gesonnen war und ein Motiv gehabt hatte, sie am Abend ihres Todes zu besuchen und umzubringen?

Zweitens: Wer war ihr Freund? Hatten die beiden tatsächlich gemeinsame Sache gemacht und Männer erpresst? Oder hatte Yara ohne sein Wissen heimlich auf der Singlebörse nach einem neuen Partner gesucht und er hatte sie erwürgt, als er es herausgefunden hatte?

Ich machte mir einen Kaffee und begann, meine Liste abzuarbeiten. Als Erstes öffnete ich die Webseite des Dating Portals. Zwar hatte mir Lars bei unserem ersten Treffen den Ausdruck von Yaras Profil überreicht, doch den hatte ich schon lange weggeworfen.

Natürlich musste man zuerst selbst ein kostenpflichtiges Konto anlegen, bevor man die anderen einsamen Herzen angucken konnte. Kurzentschlossen startete ich eine Mitgliedschaft und meldete mich mit dem Decknamen 'misspiggy' und dem hässlichsten Foto, das ich bei Google fand, an. Schließlich war ich nicht scharf darauf, irgendwelche Anfragen zu bekommen. Dann erst merkte ich, dass die dumme Webseite es nicht zuließ, dass ich mich als Frau nach anderen Frauen umsah.

Verdammt!

Ich hatte 29 Euro in den Sand gesetzt. Weil das Geld sowieso schon weg war, setzte ich den Suchradius auf fünfzig Kilometer und scrollte entsetzt durch die Ergebnisse der männlichen Singles. Es war zum Abgewöhnen. Die einen blickten auf ihrem Profilfoto erfolgreich, aber freudlos mit Seitenscheitel, Anzug und Krawatte in die Kamera. Andere sahen aus wie hirnlose Muskelpakete. Und dann gab es noch die verhärmten Althippies, denen die Sorgenfalten wegen unserer kaputten Welt ins blasse Gesicht gemeißelt waren. Wie glücklich konnte ich mich schätzen, einen Mann wie Patrick wiedergetroffen zu haben!

Patrick! Bestimmt machte er sich schon große Sorgen, nachdem ich ihn gestern so schamlos angelogen hatte! Er hatte ja dieses Wochenende frei und wenn ich weiter so konzentriert an meinen Nachforschungen arbeitete, konnten wir uns vielleicht doch später noch sehen! Schnell wählte ich seine Nummer.

Als nach dem fünften Klingeln seine Sprachbox ansprang, stotterte ich eine kurze Nachricht aufs Band: »Hallo Patrick, ich bin's, Jani. Es geht mir wieder gut. Wenn du Lust hast, ruf mich zurück, damit wir was für heute Abend ausmachen können!«

Auch wenn ich noch nicht wusste, wie ich dies Bob beibringen sollte. Nach einem sorgenvollen Seitenblick auf seine Decke vertiefte ich mich wieder in die Dating-Webseite, als es klingelte.

Bob schoss an mir vorbei in den Flur. Seinem aufgebrachten Bellen nach, stand entweder die Nachbarskatze auf dem Abtreter oder - die Polizei. Oh nein, doch nicht schon wieder! Ich fuhr so blitzartig hoch, dass mein Stuhl umkippte.

Das letzte Mal, als ich mit derart klopfendem Herzen auf eine Tür zugelaufen war, war der Montagmorgen gewesen, an dem ich bei Aldi noch einen Kaschmirpullover aus dem Angebot ergattern wollte. Mit zum Zerreißen gespannten Nerven drückte ich die Türklinke herunter.

Auf meiner Matte wartete tatsächlich ein Polizeibeamter.

»Patrick?«

»Hallo, Jani. Ich war gerade in deiner Nähe, um ein paar Besorgungen zu machen und dachte, ich schaue gleich mal bei dir vorbei, anstatt zurückzurufen. Wie geht es dir denn?«

»Bestens.« Ich strahlte ihn an wie eine Taschenlampe.

»Komm doch rein!«

Patrick ging an mir und dem leise knurrenden Bob vorbei in mein Wohnzimmer. Misstrauisch blickte er auf den umgefallenen Stuhl.

»Was ist denn hier los?«

Wie ein Cop ging er ein paar Schritte in alle Richtungen und sah sich suchend um. Sein Blick blieb an der Türöffnung zum Schlafzimmer haften.

»Alles ok?«

Er machte eine verschwiegene Geste, wie um anzudeuten, dass ich ihm ein Zeichen geben sollte, falls sich ein Bösewicht in meinem Kleiderschrank verschanzt hatte.

»Jaja, alles in Ordnung«, beruhigte ich ihn, »ich... ich hab gearbeitet und bin nur so schnell aufgesprungen, als du geklingelt hast.«

Ich hastete hinüber, um den Stuhl aufzuheben, doch Patrick war mir bereits zuvorgekommen.

Als er ihn zurück an die Tischplatte schob, glitt der Bildschirmschoner meines Notebooks wie eine Jalousie nach oben und gab den Blick auf die Dating-Webseite frei.

»Arbeitest du für eine Partnerschaftsvermittlung?«, fragte er nach einer peinlichen Pause und sah mir dabei scharf in die Augen.

»Nein, nein«, rief ich und versuchte, meine Stimme ganz unbekümmert klingen zu lassen, »das ist ... öh ... für Jill, ja, für Jill, meine Freundin, sie ist gerade in Indien und da gibt es doch kein Internet, na ja, es gibt dort schon Internet, aber eben nicht überall, jedenfalls nicht da, wo sie gerade ist, und sie hat sich doch auf diesem Dating-Portal angemeldet und da hat sie mich gebeten, dass ich mal in ihrem Konto nachschaue, ob sich jemand gemeldet hat und ...«

»Aha«, unterbrach er mich, als ich Luft holen musste. »Na, dann will ich dich nicht weiter stören. Bei deiner Arbeit.«

Er wand sich zum Gehen.

»Patrick! Es ist nicht so, wie du denkst!«, rief ich, den

Tränen nahe, und sah in Schockstarre zu, wie er meine Wohnung verließ.

Als er gegangen war, ließ ich den Tränen freien Lauf. Dieser verdammte Engelmann - hätte ich bloß seinen dämlichen Auftrag nicht angenommen! Nein, ich verdammter Idiot! Warum hatte ich den Deckel nicht runtergeklappt, bevor ich die Tür geöffnet hatte? Patrick war zurecht aufgebracht. Ich konnte nur abwarten und hoffen, dass er sich wieder beruhigte. Morgen würde ich ihn anrufen und mich in aller Form bei ihm entschuldigen.

Hoffentlich kam das zwischen uns wieder in Ordnung!

Tapfer trocknete ich meine Wangen und machte mich lustlos wieder an meine Nachforschungen auf der Datingseite. Ich startete säuerlich eine zweite Mitgliedschaft, diesmal als 'kermit', 34, männlich und klickte auf den Suchknopf, um nach Frauen in meiner Nähe zu suchen. Dreiundsiebzig von ihnen waren im Umkreis von zwanzig Kilometern bereit, mich zu küssen oder an die Wand zu werfen, um ihren Prinzen zu finden. Die meisten der Mädels konnten sich sehen lassen, auch wenn wenige so hübsch waren wie Yara.

'eternallove' erschien an siebzehnter Stelle. Ein kalter Schauer lief über meinen Rücken, als mich das bekannte Foto anlächelte. Wie ich es in Erinnerung hatte, war Yaras Text kurz und nichtssagend.

»Wenn Du mehr über mich wissen möchtest, schreib mir doch einfach eine Nachricht.« War das ein Trick, um möglichst viele Anfragen zu bekommen, und die arglosen Kandidaten dann zusammen mit ihrem Freund auszunehmen? Immerhin war ihre Seite gemäß Besucherzähler über zweitausend Mal besucht worden.

Ich drückte die Tastenkombination, um einen Screenshot zu erstellen, und speicherte ihn auf meinem Notebook ab. Dann schloss ich die Webseite und machte mir eine Notiz, die Mitgliedschaften rechtzeitig zu kündigen, bevor sie mir noch mehr Geld abbuchten.

Als Nächstes tippte ich 'Yara Atasoy' in Google. Auch diesmal erhielt ich nur das eine relevante Ergebnis, das ich bereits neulich Nacht ausfindig gemacht hatte: die Mitarbeiterseite des Hamburger Reisebüros. Heute sah ich mir die Webseite näher an: Atasoy-Reisen war anscheinend seit Jahrzehnten für die Leute hinterm Deich der Inbegriff für günstige Türkeiurlaube. Auf ihrer 'Über Uns' Seite war ein postkartengroßes Foto des gesamten Teams, das sich aber leider nicht vergrößern ließ. Es war weder zu erkennen, welche der allesamt dunkelhaarigen, teilweise bekopftuchten Frauen Yara Atasoy war, noch stand irgendwo, welche Funktion die Hamburger Yara in der Firma hatte.

Dem Namen nach musste sie eigentlich der Inhaberfamilie angehören. Ich googelte 'Atasoy Reisen Hamburg', um mehr Information über die Firmen- und Familienverhältnisse zu finden, doch alles, was außer veralteten Urlaubsangeboten und einer seit August letzten Jahres vernachlässigten Facebook Seite erschien, war eine Zeitungsmeldung, dass die Firma im Herbst letzten Jahres Konkurs angemeldet hatte.

War die blonde Yara aus Nürnberg tatsächlich die Tochter des Hamburger Reisebüro-Inhabers? War sie nach der Firmenpleite aus dem hohen Norden nach Süddeutschland gezogen und hatte dabei nicht nur ihren Wohnort, sondern auch ihr Aussehen verändert?

Ich hakte Punkt eins meiner Liste vorerst ab und wand mich Punkt zwei zu: Wer war Yaras Freund? Was hatte mir Frau Müller doch gleich über ihn erzählt? Sie hielt ihn für einen Zuhälter mit Schlangen Tattoo.

Ich startete eine neue Internetrecherche. Doch bedauerlicherweise waren Zuhälter nicht gelistet und die Suche nach 'Schlangen Tattoo' brachte Trillionen von Ergebnissen. Bei 'Schlangen Tattoo Nürnberg' waren es immer noch mehrere hunderttausende, an erster Stelle die Adressen zahlreicher Tattoo Studios.

Das alles war wenig hilfreich. Aber hatte die Alte nicht auch etwas von einem Löwenkopf auf seiner Jacke gefaselt? Ich gab 'Jacke mit Löwenkopf auf dem Rücken' in Google ein und scrollte durch die erscheinenden Bilder. Zwischen Leuten mit normaler Geschmacksverirrung und Motorradgangs erschien ein Fitnessstudio, das den Löwenkopf zu seinem Logo gemacht hatte.

Aufgeregt wechselte ich auf die Webseite der bundesweiten Fitnesskette. Gymking verkaufte im Onlineshop tatsächlich Handtücher, T-Shirts und Jacken mit dem Löwenkopflogo! Und es gab auch in Nürnberg, ganz in meiner Nähe, eine Filiale, die eine Probe-Mitgliedschaft anbot.

Ausgezeichnet! Das war meine Chance, auf Lars' Kosten einen professionellen Yoga Kurs zu besuchen, während ich gleichzeitig nach dem Typen mit dem Schlangen Tattoo Ausschau hielt. Zwar hatten wir nicht über Spesen gesprochen, doch wenn er mir schon das Wochenende versaute, sollte er zumindest dafür blechen.

Gleich morgen früh würde ich mich bei Gymking anmelden. Ein Stündchen Yoga am Sonntagvormittag war wie geschaffen, um mich von den finsteren Gedanken abzulenken, die ich hegte, weil ich Patrick verärgert hatte.

Aber wenn ich ihn morgen früh, gleich nach dem Fitnesscenterbesuch noch einmal anrief, hatte er sich hoffentlich beruhigt und wir konnten uns am Nachmittag sehen.

12

Damit ich genug Zeit für ein leichtes, proteinreiches Frühstück hatte, bevor ich zu Gymking joggte, hatte ich meinen Wecker auf sieben Uhr gestellt.

»Wuff?«, leckte Bob mir gegen elf fragend übers Gesicht.

Das durfte doch nicht wahr sein! Ich musste im Unterbewusstsein immer wieder auf den Schlummeralarm gedrückt haben. Der Hund musste raus! Schnell zog ich eine kurze Sporthose und ein bequemes T-Shirt an und joggte mit ihm in den Stadtpark.

Atemlos kam ich dort an. Puh! Ich war wirklich in schlechter Form. Völlig ausgeschlossen, dass ich es in meiner Kondition bis zu Gymking schaffte. Umso dringender brauchte ich regelmäßiges Training.

Ein bisschen meditatives Herumsitzen war da für den Anfang genau das richtige.

Während der Rest der faulen Bevölkerung beim Mittagessen saß, sprang ich mit Bobs eingerollter Decke unter dem Arm dynamisch aus dem Mini und spurtete durch die Drehtür des Fitnessstudios.

»Wir sind gleich wieder für Sie da«, stand auf dem Schild, das jemand auf den Tresen der menschenleeren Eingangshalle gestellt hatte.

»Nimm deine Decke und lauf!«, raunte mir mein innerer Schweinehund unmissverständlich zu.

Ich zeigte ihm die kalte Schulter und griff nach einem der ausliegenden Programmhefte. Doch mit jeder Seite, die ich durchblätterte, wurde ich ratloser. Was war Hot Iron? Battle Rope? TRX Suspension? Und all die anderen Dinge, von denen ich noch nie gehört hatte? Musste man erst einen Mechaniker Kurs belegen, damit man hier trainieren konnte? Gab es so simple Dinge wie Yoga gar nicht mehr? Na wenn schon, dann musste ich mir eben etwas anderes aussuchen. Schließlich war ich nicht zu meinem Vergnügen hier, sondern um einen Job zu erledigen. Der Schlangen Tattoo Mann war hier irgendwo und ich musste ihn schnellstmöglich finden.

Endlich öffnete sich die Schwingtür zwischen der Eingangshalle und dem Inneren des Fitnesstempels und eine Barbiepuppe tänzelte herein. Ihre langen, blonden Haare verdeckten mehr von ihrer sonnenstudioverwöhnten Haut als Spandex Shorts und Sports Bra, die wie neonfarbene Frischhaltefolie an ihrem Körper klebten.

»Kann ich dir helfen?«, piepste sie und blickte abschätzig auf meine sackigen Bermudashorts, die schon aus der Mode gewesen waren, als ich sie seinerzeit zu den Bundesjugendspielen getragen hatte.

»Ja. Ich wollte gerne mal die Probe-Mitgliedschaft bei euch ausprobieren.«

»Ok, und an was hattest du da gedacht? Ausdauer? Kraft? Fettverbrennung?«

Ich beugte mich verschwörerisch über den Tresen: »Ein Freund von mir trainiert hier und er sagt, was er bei euch macht, wäre auch genau richtig für mich. Er hat ein Schlangen Tattoo auf dem Arm. Kennst du ihn? Blöderweise komme ich gerade nicht auf seinen Namen ...«

Spandex-Barbies Blick wechselte von abschätzig zu mitleidig.

»Meinst du Garry? Den vom Tae Bo Kurs?«

Ich triumphierte innerlich - ich hatte den Schlangen Tattoo Mann gefunden!

»Natürlich, Garry! Das ist aber auch ein schwieriger Name. Kann ich mir einfach nicht merken«, kicherte ich noch völlig überwältigt von meinen detektivischen Fähigkeiten.

Sie blickte mit gekünsteltem Augenaufschlag zur Decke. Ich war soeben drei weitere Meter in ihrem Ansehen gesunken.

»*Du* willst also Tae Bo machen?«

Sie warf ihr langes blondes Haar in den Nacken.

Warum betonte sie das 'du' so komisch? Und was war Tae Bo? Ich hatte keine Ahnung, aber so schwierig konnte das ja nicht sein. Diese asiatischen Sachen hatten doch alle irgendwie mit Spiritualität und Entspannung zu tun. Vermutlich sagte man heutzutage eben nicht mehr Yoga, sondern diesen neuen Namen.

Es war zwar ein bisschen merkwürdig, dass ein tätowierter Motorradfahrer einen Meditationskurs besuchte, doch es bestätigte meine Theorie: Sicher schleppte er dort harmlose Hausfrauen ab, die dann von Yara bei wesentlich delikateren Übungen fotografiert wurden.

»Ja, klar. Tae Bo. Definitiv.«

Fünf Minuten später hatte ich einen Jahresvertrag unterschrieben. Außerdem hatte ich gegen eine nicht unwesentliche Extragebühr zehn Stunden Tae Bo gebucht, denn leider war dieser Kurs nicht im Probetraining enthalten.

Ich musste wirklich dringend mit Lars über meine Spesen reden.

Da der Tae Bo Kurs, in dem ich Garry den Schlangenflüsterer treffen würde, nur unter der Woche stattfand, wählte ich, sobald ich meine Türschwelle überquert hatte, Patricks Nummer. Dieser sonnige Sonntag war wie geschaffen für einen Ausflug in die Natur! Ein gemeinsamer Spaziergang im Grünen war auch die beste Gelegenheit, um uns wieder zu versöhnen und Bob und Patrick aneinander zu gewöhnen. Dann bekäme der Albtraum am Baggersee von neulich Nacht endlich sein Happy End!

Patrick nahm bereits nach dem ersten Klingeln ab.

»Hi.«

Seine Stimme war zwar nicht so fröhlich wie sonst und er hatte auch nicht »Jani« zu mir gesagt, aber richtig ärgerlich klang sie auch nicht mehr. Eher - enttäuscht.

»Hi, Patrick, bitte entschuldige noch mal wegen gestern«, flehte ich und machte ein rosa Schleifchen um meine Worte. »Ich war wirklich nicht wegen mir selbst auf der Datingwebseite. Ich suche keinen anderen Mann. Ich habe dich wiedergefunden und das ist alles, was ich brauche und möchte.«

»Mhm«, machte Patrick, nicht mehr ganz so abweisend.

»Was machst du heute Nachmittag?«, fragte ich, als er nach zehn Sekunden noch nichts weiter gesagt hatte. »Hast du Lust, den Nachmittag mit Bob und mir zu verbringen? Wir könnten einen schönen Ausflug machen. An den Baggersee zum Beispiel.«

Beim Wort »Ausflug« fuhren zwei wuschelige Ohren auf meiner Couch blitzartig in die Höhe. Patricks Reaktion dagegen kam zögerlich.

»Wer ist Bob?«, fragte er misstrauisch.

»Mein Hund!«

»Ach so. Eigentlich nicht. Aber wenn du willst, können wir unseren Kinobesuch von neulich nachholen. 'Nacht der hellen Schatten' läuft.«

Nacht der hellen Schatten? Nie gehört. Aber dem Titel nach standen die Chancen gut, dass es eine Komödie mit vielen dunklen Szenen war. Bestimmt hatte Patrick den Film extra deswegen ausgewählt.

»Gerne«, rief ich überglücklich.

»Gut, ich hol dich ab«, sagte Patrick.

»Treffen wir uns lieber im Kino«, wehrte ich mit einem Seitenblick auf Bob ab, der mittlerweile schwanzwedelnd neben mir saß.

Es würde nicht leicht werden, ihm beizubringen, dass er den strahlend schönen Nachmittag in der Wohnung verbringen musste.

»Gut«, willigte Patrick ein. »Ich schaue nach, wann der Film kommt, und schick dir eine SMS.«

Wir legten auf und ich holte mit schlechtem Gewissen Bobs Leine, um wenigstens noch eine schnelle Runde mit ihm durch den Park zu laufen.

Wenn der weitere Sonntag so verlief, wie ich mir das vorstellte, würde es dauern, bis er sein Beinchen wieder heben konnte.

13

Außer uns hatten sich an diesem sonnigen Nachmittag nur wenige für die schattige Nacht entschieden. Was für ein cleverer Schachzug von Patrick! Wir hatten freie Platzwahl, obwohl wir den Kinosaal erst betraten, als die Vorschau für demnächst anlaufende Filme bereits begonnen hatte.

Zum Glück war er nicht mehr böse wegen der Dating-Webseite und unser Wiedersehen war so unbeschwert wie dieser strahlendschöne Sommertag. Er dirigierte mich zu einem Mittelplatz in den vorderen Reihen, der wie geschaffen für unser Vorhaben war. Im Umkreis von zwanzig Metern saß niemand, der sich beschweren konnte, wenn wir andere Dinge taten, als auf die Leinwand zu gucken.

Mir wurde schon beim Gedanken an die nächsten neunzig Minuten heiß. In Vorbereitung auf den Nachmittag im Dunkeln hatte ich eine weite Bluse gewählt, unter der ich statt eines BHs nur ein hauchzartes Seidenhemdchen trug.

»Ich hol uns schnell noch was zum Knabbern. Was möchtest du?«, erkundigte Patrick sich aufmerksam.

»Gummibärchen und eine Cola light«, kicherte ich in freudiger Erwartung eines Kinonachmittages, wie ich ihn das letzte Mal zu meiner Schulzeit erlebt hatte.

Kurz darauf kam er mit Getränken und zwei gigantischen Behältern zurück. Einen davon reichte er mir: »Hier. Gummibärchen gab es nicht, da hab ich dir Zwiebelringe mitgebracht.«

Entsetzt nahm ich den regentonnengroßen Becher, den er mir hinstreckte, entgegen.

»G.. großartig.«

Die Leinwand wurde kurzzeitig von einem Vorhang verdunkelt, der sich in der nächsten Sekunde bereits wieder öffnete. Der Hauptfilm begann.

Jemand von hinten schrie: »Hinsetzen!«

Patrick stellte seinen Becher auf die Armlehne zwischen uns und setzte sich. Während ich verhalten an meiner Cola nippte, begann er, sich köstlich duftendes Popcorn in den Mund zu schaufeln. Ich hatte das Zwiebelfass, so weit entfernt wie es ging, neben mir auf den Boden gestellt, doch man konnte sie immer noch riechen.

»Keinen Hunger?«, fragte er nach ein paar Minuten teilnahmsvoll.

»D... Doch«, versicherte ich ihm, »nur zu heiß.«

Er hatte es ja gut gemeint! Tatsächlich hatte ich mir einmal Zwiebelringe im Kino bestellt. Und Patrick hatte sich daran erinnert! Allerdings war ihm anscheinend entfallen, dass dies eine Halloween-Vorstellung der Rocky Horror Picture Show gewesen war, bei der das ganze Kino Vampirkostüme getragen und Zwiebelringe gegessen hatte, weil keine Knoblauchzehen verkauft wurden.

Sobald die Musik lauter wurde, kickte ich den Behälter aus meiner Geruchszone. Ich schwor mir, ein Wort mit Lars zu wechseln. Wusste der unsensible Kerl überhaupt, was er verliebten Frauen mit dem Verkauf von Zwiebelringen in seinen Kinos antat?

Verdammt, warum dachte ich schon wieder an ihn?

Anscheinend hatte unsere damalige Halloweenparty Patrick wirklich stark beeindruckt, denn wie sich herausstellte, war die 'Nacht der hellen Schatten' ebenfalls ein Horrorfilm. Nur leider nicht so lustig wie die Rocky Horror Picture Show.

Verstohlen schielte ich auf meine Handy Uhr. Schon seit einer halben Stunde kämpften die beiden Vampire gegen Werwölfe und Patrick hatte noch immer beide Hände auf seiner Seite. Gebannt starrte er auf die Leinwand, hielt mit der linken eisern den Popcorn-Becher umklammert und sorgte mit der rechten dafür, dass der Nachschub nicht abriss.

Beim nächsten Überfall der Werwölfe ging ich ebenfalls zum Angriff über. Ich kuschelte mich, soweit es der

Popcornbecher und die Mittelarmlehne in meinem Brustkorb zuließen, an ihn, legte meinen Kopf auf seine Schulter und harrte wie schockgefrostet in dieser Stellung aus.

Endlich hatte er aufgegessen, stellte den leeren Topf auf den Nachbarsitz und wischte die fettige Hand am Polster ab.

Ich rutschte tiefer und legte meine Hand beherzt auf seinen Schenkel. Er tastete, ohne den Blick von der Leinwand zu nehmen, nach meinem Ausschnitt.

Plötzlich setzten die Vampire zum Überraschungsschlag an. Patrick zog blitzartig seine Rechte zurück und klatschte begeistert in die Hände. Ich konnte seinem Ellbogen gerade noch ausweichen.

»Au!«, beschwerte ich mich, obwohl er mich gar nicht getroffen hatte.

»Tut mir leid«, entschuldigte er sich leise und drückte mir einen flüchtigen Kuss auf den Mund. Er schmeckte ein kleines bisschen nach Popcorn und ein großes bisschen nach mehr.

Gerade als ich vor lauter Glück in Ohnmacht fallen wollte, zog der Abspanntext über die Leinwand.

»War das cool, oder was?«, rief Patrick, noch völlig überwältigt und sprang auf.

Er zog mich aus dem Stuhl und ich folgte ihm mit zittrigen Knien bis zum Ende der Reihe. Dort legte er den Arm um mich und ich schwebte an seiner Seite zu seinem Auto.

Eine Stunde später lag ich bereits im Bett. Das schöne Wetter konnte mich mal! Die Hormone in meinem Mittelhirn tanzten Samba. Glücklich beobachtete ich, wie die Wolken an meinem Schlafzimmerfenster vorüberzogen. Der Himmel war genauso strahlend blau wie Patricks Augen.

Neben mir röchelte es gleichmäßig, doch ich war

hellwach. Ich fasste hinüber und bekam ein haariges Bein zu fassen, das ich liebevoll tätschelte. Das Röcheln ging über in ein wohliges Brummen. Ich drehte den Kopf und betrachtete Bob, der neben mir lag und im Schlaf die Pfoten bewegte.

Ich liebte meinen Hund über alles, da gab es überhaupt keinen Zweifel. Doch es gab Situationen, da verstand ich, warum andere Leute ein Aquarium bevorzugten. Gäbe es Bob nicht, hätte ich Patrick heute mit nach Hause nehmen können. So lag ich hier mit meinem Hund und konnte nur von all den leidenschaftlichen Dingen träumen, die Patrick und ich bald hier tun würden.

14

Zum Glück war ich gestern so früh ins Bett gegangen, dass ich den Wecker hörte, der mich bereits vor Sonnenaufgang aus meiner Nachtruhe riss. Tapfer kroch ich sofort aus dem Bett, um mich zusammen mit Schlangen Tattoo Mann Garry und seinen Nachteulen in dem Kurs, dessen Namen ich leider vergessen hatte, mental auf eine neue Arbeitswoche einzustimmen.

Während Bob im Morgengrauen in provozierender Langsamkeit von Baum zu Baum schnüffelte, koordinierte ich in Gedanken bereits jeden Handgriff, den ich gleich erledigen musste, wollte ich rechtzeitig im Fitnessstudio eintreffen.

Schneller als man eine 5-Minuten-Terrine zubereiten konnte, schaffte ich es, zu duschen, in meine Shorts und ein lockeres Shirt zu springen und Bobs Frühstück zuzubereiten. Mit noch nassen Haaren klemmte ich mir seine Decke unter den Arm und sprang in mein Auto. Gut, zu Fuß wäre ich im morgendlichen Berufsverkehr schneller gewesen, aber warum riskieren, dass mich ein so früh am Montagmorgen noch verschlafener Fahrer über den Haufen fuhr? Schließlich hatte ich einen wichtigen Auftrag zu erfüllen.

Nach nervenaufreibenden fünfundzwanzig Minuten hatte ich endlich Gymkings Parkplatz erreicht. Ich sprang aus dem Auto, spurtete los und bremste nur knapp vor der Glastür, die nicht mit meinem Tatendrang gerechnet hatte und sich nicht schnell genug öffnete.

Ich hatte gerade wieder Fahrt aufgenommen, als mein Elan ein zweites Mal gestoppt wurde.

»Halt!«, drang Barbies Piepsstimme energisch hinter dem Tresen hervor.

Da ich sowieso keine Ahnung hatte, in welchen Raum ich musste, änderte ich meinen Kurs und steuerte auf sie zu.

»Hallo«, begann ich atemlos, »du sag mal, wo findet denn dieses asiatische Dingsda statt, das ich gebucht habe, du weißt schon ...«

»Da kannst du nicht hin!«, schrie sie so entsetzt auf, als hätte ich ihr eröffnet, ich wäre auf dem Weg in ein Krisengebiet im Nahen Osten. »Bevor du hier irgendwas machst, musst du erst einen Fragebogen ausfüllen. Sonst wissen wir doch gar nicht, ob du das mit deiner Kondition durchstehst.«

Sie sah mich so mitfühlend an, als ob ein Sauerstoffschlauch aus meiner Nase hing. Was glaubte die blöde Kuh? Dass ich als der erste Mensch in die Geschichte der Gymking-Dynastie eingehen würde, der beim - wie auch immer sich dieser Entspannungskram nannte - einen Schwächeanfall erlitt? Aber was blieb mir anderes übrig? Bevor ich nicht ihren ach so wichtigen Fragebogen ausgefüllt hatte, würde sie mir sowieso nicht verraten, in welchem Raum das Ganze stattfand.

»Ok«, seufzte ich daher ergeben.

Ungeduldig beobachtete ich, wie sich der große Zeiger der Uhr über dem Eingang zu den Fitnessräumen in erschreckendem Tempo auf die Zwölf zubewegte. Barbie klickte wichtig in ihrem Computer herum. Der Geschwindigkeit nach zu urteilen, mit der sie ihre Maus über das Mousepad schob, war diese dort mit Saugnäpfen fixiert.

Eine Unendlichkeit später schwenkte sie den Computerbildschirm in meine Richtung und wand sich wieder an mich.

»Also, um deinen Trainingsplan aufzustellen, brauchen wir ein paar Angaben. Straffen oder Muskeln?«

»Straffen«, sagte ich, ohne dass ich eine Sekunde darüber nachdenken musste.

»Also straffen«, wiederholte sie und bewegte ihre Computermaus Millimeter für Millimeter auf das anzuklickende Kästchen zu.

»Und wie viel wiegst du?«

»Vierundfünfzig«, antwortete ich wahrheitsgemäß.

»Vier-und-fünf-zig.«

So wie sie diese Zahl wiederholte, während sie mit einem Finger auf ihrer Tastatur herumtippte, war sie entweder Legasthenikerin oder so jemand Fettes wie ich hatte sich noch nie um ein Probetraining beworben.

»Und dein Körperfettanteil?«, wollte sie als Nächstes wissen.

Ich hatte keine Ahnung. Um solche Dinge hatte ich mich bislang nicht gekümmert. Im Gegensatz zu ihr gehörte ich nicht zu den Leuten, die bereits morgens um fünf aufs Laufband sprangen und sich von kalorienreduzierten Eiswürfeln ernährten.

»Ist ok«, sagte ich vage und beobachtete, wie ihr Finger in Zeitlupe zuerst auf der Drei und dann auf der Null landete.

»Probleme mit Gelenken oder Rücken?«

»Nein!«

Demonstrativ sah ich auf die Uhr. Ich hatte noch sechzig Sekunden, um rechtzeitig zu meinem Kurs zu kommen.

»Und Kardio?«

»Hm?«

Sie sah mich wieder an, als ob sie es mit einem Analphabeten zu tun hätte: »Welches Kar-di-o-ge-rät möchtest du für deinen Fit-ness-check: Fahrrad oder Laufband?«

»Laufband«, entschied ich.

Das sollte kein Problem sein. Schließlich gingen wir jeden Tag eine Stunde Gassi.

Noch zehn Sekunden.

»Dann machen wir uns jetzt mal daran und stellen deinen ganz persönlichen Fitnessplan zusammen.«

Ich spürte, wie eine Vene auf meiner Stirn anschwoll. Ich holte tief Luft, platzierte meine Ellbogen auf dem Tresen und stützte meinen Kopf auf die geballten Fäuste. Dabei beugte ich mich so gefährlich weit nach vorne, dass Barbie zurückschnellte.

»Na gut«, piepste sie. »Ausnahmsweise lasse ich dich schon mal zum Tae Bo. Es findet in Raum 3 statt. Aber du musst gleich danach zu mir kommen, damit wir deinen Trainingsplan zusammenstellen können.«

»Super«, bedankte ich mich und rannte in die Richtung, die sie mir gezeigt hatte.

Keine Sekunde zu früh erreichte ich den Saal. Mit mir kam ein glatzköpfiger, dunkelhäutiger Muskelprotz hereingejoggt. Er warf krachend die Tür hinter uns zu, riss sich das Handtuch von der Schulter und warf es achtlos auf den Boden. Dann schritt er majestätisch zum vorderen Teil der Halle und baute sich breitbeinig vor den anderen Anwesenden auf. Die Menge fing an, zu johlen und zu klatschen.

Ich nutzte die allgemeine Begeisterung und durchkreuzte im Zickzack-Muster den Saal. Doch auf keinem der vierzig frenetisch klatschenden Arme war auch nur eine Schuppe zu sehen. Enttäuscht legte ich Bobs Decke auf einer Bank an der hinteren Wand ab. Entweder blieb Garry mit dem Schlangen Tattoo in Ermangelung einer Komplizin, mit der er einsame Hausfrauen ausnehmen konnte, dem Kurs fern, oder der mit der Schlange war unser Trainer.

Inzwischen hatte sich jeder einen freien Platz gesucht und auch ich brachte mich in Position. Ich kniff meine Augen zusammen. Aus der Entfernung war auf den Armen des Afroamerikaners nichts zu erkennen. Wenn er tatsächlich der mit dem Schlangen Tattoo war, warum hatte Frau Müller dann nicht erwähnt, dass er von dunkler Hautfarbe war, bei allem, was sie sonst zu lästern hatte? War die alte Dame politisch korrekter, als ich ihr das zutraute, oder war dieser Mann nicht der, den ich suchte? Ich musste mir Gewissheit verschaffen.

Während wir mit Aufwärmübungen begannen, bei denen alle die Arme in die Luft warfen und dabei von einem auf den anderen Fuß sprangen, arbeitete ich mich unauffällig Meter um Meter nach vorne.

»Work it, work it, kick it hard!«, forderte der Dunkelhäutige.

Alle begannen, wild um sich zu schlagen. Ich kickboxte, bereits völlig außer Atem, inzwischen in der ersten Reihe. Mit zusammengekniffenen Augen inspizierte ich die Arme des Muskelprotzes. Sah man die Schlange auf seiner dunklen Haut so schlecht, oder war er wirklich nicht der Mann, den ich suchte? Mutig umhüpfte ich ihn.

»You, what's up with you?«, schnauzte er mich an und ich beeilte mich, mich wieder einzureihen.

Keine Frage, auch die Arme dieses gnadenlosen Schinders waren so unbemalt wie ein abgebeizter Bauernschrank. Seine Haut hatte noch keinen einzigen Nadelstich gesehen. Enttäuscht schlich ich wieder nach hinten und versteckte mich zwischen den anderen Hüpfenden.

Ein paar Minuten würde ich noch warten. Vielleicht erschien der richtige Garry ja doch noch. Außerdem hatten wir ja nun wirklich genügend Aufwärmung betrieben und es konnte sich nur noch um Sekunden handeln, bis unser Yogi mit den entspannenden Mantras beginnen würde. Die konnte ich nach dieser Schinderei wirklich brauchen.

»Go down!«, befahl er tatsächlich und im nächsten Atemzug warfen sich alle ungeachtet der Tatsache, dass niemand außer mir eine Unterlage mitgebracht hatte, auf den Boden.

Ich holte Bobs Decke, entfaltete sie sorgfältig und streckte mich der Länge nach darauf aus. Das tat gut!

Während ich wie ein toter Käfer da lag, waren die anderen bereits auf allen vieren. Es erinnerte an Bob, wenn er einen Baum markierte, nur dass die Zweibeiner hier abwechselnd eine Hand auf den Rücken legten und sich mit der anderen abstützten. Wahrscheinlich war das der berühmte herabschauende Hund.

Ich ging wie die anderen auf die Knie, löste eine Hand vom Boden und fiel um. Die Videos auf YouTube hatten irgendwie leichter ausgesehen.

Alle um mich herum waren wieder in der Vertikalen und warfen abwechselnd ihre geballten Fäuste und Beine in die Höhe.

Wenn der Typ mit dem Tattoo nicht in der nächsten Minute auftauchte, war ich hier raus! Doch ich hatte die Rechnung ohne den Dunkelhäutigen gemacht. Er baute sich bedrohlich nahe vor mir auf.

»You!«, herrschte er mich an. »Get up! Beat it!«

»Ich ... kann ... nicht«, japste ich.

»No excuses«, fletschte er zwischen zusammengekniffenen Zähnen, während er über mich gebeugt abwechselnd zum rechten und linken Lufthaken ausholte. Die ganze Halle tat es ihm nach, was ihn zu immer schnelleren Bewegungen anstachelte.

»Come on«, lockte er mich nun wie die Hexe von Hänsel und Gretel mit gekrümmtem Zeigefinger und seine Augen blitzten.

Der Typ war ja gemeingefährlich! Gleich würde er mich an den Haaren hochzerren. Tapfer wie ein angeschlagener Boxer biss ich die Zähne zusammen und richtete mich Zentimeter um Zentimeter auf, bis ich wieder auf meinen zittrigen Beinen stand.

»Yeah!«, kam es triumphierend über seine schweißnassen Lippen, »now work it, work it!«

Ich hob unter Aufbietung meiner letzten Energien schwach einen Arm.

Kurz bevor ich sterben konnte, waren die sechzig Minuten zu Ende.

»Thank you all, good job«, schrie unser Peiniger und alle außer mir klatschten wieder so begeistert, als hätte er soeben einen lebenslänglichen Gruppenrabatt bei Gymking für uns ausgehandelt.

Unter Schmerzen bückte ich mich, um Bobs Decke aufzuheben. Als ich mich wieder aufrichtete, bemerkte ich zu meinem Entsetzen, dass außer ihm und mir keiner mehr in der Halle war.

Hilfe, jetzt kam er auch noch in meine Richtung!

»Hi, new girl, I'm Joe«, sagte er und streckte mir eine klodeckelgroße Pranke entgegen.

Ich ignorierte sie. Jede Faser meines Körpers tat weh, da konnte ich mir nicht noch zerquetschte Finger leisten.

Joe, der anscheinend annahm, dass ich ihn auf Englisch nicht verstanden hatte, fügte in einem deutsch-englischen Kauderwelsch hinzu: »Isch hoffe, es war nischt too much for disch.«

Ich verkniff mir eine Antwort und fragte stattdessen: »Do you know Garry? A guy with a snake tattoo?«

Zur Verdeutlichung malte ich eine Schlangenlinie auf mein Handgelenk.

Joe nickte. »Garry, of course isch kenne Garry. Er hat gemackt Tae Bo bis yesterday. But now isch macke Tae Bo.«

Dann erfuhr ich, dass Garry, nachdem er seit heute nicht mehr für das morgendliche Tae Bo Training zuständig war, nun Montag, Mittwoch und Freitag um siebzehn Uhr die Yogaklasse leitete.

15

Bob sah mich besorgt an, als ich über die Türschwelle gekrochen kam.

Netterweise hatte mir Joe, als ich wortlos vor ihm zusammengebrochen war, aufgeholfen und mich auf dem Weg zu meinem Auto gestützt. Dann war ich im zweiten Gang nach Hause gefahren, denn selbst das Kuppeln tat weh.

Bis zum Nachmittag konnte ich nichts anderes machen, als regungslos auf dem Sofa zu liegen. Ich war ausgelaugt wie ein gebrauchtes Kleenex. Egal, wie ich mich bettete, jeder Quadratzentimeter meines Körpers schmerzte.

Doch heute war Montag und Engelmann wollte Ergebnisse sehen. Und ich hatte, außer der Vermutung, dass Yara die Hamburger Reisebürofrau war, die aus irgendwelchen Gründen nach Nürnberg umgezogen war, nichts vorzuweisen.

Wenn ich die Tagessätze für die letzten drei Tage rechtfertigen wollte, musste ich in den wenigen Stunden, die mir bis zu unserem Gespräch blieben, noch irgendetwas halbwegs Interessantes an Land ziehen.

Gegen halb sechs fuhr ich daher mit dem schlimmsten Muskelkater seit der Gründung von Gymking im zweiten Gang zurück an den Ort des Grauens.

»Huhu!«, winkte mir Spandex-Barbie aufgeregt zu, als ich es im zweiten Anlauf endlich durch die Glastür schaffte, die sich beim ersten Mal bereits wieder geschlossen hatte, bevor ich mich in den Empfangsbereich schleppen konnte. »Können wir an deinem Trainingsplan weiterarbeiten?«

»Heute nicht«, quetschte ich zwischen zusammengebissenen Zähnen schwach hervor.

»Ich darf dich aber nicht reinlassen, solange wir nicht wissen, auf welchem Fitnesslevel du bist«, zeterte sie, »wo willst du überhaupt hin? Bleib sofort stehen.«

Es klang, als ob sie es ernst meinte.

»Yoga«, gab ich knapp Auskunft.

»Das kostet aber extra.«

Sie sah mich mit dem triumphierenden Blick eines Arztes an, der einen Privatpatienten ausgemacht hatte.

»Buch's ab«, brummte ich, »das Konto hast du ja.«

Heute war ich nicht mal mehr in der Lage, meinen Mittelfinger zu heben.

Ich schlich zur Schwingtür, die zu den Trainingsräumen führte und drückte sie mühsam auf. Dann schlurfte ich durch den Gang bis zum Yoga Saal und lehnte mich neben dem Eingang vorsichtig an die Wand.

Pünktlich eine Minute nach sechs Uhr flog die Tür auf und eine Gruppe tiefenentspannter Hühner flatterte heraus.

»Tschüss, Garry«, flöteten sie und eines der Mädels warf sogar eine Kusshand hinter sich.

Mit ihnen wehte der Duft frisch gewaschener Wäsche heraus. Offensichtlich hatte in diesem Saal niemand in der letzten Stunde einen Tropfen Schweiß vergossen.

Zuletzt kam ein mittelgroßer, durchtrainierter Südländer durch die Tür. Kein Wunder, dass ihm alle einsamen weiblichen Herzen bei Gymking verfallen waren. Garry sah Elyas M'Barek unglaublich ähnlich, nur dass seine Brust und die Oberarme, die sich unter der olivbraunen Haut abzeichneten, mindestens doppelt so muskulös waren.

Ein jäher Schmerz durchzuckte meine Wirbelsäule, als ich mich von der Wand abstieß. Jetzt ging es um alles oder nichts.

»Garry?«, rief ich ihm zu und unterdrückte nur mühsam ein Stöhnen, »warum hat denn der Yoga Kurs heute eine Stunde früher stattgefunden?«

Garry blieb irritiert stehen. Man konnte sehen, wie es in seinem Gehirn arbeitete. Dann tat er, was ich gehofft hatte: Er sah auf seine Armbanduhr.

Erleichtert schüttelte er den Kopf: »Eine Stunde früher, wieso? Wir haben um fünf angefangen und jetzt ist es kurz nach sechs.«

»Nein, das kann nicht sein. Es ist erst kurz nach fünf. Ich wollte gerade zum Kurs.«

»Tut mir leid, aber da bist du zu spät.« Zum Beweis streckte er mir seinen Arm mit der Uhr entgegen. »Hier. Achtzehn Uhr drei.«

Verdammt! Die einzige Farbe an diesem Arm war die perfekte Sonnenbräune, die sein Körper seit seiner Geburt besaß. Das konnte doch nicht schon wieder der falsche Mann sein! Immerhin hieß dieser hier Garry.

Eine Chance hatte ich noch. Ich stieß einen spitzen Schrei aus.

»Oh mein Gott, was ist das denn?«

Garry blickte dümmlich auf seine Uhr: »Eine Smartwatch, wieso?«

»Nein, der andere Arm!«

Entweder würde er gleich Hilfe holen, um die verrückte Frau abführen zu lassen, oder es würde klappen.

Es klappte.

Garry betrachtete prüfend das Handtuch, das er über seinem rechten Arm trug und sah mich dann fragend an.

»Darunter!«

So aufgeregt, wie es mein schmerzender Rücken zuließ, zeigte ich auf sein Handgelenk.

»Ach so, das meinst du«, sagte er leichthin, schob das Handtuch zurück und entblößte seinen Unterarm.

Unter dem in Falten geschobenen Frottee lugte neugierig der Kopf einer schwarzen Kobra hervor.

»Das ist nur ein Tattoo von früher. Aus meiner wilden Zeit.«

Er lachte kurz auf. Doch schon im nächsten Augenblick erstarb das Lachen.

»Entschuldige. Ich muss gehen.«

»Oh, bitte geh nicht!«, schmachtete ich ihn an. »Bitte lass mich dich auf ein Bier an die Bar einladen, nach der

Verwirrung, die ich gerade gestiftet habe.«

»Na gut«, sagte er, »da wollte ich sowieso hin. Aber mach aus dem Bier ein Wasser. Ich trinke keinen Alkohol.«

»Gebongt.«

Ich kletterte mit schmerzverzerrtem Gesicht auf einen der Barhocker, während Garry lässig ein Bein über den danebschwang.

»Bist du verletzt?«, fragte er teilnahmsvoll.

Ich winkte tapfer ab und bestellte zwei Wasser.

»Nein, ich war nur heute Morgen im Tae Bo Kurs.«

»Da haben wir uns ja knapp verpasst«, grinste er. »Den Kurs habe ich bis gestern geleitet. Aber jetzt macht das Joe. Der war mal Lieutenant bei der US Army, als noch viele Amerikaner in Fürth stationiert waren. Er ist ein harter Hund.«

Was er nicht sagte.

»Warst du auch bei der Army?«, tastete ich mich vor. »Garry klingt auch Amerikanisch.«

Er schüttelte den Kopf.

»Nein, ich bin Türke. Eigentlich heiße ich Tolgar, aber der Name kommt bei Frauen hier nicht so gut an, habe ich festgestellt.«

»Na, so wie du aussiehst, hast du doch keine Schwierigkeiten bei Frauen«, schmalzte ich. »Ich wette, du hast eine Freundin.«

Mit mir selbst wettete ich, dass noch keine Frau ihn so blöd angemacht hatte. Doch Garry alias Tolgar schien ein sehr nachsichtiger Typ zu sein, denn er ließ sich nicht anmerken, wie sehr ich ihm auf die Nerven ging.

»Nein, ich bin schon seit zwei Jahren Single. Ich war - na ja, sagen wir, ich habe eine Weile sehr zurückgezogen gelebt.«

»Hast du schon mal eine von diesen Dating-Webseiten probiert?«, versuchte ich, penetrant wie ein Animateur im Dreisterne-Ferienclub, mehr Information aus ihm herauszukitzeln.

Garry blieb höflich.

»Nein, mir steht momentan nicht der Sinn nach einer Freundin. Meine Schwester ist gerade gestorben.«

Er nahm sein Glas in die Hand und schwenkte das Wasser darin so heftig herum, als ob er sie damit wieder lebendig machen könnte.

Hatte ich richtig gehört? Seine Schwester war auch tot? Entweder war die Sterberate in Garrys Umfeld ungewöhnlich hoch, oder er war gar nicht Yaras Freund, sondern ihr Bruder! Um ganz sicher zu gehen, fragte ich nach: »Deine Schwester? Das tut mir aber leid. Woran ist sie denn gestorben?«

»Ich möchte nicht darüber reden.«

Er stürzte sein Wasser in einem Schluck herunter und stellte das Glas so hart auf den Tresen zurück, dass es einen Sprung bekam.

Gleich würde er gehen. Jetzt musste ich alles auf eine Karte setzen.

»Sag bloß, deine Schwester ist die, die neulich hier ermordet wurde? Yara soundso?«

Garry nickte traurig. Auf einmal wirkte er ganz blass unter seiner südländisch braunen Haut.

»Ich gehe jetzt besser.«

Er stand auf.

»Das tut mir so leid«, schob ich schnell nach, griff nach seiner Hand und fing an, sie zu schütteln. »Mein herzliches Beileid.«

Garry versuchte, sich loszumachen, doch ich hielt ihn so eisern fest, als hätte ich ihn beim Klauen meiner Handtasche ertappt.

Jetzt zählte jede Sekunde.

»Da kam deine Schwester gerade erst aus Hamburg, und dann das. Sie kam doch aus Hamburg, nicht wahr?«, brabbelte ich, um all meine Fragen loszuwerden, bevor er verschwand.

»Ja, aber sag mal, bist du von der Presse?«

Ärgerlich schüttelte er mich ab und glitt vom Hocker.

»Natürlich nicht!«, rief ich entrüstet.

Nachdenklich sah ich ihm nach. Garry wirkte weder wie ein Mörder noch wie ein Betrüger. Doch der erste Eindruck konnte natürlich täuschen.

Noch auf dem Parkplatz des Fitnessstudios wählte ich Lars' Handynummer.

»Sherlock«, stellte eine Stimme am anderen Ende der Leitung sachlich fest, noch bevor es das erste Mal vollständig durchgeklingelt hatte.

Übermäßig freundlich klang das nicht.

»Ich wollte dir nur berichten«, sagte ich daher alarmiert.

»Ich höre?«

»Also, ich habe heute Yaras Freund getroffen.«

Lars entfuhr ein anerkennendes »Aha.«

»Aber er ist gar nicht ihr Freund.«

»Was?« Die Anerkennung in seiner Stimme war einem ärgerlichen Ton gewichen.

»Ich meine, der Mann, den ihre Nachbarin für ihren Freund gehalten hat, ist in Wirklichkeit ihr Bruder«, beeilte ich mich, zu erklären.

»Oh«, sagte Lars, wieder deutlich zufriedener.

Es folgte eine unangenehme Pause.

Am besten, ich beendete das Gespräch, bevor er sich beschwerte, dass das alles war, was ich herausgefunden hatte.

»Gut, dann will ich dich nicht länger aufhalten. Ich melde mich wieder, wenn ich mehr weiß«, sagte ich schnell.

»Warte«, stoppte er mich. »Meinst du, ihr Bruder hat etwas mit ihrer Ermordung zu tun?«

»Das glaube ich eigentlich nicht. Er war wirklich sehr betroffen vom Tod seiner Schwester.«

»Vielleicht ist er nur ein guter Schauspieler«, sprach Lars aus, woran ich auch schon gedacht hatte. Er überlegte weiter: »Vielleicht hat es etwas mit der türkischen Mentalität zu tun und es gefiel ihm nicht, dass seine Schwester sich mit einem deutschen Mann getroffen hat?«

»Aber hätte er dann nicht eher den Mann getötet als seine Schwester?«, warf ich ein.

»Möglich. Was wirst du als Nächstes tun?«

Diese Frage hatte ich befürchtet.

»Herausfinden, ob und wo Yara gearbeitet hat.«

»Gut. Habe ich schon erwähnt, dass du ein ausgezeichneter Detektiv bist, Sherlock?«

»Au!«

»Alles ok?«

»Ja«, stöhnte ich und knetete meinen schmerzenden Rücken.

»Gut. Bleib dran und ruf mich morgen wieder an. Wir müssen die Sache noch in dieser Woche zum Abschluss bringen.«

Damit legte er auf.

Meine Nachforschungen noch in dieser Woche beenden - genau das wollte ich auch. Einerseits war es bedauerlich, dass damit diese lukrative Einnahmequelle versiegte, aber ich fühlte mich Patrick gegenüber schäbig. Zum Glück hatte er nie mehr nachgefragt, warum ich eigentlich neulich bei ihm geklingelt hatte.

Ich versuchte, mein Gewissen damit zu beruhigen, dass er auch einmal gesagt hatte, er dürfe mir keine Einzelheiten über seine Arbeit erzählen. Beim Gedanken an ihn fing ein Schmetterling in meinem Magen an, mit den Flügeln zu schlagen. Schon bald flatterte es in mir wie in einem Tropenhaus. Leider würden es die Flattermänner bis zu unserem Wiedersehen noch ein paar Tage aushalten müssen, denn Patrick hatte bis Mitte der Woche Nachtschicht.

Bis dahin hatte ich mich hoffentlich regeneriert und musste mich nicht mehr im Energiesparmodus bewegen.

16

Zwölf Stunden später konnte ich mich schon bücken und meine Schuhe alleine zubinden. Nach unserem Gassi an der frischen, kalten Morgenluft waren meine Energiereserven wieder zu fünfundneunzig Prozent aufgeladen.

Ich setzte Bob zuhause ab und machte mich zu Fuß auf den Weg in die Parkstraße. Der Porsche parkte im Hof. Wenn ich Patricks Dienstplan richtig in Erinnerung hatte, war er vor ungefähr drei Stunden von seiner Nachtschicht gekommen. Ich verkniff mir, mit dem Lippenpflegestift ein Herzchen an seine Scheibe zu malen, und betete stattdessen, dass er einen gesunden Schlaf hatte und es mir gelingen würde, bei seinen Nachbarn ein paar Informationen einzuholen, bevor er aufwachte.

Sicher wusste Frau Müller lückenlos, ob, wo und wann Yara gearbeitet hatte. Trotzdem drückte ich zuerst auf die Klingel im Erdgeschoss. Vielleicht konnte mir der Hausmeister ja auch weiterhelfen. Das Risiko, dass wir Patrick aufweckten, wenn ich mit der schwerhörigen Alten im Treppenhaus diskutierte, war einfach zu groß.

Kaum hatte ich den Klingelknopf losgelassen, wurde bereits die Eingangstür aufgerissen. Doch sie klemmte schon nach wenigen Zentimetern.

»Ach, verreck.«

Ich hörte, wie jemand auf der Innenseite hantierte. Dann war es ihm gelungen, das Hindernis, das sich unter den Türspalt geschoben hatte, zu beseitigen und Hausmeister Tim hielt mir die Tür auf.

»Servus.«

Sein Kopf war hochrot. Mit seiner freien Hand fummelte er unbeholfen an seiner Hose herum. Interessiert sah ich auf das, was sich da so widerspenstig weigerte, in eine der Vordertaschen seiner Jeans geschoben zu werden. Für einen Putzlappen hatte es eine recht eigenwillige Form. Auch das Material schien mir nicht übermäßig saugfähig. Dafür sah das fliederfarbene Etwas einem klassischen Bügel-BH ziemlich ähnlich. Ich tippte auf Körbchengröße D.

Tim, ein Crossdresser? Ich verkniff mir ein Lachen.

»Der Fotograf von deiner Zeitung war noch nicht da«, beschwerte er sich und versuchte, das pikante Stück hinter seinem Rücken zu verstecken. »Wann werden denn endlich die Fotos von mir gemacht?«

»Deswegen bin ich ja hier«, antwortete ich geistesgegenwärtig. »Ich fotografiere dich.«

Während der Schnappschüsse würde ich genug Gelegenheit haben, Tim auszufragen.

»Super«, freute er sich. »Wo willst du die Fotos machen? Oben im Treppenhaus, wo der Mord passiert ist? Und danach hier unten auf meiner Hantelbank?«

Ich zögerte. Einerseits reizte es mich, endlich mal einen echten Tatort zu sehen, andererseits mussten wir dazu an Patricks Wohnung vorbei. Wenn der einfältige Hausmeister nur nicht so laut reden würde!

Ich zog ihn verschwörerisch am Arm und er beugte sich folgsam zu mir herunter.

»Gut, das können wir so machen«, stimmte ich zu. »Aber du darfst bis zur Veröffentlichung mit keinem drüber reden, sonst streicht mein Chef sofort die Bilder von deiner Hantelbank. Außerdem müssen wir während des gesamten Fotoshootings absolut leise sein, sonst verwackeln die Fotos.«

»Geht klar«, wisperte er übereifrig zurück.

Die alte Werbetexter Weisheit hatte sich wieder einmal bewahrheitet: Wenn man etwas nur überzeugend genug rüberbrachte, spielte es keine Rolle, ob es auch Sinn ergab.

»Komm mit«, flüsterte Tim und begann, übertrieben vorsichtig die Treppe hinaufzusteigen, was das Knarzen auf jeder der alten Holzstufen noch verstärkte.

Ich umschloss meine Daumen mit den Fingern und schickte ein Stoßgebet zum Himmel, dass Patrick während unserer fragwürdigen Aktion schlummern möge wie ein

Baby. Dann folgte ich Tim.

Kurz vor dem ersten Stock blieb ich stehen. Mir war etwas eingefallen.

»Hej, Tim«, zischte ich.

Tim blieb stehen und sah sich nach mir um.

»Das Dachgeschoss ist doch nicht von der Polizei versiegelt, oder?«, raunte ich leise.

»Nein«, flüsterte es beruhigend von oben. »Da war eine Absperrung im Treppenhaus, aber die ist schon entfernt worden. Ich war heute Morgen erst in ihrer ...«

Er verstummte und biss sich auf die Lippen. Seine Gesichtsfarbe wechselte in ein besorgniserregendes Purpur, dann drehte er sich um und stapfte entschlossen weiter.

Ich grinste. Daher stammte also der BH!

Drei Stufen weiter fiel mir noch etwas ein. Wenn Tim das Dessous aus Yaras Wohnung stibitzt hatte, musste er einen Schlüssel haben.

»Hej, Tim«, zischte ich daher noch einmal. »Können wir für die Fotos auch in Yaras Wohnung gehen? Hast du den Schlüssel?«

»Klar! Mit meinem Generalschlüssel komm ich überall rein.«

Tim griff in seine Hosentasche und förderte triumphierend einen riesigen Schlüsselbund zutage. Dabei fiel das delikate Stück Stoff erneut zu Boden. Hastig bückte er sich.

»Das kommt aber nicht in die Zeitung, gell?«, flüsterte er.

»Natürlich nicht«, versprach ich.

Ich glaubte, wieder ein undeutliches Gesicht hinter der Scheibe des unangenehmen Doktoren Paars zu erkennen, und ging schnell weiter.

Ohne weitere Unterbrechung kamen wir im Dachgeschoss an. Ich suchte so ehrfürchtig, als wäre die Leiche noch hier irgendwo versteckt, die Treppe vor Yaras

Wohnung mit den Augen ab. Möglicherweise waren die Stufen und das Treppengeländer nach der Spurensicherung ein klein wenig sauberer als vorher, doch ansonsten deutete rein gar nichts auf den grausamen Mord hin.

»Zu dunkel hier", wisperte ich Tim zu, „lass uns die Fotos drinnen machen.«

Tim hatte die Wohnungstür schneller geöffnet, als ich die Metallfolie von einem Schälchen Hundefutter ziehen konnte. Ich schubste ihn hinein und zog die Tür hinter uns zu. Endlich konnte ich ungestört mit der Befragung beginnen.

Als Erstes fühlte ich ihm auf den Zahn: »Es bleibt natürlich unter uns, aber was willst du denn mit Yaras BH?«

Tim nagte betreten an seiner Unterlippe: »Nur als Andenken. Ich hab sie doch so gerne gehabt, meine kleine Yara.«

»Lief da was zwischen euch?«, fragte ich argwöhnisch.

»Nicht direkt.«

»Was meinst du damit?«

»Also ich hab sie geliebt und ich glaube, sie mich auch, aber sie musste ja auf ihren kleinen Bruder aufpassen. Das hab ich auch verstanden.« Er sah mich treuherzig an: »Weißt du, sie hat schon gewusst, dass wir zwei füreinander bestimmt waren, aber sie war einfach noch nicht so weit.«

Mit gerunzelter Stirn musterte ich den Männerdutt auf seinem karg möblierten Oberstübchen und rief mir das Foto der blonden Geschäftsfrau in Erinnerung. Selbst wenn sich gleich herausstellen sollte, dass Tim für den Oskar nominiert war und dazu im Lotto gewonnen hatte, konnte ich mir nicht vorstellen, dass seine Beziehungsfantasie etwas mit der Wirklichkeit zu tun hatte.

Doch interessanterweise hatte Yara anscheinend noch mehr Verwandtschaft hier.

»Warum musste sie denn auf ihren kleinen Bruder aufpassen?«, erkundigte ich mich neugierig. »Hat er eine

Behinderung?«

»Nein, keine Behinderung«, kam es wie aus der Pistole geschossen, »im Knast war er.«

Er sah mich erschrocken an, als er seinen Fehler bemerkte: »Das schreibst du aber nicht, gell? Ich hab dem Tolli versprochen, dass ich das niemandem erzähle. Der Tolli ist doch extra hierher gezogen, wo ihn keiner kennt, damit er ganz neu anfangen kann.«

»Keine Angst«, beruhigte ich ihn, während mehrere Nachtigallen durch meine Gehörgänge trapsten.

Tolli - Tolgar alias Garry Atasoy war also im Gefängnis gewesen - deswegen hatte er gesagt, er habe in den letzten Jahren sehr zurückgezogen gelebt!

»Wann machen wir denn endlich die Fotos?«, quengelte Tim.

»Sofort. Ich schau mal, wo das beste Licht ist«, sagte ich und warf einen flüchtigen Blick in alle Räume.

Yaras Wohnung hatte durch die Dachschrägen einen anderen Grundriss als die Wohnungen der darunterliegenden Etagen. Ihr Flur war nicht lang gestreckt, sondern quadratisch, mit Türen zu Wohnzimmer, Küche, Bad und Schlafzimmer. Selbst mit den wenigen kleinen Fenstern wirkte die Wohnung hell und freundlich. Wände und Decken waren in sanften Tönen gestrichen und jedes Zimmer hatte ein anderes, so perfekt aufeinander abgestimmtes Farbschema, dass sogar die Erfinder der RAL-Farbpalette gestaunt hätten. Gekonnt gesetzte orientalische Einrichtungsakzente und handgeknüpfte Seidenteppiche rundeten den Wohnpalast der Nürnberger Scheherazade ab. Für so stilsicheres Wohndesign brauchte man neben Geschmack definitiv auch das nötige Kleingeld.

»Was hat Yara eigentlich gearbeitet?«, rief ich Tim zu, der noch immer brav im Flur wartete.

»Friseuse war sie, im Salon nebenan.«

»Bist du sicher?«

»Natürlich.« Es klang beleidigt. »Ich hab sie ja jeden Tag dort besucht. Das Nachbarhaus gehört denselben

Eigentümern. Den gehören viele Häuser hier in der Straße. Da bin ich überall Hausmeister«, fügte er stolz hinzu.

Mit einem mageren Friseurinnengehalt konnte man sich nie und nimmer so eine Traumwohnung leisten. Alles sprach für einen Nebenverdienst der hübschen Friseurin und ihres Bruders, wie Lars und ich ihn vermuteten. Ich musste mich unbedingt genauer in ihrem Schlafzimmer umsehen.

»Geh du schon mal ins Wohnzimmer und üb' ein paar Positionen ein, bei denen deine Muskeln am besten rauskommen, ok? Ich geh so lange mal raus, damit du ungestört bist.«

Mit diesen Worten huschte ich in Yaras Liebesnest.

Das Schlafzimmer war in einem edlen Champagnerfarbton gestrichen und mit persisch angehauchten Accessoires in Gold- und Silbertönen dekoriert. Die verspiegelte Schrankwand reflektierte das mit feinster apricotfarbener Seidenbettwäsche bezogene Doppelbett. Die Matratze gab schwabbelnd nach, als ich sie an einer Stelle herunter drückte. Na bitte: Ein Wasserbett, in dem man sich nach allen Regeln des Kamasutras austoben konnte, ohne dabei mit seinem besten Stück in der Besucherritze stecken zu bleiben.

»Sag mal, hatte Yara eigentlich oft Besuch?«, rief ich in Richtung Wohnzimmer.

»Nö, nie«, kam es zurück.

»Hatte sie keine Freundinnen oder Freunde?«

»Nö, nur ihren Bruder«, behauptete Tim.

Ich konnte mir vorstellen, dass er tatsächlich sehr genau aufgepasst hatte, mit wem seine große Liebe verkehrt hatte.

Beide Seiten von Yaras Bett waren unberührt. Sie musste es erst kurz vor Lars' Besuch neu bezogen haben. Neidisch fuhr ich über die faltenfreien Bezüge. Auf der rechten Bettseite reihten sich statt einem Kopfkissen mehrere kleinere Kissen in appetitlichen Schattierungen von Pfirsich bis Blutorange aneinander.

Ich ging hinüber, um im Gedenken an Yara das apricotfarbene Kissen, das in der ansonsten makellosen Szenerie ein paar Zentimeter verrutscht war, gerade zu rücken. Doch das störrische Kissen wollte sich einfach nicht in die Reihe der anderen einfügen. Nach einem zweiten Versuch verstand ich, warum: Es bedeckte eine rechteckige, ebenfalls apricotfarbene Tasche im Format eines dicken Einrichtungskatalogs. Als ich sie hervorzog, grinste mich ein sorgfältig zusammengerolltes weißes Kabel an, das einsam wie eine Natter mit Mundgeruch darunter gelegen hatte.

Ich musste auf Yaras Sexspielzeug-Sammlung gestoßen sein! Zumindest auf den kleinen Teil davon, den sie in ihrem Bett aufbewahrte.

»Kommst du?«, kam es ungeduldig aus dem Wohnzimmer.

»Gleich, setz dich schon mal aufs Sofa«, rief ich zurück.

Aufgeregt nestelte ich am Reißverschluss der Tasche, aber schob ihn schon nach der Hälfte enttäuscht wieder zurück. Statt einer prickelnden Erotik-Toy-Kollektion enthielt die Tasche nur ein langweiliges MacBook.

»Wie lange brauchst du denn noch?«

»Bin schon auf dem Weg«, log ich und schob das Notebook wieder unter die Kissen.

Ich warf noch einen schnellen Blick in die Ecke vor dem Fenster, wo ein verspieltes Tischchen stand, das Yara als Schminktisch gedient hatte. Es bog sich unter einer Armada von Tuben und Tiegeln aus Kunststoff und Keramik. Dazwischen steckten hunderte von Parfümflakons, Lippenstiften, Mascaras und Nagellackfläschchen. Ungläubig musterte ich die Vielfalt der hochwertigen Markenprodukte, die jeden Drogeriemarkt in den Schatten stellte.

Im hinteren Bereich stapelten sich mehrere orientalisch anmutende Kästchen in unterschiedlichen Größen, die allesamt mit Perlmutt, bunten Glasperlen, Spiegelpailletten oder Strass Steinchen verziert waren. Es glitzerte und funkelte wie in Sultans Reich. Ich hob den Deckel eines der Schatzkästchen und sah, dass Yara bezaubernde Swarovski-Ohrringe darin aufbewahrt hatte. Was wohl die flache, mit edlen Kristallen verzierte Hülle darunter verbarg?

Neugierig nahm ich sie hoch, klappte sie auf – und blickte auf Yaras iPhone!

»Was machst du denn da?«

Ich fuhr herum. Tim stand hinter mir.

»Das ist doch Yaras Handy. Komisch, dass die Polizei das nicht mitgenommen hat«, wunderte er sich.

Ja, das war wirklich merkwürdig. Anscheinend hatte es sich bei den männlichen Ermittlungsbeamten in Nürnberg noch nicht herumgesprochen, dass manche Frauen ihre Handys nicht wie technische Gebrauchsgegenstände behandelten, sondern kostbarer umhüllten als einen Schatz in Tausendundeiner Nacht.

Tim schnappte schneller danach, als Bob nach einem Entenröllchen. Er wischte hin und her und drückte auf ein paar Tasten.

»Die Batterie ist leer«, erklärte er dann und legte die glitzernde Hülle ehrfurchtsvoll wie einen heiligen Schrein zurück auf den Schminktisch.

»Komm, lass uns jetzt die Fotos machen.«

Wir gingen zurück ins Wohnzimmer, wo Tim begann, seine Armmuskeln spielen zu lassen, während ich wahllos wie ein japanischer Tourist herum knipste.

Nach dem fünfzehnten Schnappschuss ballte Tim unvermittelt die Faust und sein Gesicht verzog sich zu einer hässlichen Fratze: »Dieses Schwein, das sie umgebracht hat! Wenn ich den erwische!«

Für einen kurzen Augenblick bekam ich richtig Angst vor ihm. Doch schon in der nächsten Sekunde hatte sich sein wütendes Gesicht weinerlich verzogen.

»Hast du denn einen Verdacht, wer das gewesen sein

könnte?«, fragte ich.

Er schüttelte energisch den Kopf.

»Meinst du, ihr Bruder wäre dazu fähig gewesen?«

Sein Kopfschütteln wurde noch entschiedener: »Nein. Der Tolli hat seine Schwester genauso gerne gehabt wie ich.«

Er schluckte.

»Sie waren Türken«, gab ich zu bedenken. »Da hört man doch schon mal von blutigen Familienstreitigkeiten. Vielleicht hat ihrem Bruder nicht gefallen, dass sie sich in dich oder jemand anderen verliebt hat?«

Ich sah ihn herausfordernd an.

»Nein, der Tolli ist ein ganz feiner Kerl«, beharrte Tim, »der kann keiner Fliege etwas zuleide tun. Zwei Jahre ist der unschuldig im Knast gesessen, obwohl er ganz genau weiß, wer ihm damals das Koks ins Handschuhfach gelegt hat. Und trotzdem hat er den Typen nie verraten. Also ich hätte den ja ...«

Seine Augen hatten wieder diesen merkwürdig gläsernen Ausdruck angenommen. Ungläubig sah ich zu, wie er seine Hände um einen imaginären Hals legte und zudrückte. Derjenige, der Yara auf dem Gewissen hatte, hatte Würgespuren an ihrem Hals hinterlassen. Mir wurde heiß und kalt.

Ich hatte genug gehört.

»Lass uns gehen«, sagte ich schnell und drängte ihn aus der Wohnung.

Vor der Tür legte ich meinen Finger auf die Lippen.

»Danke, Tim. Und wie gesagt - psst - zu keinem ein Wort über das was wir heute hier gemacht haben.«

»Ist klar. Und wann kommen meine Bilder in die Zeitung?«

»Freitag«, behauptete ich und lief los, um Patricks Etage so schnell wie möglich hinter mir zu lassen.

Tatsächlich gelangte ich unbemerkt bis in den ersten Stock. Dort hatte sich der schreckliche Doktor Eckert aufgebaut. Das hatte mir gerade noch gefehlt!

»Schau an, die Presseschlampe ist wieder da«, rief er so laut, dass ich befürchtete, er würde Patrick aufwecken. »Oder soll ich sagen, die Kommissarin? Was bist du eigentlich wirklich?«

Er trat einen Schritt auf mich zu und eine eklige Alkoholfahne stieg in meine Nase. Angewidert wich ich zurück.

Sein ausgestreckter Zeigefinger fuchtelte vor meiner Nase herum: »Eins sage ich dir, hör bloß auf, hier herumzuschnüffeln!«

Mit angehaltenem Atem versuchte ich, mich an ihm vorbei zu drängen, doch er versperrte mir den Weg. Wie beim Walzer wechselten wir ein paar Mal im Wiegeschritt von der linken zur rechten Seite. Für seinen Zustand war er erstaunlich reaktionsschnell.

Inzwischen war Tim hinter mir aufgetaucht.

»Wieso Kommissarin? Bist du wohl gar nicht von den Nürnberger Nachrichten?«, wunderte er sich.

»Von wegen!«, fauchte der rotgesichtige Doktor. »Das Weib lügt wie gedruckt. Bei der alten Müllerin hat sie sich als Kommissarin ausgegeben.«

Verdammt, meine Tarnung war aufgeflogen!

So schnell meine immer noch muskelkaterbehafteten Oberschenkel dies zuließen, schwang ich mich auf das hochglanzpolierte Treppengeländer und rutschte um zwei Kurven herum ins Erdgeschoss, wo ich unsanft aufs Holzparkett knallte.

»Wenn ich dich noch einmal hier sehe, mach ich dich fertig!«, schrie mir der Doktor hinterher.

Mit einer Geschwindigkeit, die jedes Radargerät in der 30er-Zone ausgelöst hätte, rappelte ich mich auf und flüchtete auf die Straße. Von dort aus hinkte ich wie der Glöckner von Notre Dame nach Hause.

17

Als ich meinen Gesundheitszustand im Flurspiegel analysierte, zerfloss ich vor Selbstmitleid. Nach dem schrecklichsten Muskelkater meines Lebens hatte ich nun einen faustgroßen blauen Fleck an meiner Hinterseite. Wenn das so weiterging, würden meine Tagessätze von Lars als Selbstbeteiligung für meine private Krankenversicherung draufgehen. Es war Zeit, meinen geschundenen Körper für den Rest des Tages zu verwöhnen. In Kombination mit einem Glas Rotwein würde sich eine entspannende Badewanne wunderbar anfühlen.

Im duftenden Schaumbad rekapitulierte ich, was ich momentan über den Mordfall wusste:

Yara Atasoy war vor einem halben Jahr nach Franken gezogen, um ihrem frisch aus dem Knast entlassenen Bruder Garry alias Tolgar alias Tolli beizustehen, der - sofern Tim recht hatte - unschuldig wegen Drogenbesitz hinter Gittern gesessen hatte. Der anscheinend bestens informierte Tim glaubte, dass Yaras Bruder nicht zu irgendwelchen unrechten Machenschaften oder gar zum Mord an seiner Schwester fähig war. Das bestätigte den Eindruck, den ich bei meinem Treffen mit Garry gehabt hatte. Doch wenn Garry und seine Schwester keine Betrüger waren, die unschuldige Männer oder Frauen erpressten, womit hatte Yara dann ihre so exklusive Wohnung unterhalten? Von einem mageren Friseurinnengehalt bestimmt nicht, selbst wenn sie noch mal dasselbe an Trinkgeld bekommen hatte. Und von drei Stunden als Yogalehrer pro Woche konnte Garry sich auch kein Motorrad leisten. Die Möglichkeit, dass das Geschwisterpaar Männer und Frauen erpresste, wurde immer wahrscheinlicher.

Doch nach Tims Aussage hatte Yara außer ihrem Bruder keine anderen Männer in ihrer Wohnung empfangen. Entweder hatten die Treffen woanders stattgefunden, oder Tim sagte nicht die Wahrheit. Vielleicht, weil er auch irgendwie in die Sache verwickelt war? Womöglich hatte er ja ein bestens ausgestattetes Sado-Maso Studio in seinem Schlafzimmer eingerichtet?

Aber hätte er sich nicht schon längst verplappert, wenn er wirklich etwas damit zu tun gehabt hätte? Oder spielte er den harmlosen Trottel nur? Vielleicht hatte er tatsächlich weniger gut, als er vorgab, verkraftet, dass Yara nicht so sehr in ihn verliebt war, wie er in sie?

Ich erinnerte mich mit Schaudern an den Moment, als seine Gesichtszüge entgleist waren und er so getan hatte, als ob er jemanden würgte. Hatte er Yara am Abend ihres Todes im Treppenhaus bedrängt und, in einer Rangelei um einen Kuss, die Hände zu eng um ihren Hals gelegt?

Es war auch möglich, dass er nichts mit den Erpressungen von Yara und ihrem Bruder zu tun hatte, aber davon wusste und seinerseits das Geschwisterpaar damit erpresste. Und als Yara nicht bezahlen wollte, hatte er zugedrückt.

Wie sollte ich bloß herauskriegen, was wirklich passiert war? Am besten, ich hörte mich morgen in dem Friseursalon um, in dem sie gearbeitet hatte. Vielleicht erfuhr ich ja dort etwas Interessantes.

Für heute war jedenfalls nur noch Entspannung angesagt. Ich stieg aus dem inzwischen lauwarmen Wasser und trocknete mich ab. Dann hüllte ich mich in meinen Bademantel und legte mich mit der Fernbedienung auf die Couch. Als ich mich durch die Programme zappte und kurz davor war, einzudämmern, fiel mir ein, dass ich Lars noch anrufen musste. Das hätte ich ja fast vergessen! Große Neuigkeiten hatte ich ja nicht für meinen Auftraggeber, aber ich schuldete ihm meinen heutigen Bericht.

Gähnend griff ich nach dem Handy. Es klingelte fünf Mal durch, bevor er sich meldete.

»Ich bin in einem Meeting«, flüsterte er. »Gibt es etwas Wichtiges oder hat es Zeit bis morgen?«

Wenn ich nicht so schlapp gewesen wäre, wäre ich jetzt auf den Tisch gesprungen und hätte getanzt.

»Nein, nein, lass dich nicht stören. Bis morgen!«

»In Ordnung. Was hältst du davon, wenn wir zusammen essen? Um sieben ...«, er räusperte sich, »... du weißt schon wo ...«

»Super«, gähnte ich.

Natürlich hatte ich keinen Bock, schon wieder in dieses abgelegene Kuhdorf zu fahren. Davon abgesehen war ich überhaupt nicht scharf darauf, mit Lars Engelmann essen zu gehen. Aber wenn ich jetzt auflegen und gleich meine Augen zu machen konnte, würde ich morgen sogar mit ihm in Tschernobyl picknicken.

Kaum hatten wir aufgelegt, bellte es erneut. Ich stöhnte auf. Was war denn nun noch?

Doch es war nicht Lars, sondern Patrick, dessen Nummer leuchtete.

Obwohl ich mich diesmal wirklich freute, konnte ich mir nur ein schläfriges »Hallo« abringen.

»Jani«, begrüßte er mich freudig, »hast du Lust, morgen Abend mit auf unsere Ortsversammlung zu kommen? Es gibt auch was zu essen. Zwar nur belegte Brötchen, aber es wird dir bestimmt gefallen.«

Wie gerne hätte ich eine Käsesemmel bei Patricks Gewerkschaft gegen einen Grillteller in Hinterkleinhofen eingetauscht! Doch wie Lars wollte ich das lästige Detektivspielen und die damit verbundenen Heimlichtuereien bis Ende der Woche hinter mich bringen.

»Och, Patrick, das tut mir so leid, aber ich hab schon was für morgen ausgemacht«, bedauerte ich daher sehr.

»Schade«, sagte er enttäuscht. »Ab übermorgen habe ich wieder Nachtschicht. Aber vielleicht klappt es ja nächste Woche, dass du mal mitkommst. Es wird dir bestimmt bei uns gefallen.«

»Bestimmt,« gähnte ich und wir legten auf.

Wie kam Patrick bloß darauf, dass ich mich für die Polizeigewerkschaft begeisterte? Andererseits, wenn es zwischen ihm und mir etwas Festes wurde, musste ich wohl oder übel die dementsprechende Begeisterung dafür entwickeln. Außerdem war es ja wirklich lobenswert, dass er sich aktiv dafür einsetzte, dass seine hart arbeitenden Kollegen nicht sozial benachteiligt wurden.

Mit diesem Gedanken schlief ich ein und wachte erst wieder auf, als es draußen bereits dunkel und Zeit für Bobs letzte Gassi Runde war.

18

Der gestrige Relax Tag hatte Wunder gewirkt. Ich fühlte mich wie neugeboren. Bob und ich liefen mit den ersten Sonnenstrahlen eine Runde durch den Park, dann machte ich mich gut gelaunt auf den Weg zu dem Friseursalon, in dem Yara gearbeitet hatte. Bestimmt konnte ich mich dort umsehen und ein paar unauffällige Fragen stellen, während ich einen fiktiven Termin ausmachte. Wahrnehmen würde ich den Termin natürlich nicht, denn ich war seit vielen Jahren bei Gian Carlo und würde ihn niemals wegen einer anderen verlassen.

Yaras Salon trug den anheimelnden Namen 'Hair & Beauty Spa' und versprühte schon von außen Wohlfühlatmosphäre. Durch das ausgefallen dekorierte Schaufenster konnte man bereits die spirituelle Energie im Inneren fühlen. Große Spiegel reflektierten die in verschiedenen Aquatönen gehaltenen Wände in tausend Schattierungen. Selbst die Farbe des Wassers, das in die Behandlungsbecken sprudelte, wechselte zwischen beruhigendem Blau und Grün.

Ich drückte die Tür auf und wurde sofort in eine wohltuende Wolke aus dezenter Entspannungsmusik und sinnlichen Düften eingehüllt. Kein Wunder, dass alle Friseurstühle besetzt waren und fünf weitere Frauen und Männer auf ihre Behandlung warteten. Sicher war die Beauty-Spa für Wochen ausgebucht.

»Hallo«, kam eines der Mädchen angelaufen, »haben Sie einen Termin?«

»Nein, aber ich würde gerne einen ausmachen«, sagte ich, »bei Yara.«

»Das brauchen Sie nicht, wir schieben Sie einfach gleich jetzt ein«, lachte die Angestellte freundlich und machte eine Handbewegung, um mir aus der Jacke zu helfen.

»Ist... ist Yara denn da?«, fragte ich ungläubig und schlüpfte aus meiner Jacke.

»Leider nicht. Aber wenn Sie noch einen Augenblick Platz nehmen – Nasrin wird sich sofort um Sie kümmern.«

Sie entschwand, noch bevor ich mich dumm stellen und nachfragen konnte, warum Yara nicht anwesend war.

Na gut, dann würde ich mich eben auf Lars' Spesen ein bisschen aufhübschen lassen.

Ich sank in einen Cocktailsessel, der soeben frei geworden war und kniff die Augen zusammen. Ganz sicher war ich mir nicht, aber war die Dame mit den Lockenwicklern dort nicht Frau Eckert aus dem ersten Stock nebenan? Ich nickte freundlich in ihre Richtung, doch nichts in ihrer Miene deutete darauf hin, dass sie mich erkannte. Umso besser, dann konnte sie wenigstens ihrem Mann nicht erzählen, dass sie mich getroffen hatte. Die Gefahr, dass ihr glatzköpfiger Gatte zum Haareschneiden hier auftauchte, bestand ja glücklicherweise nicht. Vielleicht hatte ich mich aber auch getäuscht. Ich hatte sie schließlich damals nur für Bruchteile von Sekunden gesehen, bevor sie ihr Mann zur Seite gedrängt hatte.

Drei Minuten später war ich bereits dran.

»Hallo, ich bin Nasrin.«

Eine schwarzhaarige Fee, deren Extensions bis zu ihrem Po reichten, führte mich zu einem der Zauberspiegel, in denen man selbst mit einer missglückten Dauerwelle aussah wie Cinderella. Ich glitt auf den davor stehenden Behandlungsstuhl.

»Was kann ich heute für Sie tun?«

»Tja, öhm«, sagte ich zögernd.

Nasrin trat hinter mich und begann, fachmännisch an meinem störrischen Pony herumzuzupfen. Dann rollte sie meine beiden Seiten mit ihren Händen nach innen. Mein Spiegelbild sah bereits jetzt schon so gut aus, dass ich mich zufrieden verabschieden wollte, als sie mich an der Schulter zurückhielt.

»Verstehe«, nickte sie. »Sie möchten Ihren eigenen Stil unterstreichen. Nicht nur gut aussehen, sondern sich auch so fühlen.«

Ich staunte. Nicht mal meine beste Freundin verstand mich so gut wie diese Haarstylistin nach weniger als einer Minute. Und auch Gian Franco und ich hatten ein paar Anläufe gebraucht, bis wir die ideale Frisur für mich gefunden hatten.

Nasrin verpasste mir eine Halskrause und legte dann einen ozeanblauen Umhang und ein karibiktürkises Handtuch um meine Schultern.

»Möchten Sie einen Kaffee? Oder etwas anderes?«, fragte sie aufmerksam.

»Ein Glas Wasser wäre toll.«

Die Aquatöne hatten mich durstig gemacht.

»Ist Yara heute gar nicht da?«, tastete ich mich an den eigentlichen Grund meines Besuchs heran, als sie mit meinem Glas zurückkam.

»Yara ist leider nicht mehr bei uns«, sagte sie und katapultierte mich in die Horizontale.

Ich gab mich überrascht: »Warum denn das?«

»Ein tragischer Unglücksfall. Wirklich sehr traurig«, meinte sie knapp und stellte das Wasser an. »Sie war die beste Chefin der Welt. Wir haben sie alle geliebt.«

Yara war die Chefin des Salons gewesen! Deswegen war sie finanziell so gut gestellt!

»Passt das Wasser so?«, unterbrach Nasrin meine Gedanken.

»Ja«, wisperte ich und blickte aus dem Augenwinkel fasziniert auf seine Farbe.

Es hatte einen Grünton erreicht, mit dem selbst Engelmanns Augen nicht konkurrieren konnten.

Dann tauchte ich ab ins Nirwana, denn Nasrin hatte begonnen, mit geübten Fingern ausgewählte Punkte meiner Kopfhaut zu massieren.

Ich war noch ganz weggetreten, als ich zehn Minuten später bedauerlicherweise schon wieder zurück in der Sitzposition war. Nasrin hatte bereits die Schere gewetzt und begann, gekonnt an mir herumzuschnippeln. Gebannt verfolgte ich im Spiegel, wie sie meine ausgedünnten Fransen in einen hippen Schnitt verwandelte und zwang mich, mein Denkzentrum wieder einzuschalten. Schließlich war ich nicht zum Vergnügen hier.

»Ich hätte da eine Bitte, Nasrin. Ich studiere Marketing und schreibe eine Diplomarbeit über das Kundenverhalten in der Kosmetikbranche«, log ich dreist. »Darf ich Ihnen ein paar Fragen stellen?«

Ich atmete erleichtert auf, als sie höflich nickte.

»Gibt es in diesem Salon irgendwelche Probleme? Mit Kunden, oder unter den Mitarbeitern«, nuschelte ich in meine Halskrause, denn Nasrin hatte meinen Kopf nach vorne geneigt, und machte sich gerade an meinem Hinterkopf zu schaffen.

Sie hielt inne und dachte kurz nach.

»Na ja«, begann sie dann vielversprechend. »Wir haben da schon ein paar Kunden, mit denen es nicht rund läuft. Aber ich weiß nicht, ob ich darüber sprechen darf.«

Ich riss aufgeregt den Kopf hoch und warf ihr im Spiegel ermunternde Blicke zu.

Energisch drückte sie mich wieder nach unten und setzte die Schere an: »Na gut, da der Salon ja vermutlich sowieso von jemand anders übernommen wird, kann ich es Ihnen ja sagen. Wir haben hin und wieder Kundinnen, die ihre Termine nicht einhalten. Wir müssen wegen ihrer Reservierungen andere Kunden wegschicken und sie erscheinen dann einfach nicht. Ist das nicht furchtbar?«

Ich heuchelte Mitgefühl: »Ja, das höre ich immer wieder. Wirklich schrecklich. Gibt es in diesem Salon noch andere Probleme? Unzufriedene Kunden oder Angestellte vielleicht? Ein neidischer Mitbewerber? Irgendjemand, der Ihrer ehemaligen Chefin etwas angetan oder damit gedroht hat?«

Sie überlegte kurz.

»Nicht dass ich wüsste. Falls wirklich mal ein Kunde mit unserem Service nicht zufrieden war, hat Yara das immer sofort geregelt.« Sie schniefte. »Wir vermissen sie so. Sie konnte ja so gut mit Menschen umgehen. Alle haben sie geliebt.«

Enttäuscht runzelte ich die Stirn. Yara war also eine Bilderbuch-Chefin gewesen. Sie hatte keine Feinde und die Frage, woher sie das Geld für die Einrichtung ihrer schicken Wohnung hatte, war auch bereits beantwortet: Der Beautysalon brummte. Alle fünf Minuten ertönte das melodische Ding-Dong der Türglocke.

Nasrin hatte ihre Schneidekunst beendet und entschuldigte sich für eine Sekunde. Ich nutzte die Gelegenheit, um meine neue, ultracool durchgestufte Frisur von allen Seiten im Spiegel zu bewundern, als ich erstarrte.

Hinter mir, im Eingangsbereich, stand - der Doktor! Also hatte ich mich doch nicht getäuscht - die unfreundliche Kuh war seine Frau! Zum Glück bemerkte er mich nicht, obwohl er seinen Blick auf der Suche nach seiner Gattin durch den gesamten Salon schweifen ließ.

Damit das so blieb, rutschte ich, so tief es ging, in den Stuhl, verbarg mein Gesicht hinter einer Illustrierten und schielte verängstigt über den Rand in den Spiegel.

Frau Eckert saß zwei Plätze neben mir unter der Trockenhaube. Ihr Mann stand weniger als zwei Meter entfernt hinter mir. Hoffentlich war seine Frau in den nächsten Minuten fertig und die beiden verschwanden. Denn wenn er mich hier entdeckte, würde Nasrin der nächsten Studentin wirklich etwas über Problemkunden zu erzählen haben.

Sie kam mit einem Handspiegel zurück und ich hob vorsichtig den Kopf, um mich von allen Seiten zu betrachten. Der Doktor steuerte gerade auf die Warteecke zu und nahm in einem Sessel direkt gegenüber der Garderobe, an der meine Jacke hing, Platz. Hoffentlich hatte er wie die meisten Männer keinen Sinn für Mode und erinnerte sich nicht, an wem er das auffällige pinkfarbene Kleidungsstück, auf das er gerade starrte, zuletzt gesehen hatte.

Ich erwog für eine Sekunde, die verräterische Jacke hängen zu lassen und mich ohne aus dem Staub zu machen. Dann fiel mir ein, dass mein Geld, mein Handy und meine Schlüssel in der Jackentasche steckten.

»Wirklich super«, sagte ich daher zu Nasrin, »aber können wir nicht noch irgendetwas mit meinen Haaren tun?«

»An was hatten Sie denn gedacht? Strähnchen vielleicht? Oder mal eine ganz andere Farbe?«

»Wie lange dauert das denn?«, fragte ich und ließ meinen glatzköpfigen Feind im Spiegel nicht aus den Augen.

»Strähnchen dreißig Minuten, Färben eineinhalb Stunden«, erklärte Nasrin.

»Färben«, entschied ich kurzerhand. »Ein warmes Goldblond. Und bitte die Augenbrauen zupfen. Ach ja, und meine Wimpern verlängern und färben.«

Das sollte für den Anfang genügen. Selbst wenn der Glatzkopf nach dieser Megabehandlung noch hier sein sollte - die neue Janin würde er bestimmt nicht mehr erkennen.

»Das ist mir noch nie passiert«, schluchzte Nasrin dreieinhalb Stunden später, »und unsere Chefin ist nicht mehr da. Ich weiß gar nicht, was ich jetzt tun soll.«

Wir beide starrten irritiert auf den weizenblonden Wischmopp auf meinem Kopf. Ich erinnerte stark an Tina Turner in ihren wilden Jahren, obwohl Nasrin bereits versucht hatte, meine Haare, die ungewöhnlich sensibel auf das schonende Naturfärbemittel reagiert hatten, mit diversen Kurpackungen zu bezähmen.

Ich versicherte ihr, dass ich nichts Schlechtes über den Salon in meiner Diplomarbeit schreiben würde und verließ den Laden, ohne einen Cent zu bezahlen. Nasrin hatte nicht einmal Trinkgeld annehmen wollen.

Auf dem Heimweg hatte ich ein ganz schlechtes Gewissen. Wegen des Trinkgelds und weil es zumindest denkbar war, dass die Haarkatastrophe nicht Nasrins, sondern meine Schuld war. Vermutlich hätte ich den Timer, den sie zur Kontrolle der Einwirkzeit vor mich gestellt hatte, nicht heimlich um zusätzliche dreißig Minuten zurückstellen sollen.

19

Ich war mir zwar noch nicht sicher, ob ich mit dem blonden Stroh auf meinem Kopf wirklich mehr Spaß haben würde, aber während des zehnminütigen Fußmarschs nach Hause hatten sich bereits mehr Männer nach mir umgedreht als in den letzten zehn Jahren. Einer war dabei sogar mit dem Kinn gegen eine Parkuhr geknallt.

Was würde Patrick bloß zu meinem neuen Styling sagen? Zwar war ich mir sicher, dass er blond mochte, denn sonst hätte er Lisa Schmitz ja nicht geheiratet, aber leider hatte meine Frisur mehr Ähnlichkeit mit einem Teller Spaghetti als mit ihren wallenden Locken. Hoffentlich war seine Vorliebe für die italienische Küche groß genug, um rücksichtsvoll über mein Haardesaster hinwegzusehen.

Spontan bog ich ins Einkaufszentrum ab und kaufte eine Packung Entenröllchen, damit wenigstens einer mich mit meiner neuen Frisur liebte.

Als ich mit meinem Einkaufskorb, in den ich vorsichtshalber auch ein besonders pflegendes Naturshampoo und zwei Flaschen meines Lieblingsweins gelegt hatte, an der Kasse wartete, kam mir eine blendende Idee: Ich würde Patrick für unser nächstes Treffen zu mir nach Hause einladen und uns etwas Leckeres kochen. Das würde seine Aufmerksamkeit von meinem Kopf auf seinen Magen lenken. Er hatte neulich beim Italiener gesagt, dass er Gulasch besonders gern mochte. Am besten, ich kochte schon mal Probe, denn alles, was ich bisher mit meinem Herd gemacht hatte, war Tiefkühlpizza.

Beflügelt durch den Gedanken, wie Patrick sich bei Kerzenschein und leiser Musik genießerisch einen köstlichen Happen meines selbstgekochten Menüs in den Mund schieben würde, schwebte ich zurück zum Eingang, um meinen Korb gegen den größten Einkaufswagen zu tauschen, den sie hatten.

Ich warf alles in den Wagen, was mir an gesunden und leckeren Zutaten in die Hände fiel, und verließ dank der freundlichen Leute von Master Card den Biomarkt mit zwei großen, bis zum Rand gefüllten Papiertaschen. Hoffentlich zahlte Engelmann mir bald mein Geld, denn auf meinem Konto herrschte nach der Abbuchung meiner letzten Kreditkartenrechnung und dem Spontankauf zweier außergewöhnlich schöner Dessous, die ich online gefunden hatte, schon wieder Ausnahmezustand.

Irgendwie wurde ich auf dem Heimweg das Gefühl nicht los, dass mir jemand folgte. Auf der anderen Straßenseite schien ein Mann denselben Weg wie ich zu nehmen und sich immer hinter ein parkendes Auto zu ducken, wenn ich stehen blieb, um meine schweren Tüten abzusetzen. Doch als ich mich daraufhin drei Mal blitzartig umdrehte und sah, dass mir ein weiterer Mann auf meiner eigenen Straßenseite ebenfalls im hundert Meter Abstand nachlief, wusste ich, dass ich mich ab jetzt daran gewöhnen musste. Wenn es nur Hübschere gewesen wären! Der Typ auf der anderen Straßenseite war eindeutig zu alt und zu dick. Der andere war zwar jung und schlank, doch auf seinem Kopf thronte genauso ein dämlicher Männerdutt, wie Tim ihn trug.

Endlich hatte ich meine Haustür erreicht. Als ich dagegen trat, um sie zu öffnen, schlug sie krachend gegen die Wand und rächte sich für den Tritt, indem sie auf ihren Rückweg eine der beiden Papiertüten aus meiner Hand kickte. Binnen Sekunden hatte sich ein Milchsee gebildet, auf dem zwölf Eigelb und die Stückchen des sündhaft teuren Biogulaschs fröhlich Stufe um Stufe die Kellertreppe hinab schwammen.
Tränen stiegen in meine Augen. Heute war wirklich nicht mein Tag.
Ich war gerade im Begriff, mich ebenfalls die Kellertreppe hinunter zu stürzen, als Bobs Hundemarke

hinter meiner Wohnungstür klimperte. Es wurde begleitet von dem dumpfen Klonk-Klonk, mit dem sein Schwanz in freudiger Erwartung, dass Frauchen nach Hause kam, gegen die Kommode in meinem engen Flur schlug.

Das treue Tier! In Momenten wie diesen tat es unendlich gut, dass es jemanden gab, der sich auf mich freute. Der mich bedingungslos liebte, egal, welche Haare das Leben mir auf den Kopf legte. Wenn es auch nur deswegen war, weil er das Fleisch in meiner Tasche schon durch die Tür gerochen hatte.

Tapfer schluckte ich meine Selbstmordgedanken herunter und watete mit dem Rest meines Einkaufs zur Wohnungstür. Bob wuffte aufgeregt, während ich erst in der einen, dann in der anderen Jackentasche kramte und schließlich auch noch die Taschen meiner Jeans durchsuchte. Wohin ich auch griff, ich fasste ins Leere. Schlüssel verloren, na klar, das hatte heute ja noch gefehlt. Alles, was ich zutage förderte, war der dämliche Zettel mit Tims Handynummer. Für eine Sekunde erwog ich, ihn anzurufen, um mir seinem Generalschlüssel auszuleihen, dann fiel mir ein, dass ich auf der Holzlatte über meinem Kellerabteil einen Ersatzschlüssel deponiert hatte.

Ich atmete erleichtert auf und durchquerte noch einmal den Milchsee in Richtung Keller.

Als ich endlich meine Tür aufgesperrt hatte, stürzte Bob sich wie ein Versicherungsvertreter auf mich, stoppte dann aber abrupt und zerrte bedrohlich knurrend an meinem Hosenbein. Ich sank auf den Abtreter und begann zu heulen.

Nicht einmal mein eigener Hund erkannte mich.

Endlich dämmerte es Bob, dass wir uns schon mal gesehen hatten und er begann, betreten meine Hand zu lecken.

»Guter Wachhund«, schniefte ich und tätschelte ihm dankbar den Rücken, »aber jetzt hilf mir bitte.«

Ich zeigte auf die Schweinerei auf der Kellertreppe. Bob verstand und machte sich sofort schwanzwedelnd an die Arbeit. In Rekordzeit hatte er alle Stufen von meiner Wohnung bis zur Kellertür saubergeleckt. Nur die teuren Biogulasch-Brocken ließ er liegen.

Nachdem ich sie zusammengekehrt und im Müllcontainer entsorgt hatte, räumte ich die spärlichen Überbleibsel meines Einkaufs in den Kühlschrank und verschlang noch im Stehen fünf Schokokekse.

Dann schenkte ich mir ein großes Glas Cabernet Sauvignon ein. In zwei Stunden musste ich nach Hinterkleinhofen, doch bis dahin war ich bestimmt wieder nüchtern. Ich setzte mich auf die Couch, legte die Füße auf den Tisch und dachte nach: Was konnte ich Lars eigentlich heute Abend berichten? Ich wusste zwar jetzt, dass Yara eine allseits beliebte Chefin und Kundenflüsterin gewesen war, die auf legale Art gutes Geld verdient hatte, aber leider hatte ich immer noch nicht die leiseste Ahnung, wer außer Lars an dem fraglichen Abend bei ihr gewesen war, um sie umzubringen.

Es war Zeit, die Hitliste meiner Verdächtigen auf den neuesten Stand zu bringen:

Wenn Tim die Wahrheit sagte, war Garry unschuldig. Doch dadurch brachte Tim sich selbst auf Platz eins der Tatverdächtigen. Wenn Tim aber der Mörder war, würde er den Verdacht doch bestimmt auf jemand anders lenken wollen, oder? Also musste Tim ebenfalls unschuldig sein und es lief auf einen unbekannten Dritten hinaus. Außer, ich machte irgendwo einen entscheidenden Denkfehler.

Ich war immer noch keinen Schritt weiter gekommen. Am besten, ich nahm mir Garry noch einmal vor. Heute war Mittwoch und der Yoga Kurs war bald aus. Wenn ich mich beeilte, konnte ich noch mit ihm sprechen, bevor ich Lars Rede und Antwort stehen musste.

Angenommen, es stimmte, dass er unschuldig im Knast gesessen hatte und so ein guter Mensch war, wie Tim behauptete - bestimmt hatte er dann Mitgefühl mit dem ebenfalls unschuldig verdächtigten Lars und packte aus

Solidarität alles aus, was er wusste. Nachdem mich selbst mein Hund nicht erkannt hatte, standen die Chancen gut, dass auch Garry nicht merkte, dass ich dieselbe Irre war, die ihn neulich bereits belästigt hatte. Ich beschloss, es zu wagen.

Statt meine Sorgen im Alkohol zu ertränken, trug ich mein Glas ins Badezimmer, um den Wein ins Klo zu schütten. Als ich am Spiegel vorbei kam, schossen mir wieder die Tränen in die Augen. Mein Anblick war einfach zu frustrierend.

20

Auf dem Parkplatz des Fitnessstudios sah ich noch einmal prüfend in den Rückspiegel. Es war mir tatsächlich gelungen, meine widerspenstigen Borsten in einen Pferdeschwanz zu zwingen, und die Seiten mit einer Familienpackung Haarklemmen festzustecken. Passend zu meinen neuen unglaublich langen und dichten Wimpern hatte ich Augen und Lippen geschminkt und von meinen Ohren baumelten große Kreolen. Das Ergebnis konnte sich sehen lassen. Zumindest bei Kerzenschein wäre ich mühelos für eine entfernte Verwandte von Lisa Schmitz durchgegangen.

Selbstbewusst betrat ich das Studio. Spandex-Barbie, die anscheinend hinter dem Empfangstresen wohnte, machte keinerlei Anstalten, mich aufzuhalten, obwohl sie mir direkt in die Augen sah. Ich steuerte auf den Gang zu, der zum Yoga Raum führte und platzierte mich dort strategisch geschickt mit dem Blick zur Tür neben einer Yucca Palme, die ebenso nach Wasser lechzte wie hoffentlich Garry in ein paar Minuten.

Pünktlich zu Kursende flog die Tür auf und seine Yogamädels stürmten heraus. Als Letzter kam der Meister selbst und machte sich wie erhofft auf den Weg zur Bar. Ich heftete mich an seine Fersen wie ein Papiertaschentuch an die 40-Grad-Wäsche.

Als er sein Mineralwasser vor sich stehen hatte, schwang ich mich auf den Hocker neben ihn.

»Garry?«, fragte ich und gab dem Mann hinter dem Tresen ein Zeichen, mir ebenfalls ein Wasser zu bringen. »Darf ich dir ein paar Fragen stellen?«

Garry sah mich überrascht an. Nichts an seinem Gesichtsausdruck ließ darauf schließen, dass er mich erkannte.

»Na klar.« Er fühlte sich ganz offensichtlich

geschmeichelt, dass jemand seine sportliche Expertise in Anspruch nehmen wollte. »Bist du auch in meinem Kurs? Tut mir leid, wenn ich euch noch nicht alle kenne. Wie heißt du denn?«

»Janin.«

»Ein schöner Name. Was möchtest du denn über Yoga wissen, Janin?«

»Eigentlich geht es um deine Schwester.«

In Sekunden wechselte Garrys Miene von freundlicher Hilfsbereitschaft zu blankem Entsetzen.

»Keine Angst«, beruhigte ich ihn, »ich bin nicht von der Polizei. Ich arbeite für den Mann, der im Mordfall deiner Schwester verdächtigt wird. Ich hatte gehofft, du würdest uns helfen, damit er nicht unschuldig verurteilt wird.«

Ich war mir ziemlich sicher, dass Garrys Augenlider bei »unschuldig verurteilt« gezuckt hatten. Wenn Tims Informationen stimmten und ich Garry richtig einschätzte, würde er kooperieren.

Er ließ sich mit seiner Antwort Zeit.

»Du arbeitest für den Kino-Millionär? Bist du ein Privatdetektiv?«, fragte er schließlich.

Nanu? Woher wusste er, dass Engelmann der Beschuldigte war? Meines Wissens hatte die Presse seinen Namen bisher nicht veröffentlicht, sondern ihn nur als »E Punkt« beschrieben. Andererseits war es bestimmt nicht ungewöhnlich, dass man als Verwandter eines Mordopfers über die Identität der Verdächtigen informiert wurde.

Ich zögerte. Sollte ich wirklich zugeben, dass ich für Lars arbeitete? Schließlich hatte ich ihm äußerste Diskretion zugesichert. Andererseits wusste es Garry sowieso bereits.

»Nein, kein Privatdetektiv. Er ist ein Bekannter. Und ich weiß, dass er unschuldig ist. Bitte glaub mir, er hat deine Schwester nicht getötet. Es muss noch jemand anders kurz vor ihm am Tatort gewesen sein. Weißt du, wer das gewesen sein könnte?«

»Er ... er ist unschuldig, sagst du?«

Garry begann, den Bierdeckel mit seinem Wasserglas darauf nervös auf dem Tresen hin und her zu schieben. Anscheinend ging ihm die Vorstellung, dass jemand zu Unrecht verdächtigt wurde, tatsächlich unter die Haut.

»Ja, er ist unschuldig«, wiederholte ich. »Warum hätte er deine Schwester denn umbringen sollen? Er hat sie doch gar nicht gekannt.«

Garry sah mir direkt in die Augen.

»Das habe ich mir auch schon gedacht. Aber Verrückte und Perverse gibt es ja heutzutage an jeder Straßenecke.«

»Das stimmt. Aber ...«, ich dachte an den exzentrischen Engelmann und kreuzte meine Finger hinter dem Rücken, »... mein Bekannter gehört nicht dazu. Weißt du, warum sich deine Schwester mit ihm getroffen hat?«

»Ja, sie hatten ein Date«, antwortete Garry ohne Zögern.

»Hat sie dir erzählt, wie sie ihn kennengelernt hat?«

»Er war einer ihrer Kunden.«

Das klang ehrlich. Hätte er erst eine Lügengeschichte konstruieren müssen, wäre die Antwort nicht so schnell gekommen. Doch warum hatte ihm seine Schwester nicht gesagt, wie sie Engelmann wirklich kennengelernt hatte?

»Wusste sie, dass er der reiche Kinobesitzer ist?«

»Ich glaube nicht. Sie war ja erst seit Kurzem in der Stadt. Zumindest hat sie mir nichts davon gesagt.« Garry senkte die Stimme: »Ich glaube, er hat ihr in einer sehr netten E-Mail geschrieben, dass er sie näher kennenlernen wollte. Das hat sie völlig geflasht.«

Ich sah verlegen auf den Fußboden.

»Und warum hat sie ihn gleich beim ersten Treffen in ihre Wohnung bestellt?«, lenkte ich ab. »Ist das heutzutage nicht ziemlich gefährlich?«

Plötzlich hatte er Tränen in den Augen.

»Es ist alles meine Schuld,« sagte er leise. »Weißt du, meine Schwester hatte einfach kein Glück mit Männern. Sie war viel zu gutmütig und fiel immer auf die Falschen herein.«

Ich nickte wissend. Das Gefühl, wenn frau merkt, dass alles, was ihr neuer Traummann mit einem Traum gemeinsam hat, seine chronische Müdigkeit ist, kannte ich nur zu gut.

Er fuhr fort: »Ich habe zu ihr gesagt, Yara, lad ihn ein, ich möchte ihn kennenlernen, bevor ihr zusammen ausgeht.« Treuherzig blickte er mich an: »Ich wollte ein paar Worte von Mann zu Mann mit ihm wechseln. Hätte ich grünes Licht gegeben, wären die beiden anschließend miteinander ausgegangen. Wenn nicht, hätte ich ihm unmissverständlich klargemacht, dass es besser für ihn ist, wenn er meine Schwester nicht weiter belästigt.«

Garry zerknüllte einen Bierdeckel mit der bloßen Hand.

»Heißt das, dass du in der Wohnung warst, als mein Bekannter deine Schwester besucht hat?«, wollte ich wissen.

»Nein, das ist es ja gerade!«, brauste Garry auf. »Ich war noch nicht da. Auf dem Nordring war ein Unfall und sie haben den Verkehr umgeleitet. Ich musste einen riesigen Umweg fahren. Als ich eine viertel Stunde später endlich ankam, war schon die Polizei da und ...«, er schluckte, »Yara war tot.«

Er zog eine Serviette aus dem Halter, putzte sich die Nase und wischte sich über die Augen.

Garry schien wirklich ein überaus anständiger, ehrlicher Mensch zu sein. Doch ich konnte ihn noch nicht gehen lassen.

»Kannst du dir vorstellen, wer an diesem Abend noch bei deiner Schwester gewesen war?«

Garry schüttelte den Kopf.

»Nein. Sie kannte ja außer ihren Mädels und den Kunden aus dem Salon noch niemanden.«

»Dann gibt es ja vielleicht noch einen anderen Kunden, der sie besucht haben könnte?«

Er stutzte und sah mich zweifelnd an: »Ausgerechnet an dem Abend, wo Yara deinen Bekannten eingeladen hat, soll zufällig noch jemand anders vorbeigekommen sein?

Das glaube ich nicht.«

»Vielleicht war derjenige nicht zufällig da. Vielleicht hat sie ihn ebenfalls eingeladen?«, gab ich zu bedenken.

»Nein, das wüsste ich.«

Garry schüttelte wieder, diesmal sehr bestimmt, den Kopf. Ich sah ihn nachdenklich an. Es war tatsächlich ziemlich unwahrscheinlich, dass Yara, die nie Männerbesuch gehabt hatte, am selben Abend von zwei Verehrern besucht worden war.

»Hat Yara eigentlich immer durch den Türspion geschaut oder die Sprechanlage nach unten benutzt, bevor sie aufgemacht hat?«

»Ich glaube schon.« Garry nickte überzeugt. »Aber jeder kann ja unten ins Haus, da ist nie abgeschlossen.«

»Sie hat also entweder ihrem Mörder die Wohnungstür geöffnet«, fuhr ich in meinen Überlegungen fort, »oder derjenige, der sie umgebracht hat, hatte einen Schlüssel.«

Garry fuhr aufgebracht vom Hocker: »Du glaubst doch nicht etwa, dass ich meine Schwester ...?«

Zwei Yogamäuse am anderen Ende der Bar sahen interessiert in unsere Richtung und kicherten.

»Nein, natürlich nicht!«, beeilte ich mich, ihn zu besänftigen.

Garry war den Tränen nahe, als er zurück auf den Barhocker sank.

»Ich habe Yara geliebt. Ich verdanke ihr alles. Ich hätte ihr nie etwas angetan.«

Inzwischen war ihm egal, dass Tränen über sein Gesicht liefen.

»Sie war so ein lieber Mensch. Sie hat jedem geholfen und nie schlecht über andere geredet«, schluchzte er. »Nicht einmal über die, die sie selbst wie Dreck behandelt haben. 'Warte nur, bis wir in dem Alter sind', hat sie immer über die senile Alte aus ihrem Haus gesagt, die uns ständig nur angemeckert hat. Und als ich dem unangenehmen Kerl aus dem ersten Stock zur Rede stellen wollte, als er ihr auf der Treppe an den Po gegriffen hat, hieß es 'Tu das nicht, seine Frau ist eine meiner besten Kundinnen'.«

»Apropos Nachbarn - wie war eigentlich das Verhältnis zwischen deiner Schwester und dem Hausmeister?«

Er lachte humorlos auf: »Tja, der Hausmeister. Der war ständig hinter ihr her. Ein richtiger Stalker war das. Jeden Tag war er aus irgendeinem fadenscheinigen Grund bei ihr im Salon. Angeblich hatte er dort immer irgendwas zu erledigen. 'Der tut doch nur seinen Job', hat sie ihn immer verteidigt. Obwohl ich genau weiß, dass es sie genervt hat, dass er ihr ständig nachgelaufen ist..«

Ich schauderte. Also doch Tim.

»Hast du das der Polizei erzählt?«, wollte ich wissen.

»Nein, es war ja ganz harmlos und Yara hatte sich damit arrangiert. Aber wenn er an dem Abend bei ihr geklingelt hätte - ihm hätte sie bestimmt aufgemacht.«

Wir nahmen beide nachdenklich einen großen Schluck Wasser.

»Bist du wirklich sicher, dass dein Bekannter unschuldig ist?«, meinte Garry, als er das Glas abgesetzt hatte.

»Hundertprozentig«, versicherte ich ihm. »Und es würde ihm wirklich sehr helfen, wenn du der Polizei erzählen würdest, dass der Hausmeister deiner Schwester nachgestellt hat. Und alles andere, was dir noch einfällt, damit sie das Verfahren wieder aufnehmen, auch.«

Man konnte klar sehen, dass Garry nichts mehr hasste, als den Gedanken, mit der Polizei sprechen zu müssen.

»Ich überlege es mir«, sagte er schließlich, legte ein paar Eurostücke auf den Tresen und verließ die Bar.

Nachdenklich fuhr ich heim. Garry machte wirklich einen ehrlichen Eindruck. Doch Tim traute ich den Mord auch nicht zu und es gab keinerlei Hinweise, welcher unbekannte Dritte Yara an dem fraglichen Abend besucht haben könnte. Ich hatte also immer noch nichts Konkretes, was ich meinem Auftraggeber in fünfundvierzig Minuten präsentieren konnte. Wenigstens, so hoffte ich, hatte ich Garry dazu gebracht, noch einmal auszusagen, damit die Polizei die Ermittlungen wieder aufnahm.

Auf meinem Weg durch den Flur fiel mein Blick in den Spiegel und ich blieb erschrocken stehen. Von meinem Blonder-Engel-Look war nichts mehr übrig. Das Stroh auf meinem Kopf hatte sich wieder selbstständig gemacht. Dazu waren meine Wangen nun überzogen mit hektischen Flecken, die nur noch unvollständig von meinem Make-up verdeckt wurden. Bevor ich Patrick unter die Augen trat, musste ich mir wirklich etwas einfallen lassen. Doch für Lars Engelmann würde es reichen.

Notdürftig zwang ich meine störrischen Haare zurück in den Pferdeschwanz, tackerte sie wieder mit den Haarklemmen fest und stäubte mir etwas Puder ins Gesicht. Dann fuhren Bob und ich los.

21

Mit jedem Blick in den Rückspiegel schwand meine Selbstsicherheit dahin wie Gummibärchen aus einer einmal geöffneten Tüte. So, wie ich aussah, wäre Yara noch nicht einmal unter die Dusche gegangen. Fieberhaft suchte ich auf gerader Strecke, eine Hand am Lenkrad, unter dem Beifahrersitz, bis ich den Lippenstift gefunden hatte, der Jill neulich heruntergefallen war. Ich klappte die Sonnenblende herunter und zog meine Lippen nach. Nachdem ich die überschüssige Farbe mit einem Papiertaschentuch abgetupft hatte, war ich einigermaßen zufrieden. Ich sah zwar immer noch nicht aus wie Lisa Schmitz, aber zumindest nicht mehr wie ihre Putzfrau.

Punkt sieben erreichten Bob und ich Hinterkleinhofen. Diesmal legte ich ihn an die Leine, bevor ich die Autotür öffnete und er trabte brav neben mir hinüber zum Marktplatz.

Während er sich an einem Baum vor dem Eingang verewigte, sah ich mich nach Humphrey Bogart um. Nur zwei Tische im kleinen Biergarten des Gasthofs waren heute belegt. Einer, an dem eine Handvoll Einheimischer lautstark diskutierte und ein weiterer im hinteren Bereich, wo ein Mann mit Sonnenbrille und Oberlippenbart vor einem Weizenbierglas brütete. Bob begann sofort, in seine Richtung zu ziehen.

Lars machte eine abwehrende Handbewegung, als wir an seinen Tisch kamen.

»Entschuldigung, hier ist besetzt.«

»Ich bin's«, grinste ich verlegen.

Lars starrte mich mit offenem Mund an. Dann entdeckte er Bob und es zuckte um seine Mundwinkel. Als er Bobs stürmische Begrüßung erwiderte, hielt er den Kopf schief und hörte nicht auf, mich durch die dunklen Gläser seiner Brille anzustarren.

»Coole Perücke«, meinte er schließlich, als ich am Tisch saß und er sich wieder aufgerichtet hatte.

Ich überging den Kommentar und griff zur Speisekarte. Lars fasste über den Tisch und zog mit seiner Rechten an meinem Pferdeschwanz.

»Das ist gar keine Perücke, oder?«, stellte er amüsiert fest. »Aber blond steht dir auch gut.«

Ärgerlich wich ich zurück.

»Das ist rein ermittlungstechnisch.«

»Wie gut, denn in Natur gefällst du mir noch besser.«

Er schob seine Sonnenbrille nach vorne und fixierte mich mit krokodilgrünen Augen.

»Was darf's denn sein?«, unterbrach uns die Bedienung.

»Eine Rotweinschorle, bitte. Sauer«, bestellte ich. Das letzte Wort schleuderte ich in Lars' Richtung.

Der schien den Wink zu verstehen, denn er schob die Brille zurück auf die Nase und nahm mit ernstem Blick einen großen Schluck von seinem Weizenbier. Doch kaum hatte er die Lippen vom Glasrand genommen, kräuselten sie sich schon wieder zu diesem unverschämten Grinsen.

»Ist was?«, fragte ich genervt.

»Du hast dir sogar die Wimpern verlängern lassen«, registrierte mein Gegenüber messerscharf.

Ein Mann, der so etwas bemerkte? Aber natürlich war er das von den aufgedonnerten Schnepfen, mit denen er sich sonst umgab, gewohnt. Hoffentlich dachte er nicht, ich hätte das getan, um ihm zu imponieren! Die Bedienung stellte meine Rotweinschorle auf den Tisch.

Als wir wieder alleine waren, hob Engelmann sein Glas: »Prost. An deiner Frisur musst du noch etwas arbeiten, aber für das Gesamtbild kriegst du von mir schon mal vier Sterne.«

Was war denn mit dem heute los?

Ich spürte, wie mein Gesicht vor Wut die Farbe meiner Weinschorle annahm. Das war ja wohl die Höhe! Bob und ich würden sofort wieder gehen. Ich hob die Tischdecke, um ihn anzuleinen. Doch der Verräter hatte sich bereits auf die Seite des Feindes geschlagen. Er lag vor Lars' Füßen und blinzelte mich müde an.

»Mach den Mund zu, Sherlock«, forderte Lars mich auf und legte wie ein Augenarzt die Hand unter mein Kinn.

Nur strahlte er mich dabei nicht mit einem Spaltlampenmikroskop, sondern mit seinen Augen an. Dann fuhr er mit seinen Fingern an meiner Wange hoch und auf meinen Mund zu.

Jetzt reichte es aber wirklich! Ich griff nach meinem Glas, doch Lars reagierte blitzschnell. Noch bevor ich ihm den eisgekühlten Inhalt ins Gesicht schütten konnte, hielt er mein Handgelenk fest.

»Hej, tut mir leid! Ich habe doch gesagt, dass ich etwas eingerostet bin.«

Eingerostet, hah! Dem fiel auch nichts Neues ein. Ich erinnerte mich an seine Worte von neulich: »Ich habe dich angerufen, weil ich im Flirten nach den vielen Jahren schon ganz eingerostet war.« Wie einfallslos!

Ich stutzte.

Er glaubte doch nicht etwa ...? Das hier war ein Geschäftsessen! Privat spielten Engelmann und ich in zwei komplett unterschiedlichen Ligen. Und in meiner gab es bereits einen Champion: Patrick! Wie zur Bestätigung begann es, in meiner Magengegend zu flattern.

Ärgerlich schüttelte ich Lars, der noch immer mein Handgelenk umklammert hielt, ab.

»Es war wirklich nicht böse gemeint. Tut mir leid, wenn ich dich verletzt habe«, entschuldigte er sich noch einmal und schielte mit grasgrünen Unschuldsaugen über den Rand der dunklen Sonnenbrille.

Dann winkte er der Bedienung.

»Was gibt's denn Neues bei den Ermittlungen?«, fragte er, nachdem wir wieder allein waren.

Dankbar für den Themenwechsel legte ich los: »Ich war in Yaras Wohnung.«

»Wie bist du denn da rein gekommen?«

»Der Hausmeister hatte einen Generalschlüssel und ich hab ihn überredet, mir aufzuschließen.«

Lars nickte anerkennend. Ich schilderte, wie geschmackvoll und edel Yara ihre vier Wände eingerichtet hatte und ließ auch die detaillierte Beschreibung ihres Schlafzimmers nicht aus.

»Zuerst habe ich gedacht, sie hat ihre Sexspielzeug-Sammlung in ihrem Bett versteckt«, kicherte ich. »Aber dann war es bloß ihr Notebook.«

Lars sah mich erstaunt an: »Ihr Notebook ist noch da? Hat die Polizei das denn nicht mitgenommen?«

»Anscheinend haben sie nicht unter den Kissen gesucht. Irgendwie scheint die Polizei überhaupt nicht sehr intensiv gesucht zu haben, denn auch ihr Handy war noch da.«

»Vielleicht haben sie gar nicht mehr so genau nachgeschaut, weil sie sicher waren, dass ich der Mörder bin«, knurrte er.

»Meine Theorie ist, dass es männliche Ermittlungsbeamte waren, die beides übersehen haben. Sowohl ihr MacBook als auch ihr iPhone waren in ausgefallenen Hüllen versteckt und inmitten von all der orientalischen Deko auf den ersten Blick gar nicht zu erkennen. Übrigens war der Hausmeister in Yara verliebt. Ihr Bruder hat gesagt, er war ein richtiger Stalker und hat ständig ihre Nähe gesucht.«

»Gut gemacht, Sherlock«, lobte Lars. »Meinst du, der Hausmeister hat sie ermordet?«

»Er könnte sie umgebracht haben, weil sie seine Liebe nicht erwidert hat. Andererseits ist er so gerade heraus und einfältig, dass ich ihm das gar nicht zutraue.«

»Wer dann?«, seufzte Lars. »Ihr Bruder?«

»Das kann ich mir auch nicht vorstellen. Die beiden Geschwister waren anscheinend grundanständige Menschen. Sie waren beide sehr beliebt.«

»Und woher weißt du das?«

»Yara besaß einen gut gehenden Friseursalon im Nachbarhaus. Ich habe mit einer Angestellten gesprochen. All ihre Mädels haben sie geliebt. Es gibt auch keine Kunden, mit denen sie im Clinch lag und keinerlei Anzeichen, dass sie finanzielle Probleme oder mit irgendjemandem Stress hatte.«

»Und ihr Bruder?«

»Ich habe mit dem Hausmeister über ihn gesprochen und ihn vorhin noch einmal besucht. Er arbeitet bei Gymking. Vor zwei Jahren wurde er wegen Drogenhandel eingebuchtet. Anscheinend war er unschuldig, hat sich aber trotzdem nie an denen, die ihm das eingebrockt haben, gerächt. Yara und er schienen ein sehr enges Verhältnis gehabt zu haben.«

Sofort war Lars alarmiert: »Dann wusste er von mir?«

»Er wusste, dass sie sich mit dir treffen wollte, aber nicht, dass sie dich online kennengelernt hat. Er denkt, du bist einer ihrer Kunden aus dem Salon. Sie hat dich übrigens für euer erstes Date nach Hause bestellt, weil er dich auschecken wollte.«

Obwohl ich seine Augen hinter der Sonnenbrille nicht sehen konnte, fühlte ich, dass Lars mich schreckerfüllt anstarrte.

»Das heißt, ihr Bruder war in der Wohnung, als ich gekommen bin?«

»Nein«, beruhigte ich ihn. »Er sagt, er ist erst eingetroffen, als die Polizei schon da war.«

Lars atmete hörbar auf.

»Vielleicht lügt er«, gab er dann zu bedenken. »Möglicherweise ist er an dem Abend dahinter gekommen, dass Yara ihn angelogen hat und ich in Wirklichkeit gar keiner ihrer Kunden war und hat sie umgebracht?«

»Hm.« Ich runzelte die Stirn. »Das ist aber kein besonders starkes Motiv. Außerdem hätte er das doch in der Wohnung getan und nicht auf der Treppe, wo es die Nachbarn hören konnten.«

»Vielleicht ist sie rausgerannt, um Hilfe zu holen? Aber

wenn er wirklich nicht wusste, dass sie mich online kennengelernt hat, ist das sehr gut, dann kann das die Polizei ja auch nicht wissen.«

Wir wurden unterbrochen, da die Bedienung meine Salatschüssel, Lars' Schnitzel und den Extrateller, den er bestellt hatte, brachte. Auf ihm lag ein großer Knochen eines fränkischen Schäufeles, an dem noch erhebliche Fleischreste klebten. Lars bückte sich, um ihn unter den Tisch zu stellen.

»Bist du noch immer ...?«, fragte ich, als er wieder auftauchte, »Ich meine, glaubt die Polizei noch immer ...?«

»Ja, ich stehe noch immer unter Mordverdacht.«

Er sah auf einmal so traurig aus, dass er mir richtig leidtat.

»Yaras Bruder will übrigens der Polizei von seinem Verdacht erzählen, dass der Hausmeister seine Schwester gestalkt hat und eventuell etwas mit dem Mord zu tun haben könnte«, versuchte ich, ihn aufzumuntern. »Dann werden wenigstens die Ermittlungen wieder aufgenommen.«

Wenn ich gedacht hatte, dass sich Lars Engelmann über diese Nachricht freuen würde, hatte ich mich getäuscht. Ich hatte schon Menschen glücklicher gesehen, denen gerade ihr nagelneues iPhone ins Klo gefallen war.

»Scheiße!«, fluchte er und hieb die Fäuste auf den Tisch.

Bob sprang ängstlich auf und brachte sich unter dem Nachbartisch in Sicherheit.

»Tschuldigung, Bob«, lockte Lars ihn wieder zu uns.

Er begann, an seinem Schnitzel herumzuschneiden.

»Tut mir leid, meine Nerven sind momentan nicht die besten.«

Lars Engelmann war heute so anders und das lag nicht nur an dem künstlichen Schnauzer, der über seiner Oberlippe klebte.

Nachdem wir eine Weile schweigend gegessen hatten,

hob er sein Messer und zeigte mit der Spitze auf mich: »Du hast ein Notebook in ihrem Schlafzimmer gesehen?«

»Ja, warum?«

»Ich muss an dieses Notebook kommen und ihre Daten löschen. Bisher weiß die Polizei noch nichts von unserem Online-Dating, aber wenn sie jetzt die Wohnung noch mal durchsuchen, werden sie den Computer entdecken und das herausfinden.«

Ich sah ihn irritiert an. Was spielte es für eine Rolle, ob die Polizei erfuhr, dass er Yara auf einer Online-Dating-Seite kennengelernt hatte?

»Warum machen eigentlich alle ein Geheimnis daraus, wenn sie online nach einem Partner suchen?«

»Weil immer noch viele denken, dass bei solchen Partnerbörsen nur Blindgänger unterwegs sind, die im wirklichen Leben keinen finden«, antwortete Lars kauend.

Ich sah ihn zweifelnd an. War das wirklich alles, was dahinter steckte? Oder gab es einen anderen Grund, warum er so scharf darauf war, alle Spuren, die darauf hindeuteten, zu verwischen? Etwa, dass seine neue Lebensabschnittsbegleiterin nicht erfahren durfte, dass sie nicht Lars' erste Wahl war?

Als ob er meine Gedanken lesen konnte, fuhr er fort: »Aber wenn du meinen Grund wissen willst: Je weniger Verbindung es zwischen Yara und mir gibt, desto besser. Nachdem mich niemand gesehen hat, kann ich immer noch abstreiten, dass ich an dem Abend dort war. Meiner Anwältin wird schon etwas einfallen, wie meine Fingerabdrücke ans Treppengeländer gekommen sind.«

Auf einmal war er wie ausgewechselt. Mit kühlem Blick sah er mich an: »Ich muss das Notebook haben. Du musst den Hausmeister bitten, dich noch einmal in die Wohnung zu lassen.«

Vor lauter Schreck fiel mir die Gabel aus der Hand.

»Das mache ich ...«, begann ich und Lars unterbrach mich: »... auf gar keinen Fall, ich weiß. Hast du seine Telefonnummer?«

»Ja, aber ...«

»Gut. Du musst ihn nur überzeugen, dass er mich in die Wohnung lässt und ihn dann ein bisschen ablenken. Alles andere mache ich. Komm schon, Sherlock.«

Lars nahm die Brille ab und griff zu seiner wirkungsvollsten Waffe: Er sah mir tief in die Augen.

Als er seinen Blick in der nächsten Sekunde löste, baumelte ich bereits wie ein Fisch an seiner Angel. Während ich noch immer nach Luft schnappte, schob er bereits seinen leeren Teller in die Tischmitte und winkte in Richtung Theke. Dann zog er einen Geldschein aus der Brieftasche und legte ihn auf den Tisch.

»Stimmt so.«

Er stand auf. Beim Gehen legte er eine Hand auf meine Schulter: »Bis morgen früh, Sherlock. Ich hole dich um neun Uhr ab.«

Noch bevor ich protestieren konnte, war er weg.

Auf der Heimfahrt analysierte ich die Sachlage ganz nüchtern: Ich war all die Jahre ein unbescholtener Bürger gewesen und das würde sich auch jetzt nicht ändern. Andere anzulügen war höchstens moralisch verwerflich, doch in eine fremde Wohnung einzusteigen, um ein Notebook zu klauen, eindeutig eine Straftat. Aber Lars jetzt anzurufen, um ihm abzusagen, brachte gar nichts. Er war ja eben auch einfach über meine Bedenken hinweggefegt wie ein Hurrikan über die Blechhütten einer Südseeinsel. Am besten, ich machte morgen früh einfach nicht auf, wenn er bei mir auftauchte.

22

In der Nacht erschienen wieder die grünen Scheinchen. Bis zum Morgengrauen hatten sie all meine Bedenken weggetanzt und als ich aufwachte, wunderte ich mich, warum ich gestern so kleinkariert gewesen war. Wenn man die fünf Minuten, die unsere Aktion dauerte, in Relation zu den Jahrzehnten setzte, in denen ich nichts Gesetzeswidriges getan hatte, war das doch wirklich nicht der Rede wert.

Optimistisch sprang ich aus dem Bett und bereitete mich für unseren Coup vor.

Obwohl ich davon ausging, dass auch Tim mich als Blondine nicht erkennen würde, traf ich sicherheitshalber ein paar Vorkehrungen, um seine Aufmerksamkeit von meinem Gesicht abzulenken.

Über dem neuen, schwarzen Spitzen-BH knöpfte ich eine dünne weiße Seidenbluse bis zum Brustbein auf und stopfte die vordere Hälfte lässig in ausgefranste, knappe Jeansshorts. Meine Beine steckten in den sündhaft teuren Stilettos, die ich wieder aus dem Müll gezogen hatte, um sie bei eBay zu inserieren. Meine Haare hatte ich zu einem kecken Pferdeschwanz zusammengebunden, dazu trug ich Ohrringe in der Größe von Donuts und eine Sonnenbrille. Mein Gesicht war bemalt wie ein Osterei.

Skeptisch betrachtete ich mich im Spiegel. Mein Aufzug war grenzwertig, aber was tat man nicht alles für tausend Euro. Wenn das nicht Tims Blut in Wallung brachte, war ihm nicht zu helfen.

Bei Lars jedenfalls schien es zu wirken. Er pfiff anerkennend durch die Zähne, als er Punkt neun klingelte und ich ihm die Tür öffnete.

Ich dagegen konnte mir nur mit Mühe das Lachen verkneifen. Der Hobby-Einbrecher trug heute einen hüftlangen Trenchcoat im Farbton einer bereits seit Längerem aufgeschnittenen Avocado. Seinem Bauchumfang nach zu urteilen, hatte er ein Sofakissen darunter gesteckt. Statt seinem coolen Humphrey Bogart Hut zierte heute eine Prinz-Harry-Perücke mit rot gelocktem Haar sein Haupt. Am Kinn klebte der dazu passende Vollbart. Er sah aus wie ein schwangerer irischer Dorfpolizist. Nur die grünen Augen zogen mich wie immer in ihren Bann, vor allem weil sie heute von einer dicken Hornbrille aufs Doppelte vergrößert wurden.

Bob kam aus dem Wohnzimmer herangeschossen und begrüßte unseren Besucher, als wären die beiden schon hundert Mal zusammen Schafe hüten gewesen.

»Guten Morgen«, sagte Lars gut gelaunt und streckte mir etwas entgegen. »Hier ist schon mal deine Bezahlung für die letzten Tage und für heute.«

»Guten Morgen«, jubelte ich und nur die knallengen Jeansshorts hielten mich davon ab, auf die Knie zu sinken und seine Füße zu küssen.

Ich nahm den Umschlag und stopfte ihn in die oberste Schublade des Flurschränkchens. Lars Engelmann war ein feiner Kerl, der zu seinem Wort stand. Auch wenn er mir ein absolutes Rätsel war. Wieso wollte er, der jeden halbseidenen Ganoven dafür bezahlen konnte, Yaras Schloss zu knacken und ihr Notebook zu klauen, sich unbedingt persönlich in Gefahr begeben?

»Du siehst wirklich umwerfend aus«, sagte er und ließ seinen Blick auf meinen Beinen ruhen, »aber eigentlich dachte ich, wir treten als Kollegen von der Mordkommission auf, die noch mal in die Wohnung müssen. Meinst du, du findest in deinem Kleiderschrank etwas Unauffälligeres?«

Er verzog das Gesicht zu einem Zwinker-Smiley.

»Klar«, sagte ich, »bin gleich zurück«, und raste, noch bevor er sehen konnte, wie knallrot ich angelaufen war, ins Schlafzimmer.

Als ich zurückkam, trug ich nagelneue und noch makellos dunkelblaue Jeans, eine dunkelblaue Regenjacke und meine Combat Boots. Die auffälligen Ohrringe hatte ich abgenommen und den knallroten Lippenstift gegen einen gediegenen nudefarbenen Lipgloss ersetzt. Unauffälliger als ich sah nicht mal ein Fahrkartenkontrolleur aus.

»Super«, nickte mir Lars zustimmend zu. Zu Bob sagte er leise: »Wünsch uns Glück«, und tätschelte zum Abschied seinen Hals.

Ich wollte mir gar nicht vorstellen, was mit meinem Hund passierte, wenn ich wegen Einbruchs verhaftet würde. Hoffentlich reichten Patricks Beziehungen aus, um mich irgendwie rauszuhauen, falls etwas schief ging! Zum Glück hatte er heute Frühschicht und ich würde ihm nicht in die Hände laufen und erklären müssen, was ich in der Wohnung eines Mordopfers zu suchen hatte.

»Hast du die Handynummer des Hausmeisters?«, wollte Lars wissen und ich nahm den Zettel aus meiner Jacke.

»Hier.«

Er nahm ihn an sich und wir verließen die Wohnung.

Lars watschelte zu einem weißen BMW, den er vor meinem Haus in zweiter Reihe abgestellt hatte und wir stiegen ein. Dann holte er ein billig aussehendes Prepaid-Handy aus der Türkonsole, entriegelte es, drückte ein paar Tasten und hielt es mir hin.

»Hier. Ruf den Hausmeister an. Sag ihm, du bist von der Polizei und gleich kommen zwei Kollegen vorbei, die noch mal in die Wohnung der Toten müssen, um weitere Beweise zu sichern. Du musst nur auf die grüne Taste drücken.«

Ich sah ihn zweifelnd an: »Tim mag ja etwas beschränkt sein, aber der glaubt mir doch nie, dass die Polizei ihn von einem Handy aus anruft.«

Lars lächelte nachsichtig. »Noch nie etwas von Fake Caller ID gehört, Sherlock? Eine App, mit der im Display des Angerufenen ein falscher Name und eine falsche Nummer erscheinen. Dein Hausmeister wird denken, die Polizeiinspektion Ost ruft ihn an und als gesetzestreuer Bürger alles tun, was du von ihm verlangst.«

Ich sah ihn stirnrunzelnd an, griff zweifelnd nach dem Smartphone und drückte die grüne Taste. Wir warteten gespannt. Es tutete drei Mal, dann meldete sich Tim so zögerlich, als überlege er fieberhaft, wie lange es her war, dass er bei Rot über die Ampel gefahren war.

»Mmhjaaaahhh.«

In bühnenreifem Fränkisch flötete ich in den Hörer: »Bollizeinschbektion Nämmbärrch, Grrüß Godd Herrrr Harrdmann.«

»Grüß Gott«, entgegnete dieser in einem Tonfall, als rechnete er mit dem Schlimmsten.

»Herrrr Harrdmann, wir müsserrden nochamal in die Wohnung von derra Frrau Atasoy.«

»Kein Problem!«, rief Tim, dem ein hörbarer Felsbrocken vom Herzen gefallen war, dass ihm nichts zur Last gelegt wurde. »Ich lasse sie rein.«

»Des is schee, no schiggi glei zwaa Kolleegn nüberr.«

»Ok«, freute sich Tim, »ich warte.«

Ich unterbrach die Verbindung.

»Gut gemacht«, lobte Lars, als ich ihm das Handy zurückgab, »jetzt brauchst du bloß noch das.«

Er reichte mir eine runde Nerd Brille aus dem Handschuhfach. Als ich sie aufgesetzt hatte, verschwamm alles vor meinen Augen.

Vorwurfsvoll sah ich Lars an: »Warum hast du nicht eine mit Fensterglas genommen?«

»Die war auf die Schnelle nicht aufzutreiben. Es ist eine Lesebrille. Wenn du sie nach vorne ziehst und über den oberen Rand guckst, wird das schon gehen.«

Während ich die Sonnenblende herunterklappte und zweifelnd meine Verwandlung in Harry Potters kurzsichtige Schwester im Spiegel betrachtete, startete er den Motor.

Wenige Minuten später hatten wir Yaras Haus erreicht und Lars fuhr in den Hof. Patricks Porsche war nicht dort geparkt. Beim Gedanken an ihn machte mein Herz einen olympiareifen Satz, vor Liebe und vor Erleichterung, dass er mich nicht dabei erwischen konnte, wie ich in fremde Wohnungen einstieg.

Lars wendete und parkte mit dem Auspuff zum Zaun direkt gegenüber der Einfahrt.

»Man weiß ja nie«, murmelte er.

Offensichtlich hatte er seine letzte Flucht aus diesem Hof noch genau vor Augen.

Tim, der bereits vor dem Hauseingang wartete, wunderte sich erstaunlicherweise nicht über die beiden merkwürdigen Gestalten, die auf ihn zu tappten, als ob sie sich durch dichten Nebel kämpften. Lars' sonst so dynamischer Schritt wurde stark durch die Gläser auf seiner Nase und das Kissen unter seinem Mantel gebremst, und auch ich setzte mit meiner ungewohnten Brille ganz vorsichtig einen Fuß vor den anderen.

Endlich waren wir am Eingang angekommen und Lars wand sich an den Hausmeister: »Sie haben den Schlüssel für die Wohnung der Frau Atasoy?«

Er streckte die Hand aus.

»Ja. Ich gehe mit nach oben und sperre Ihnen auf.«

Tim war offensichtlich nicht gewillt, seinen Generalschlüsselbund aus der Hand zu geben. Er drehte sich um und ging voraus.

»Du musst ihn ablenken, wenn wir oben sind«, zischte Lars.

»Roger.«

Ich drehte den Daumen nach oben und wir stiegen auf.

Nachdem Tim Yaras Wohnungstür aufgesperrt hatte, wies Lars ihn an: »Bleiben Sie hier draußen und fassen Sie nichts an. Meine Kollegin wird Ihnen in der Zwischenzeit ein paar Fragen stellen.«

Damit ließ er uns im Treppenhaus stehen und ging hinein.

Ich zog Tim schnell in Yaras Flur und schloss die Tür

von innen. Es fehlte noch, dass unten jemand Stimmen hörte und uns überraschte! Tim und ich standen verlegen schweigend nebeneinander. Ich mit einem Ohr zum Treppenhaus, er mit einem Hals wie eine WC-Ente in Richtung Schlafzimmer, in dem Lars gerade verschwunden war.

Ich drückte auf den Lichtschalter und der helle Schein von unzähligen Glühbirnen eines Kristall-Kronleuchters erfüllte den kleinen Raum. Tims Gesicht wurde angestrahlt wie bei einem Verhör.

»Herr Hartmann, Sie haben ausgesagt, dass Sie an dem Abend, als Sie die Leiche gefunden haben, etwas im Treppenhaus gehört haben«, kam ich gleich zur Sache, auch wenn ich nicht wirklich damit rechnete, etwas Neues zu erfahren. »Können Sie mir das noch einmal genau schildern?«

Tim legte nachdenklich den Kopf schief.

Schließlich sprudelte es aus ihm heraus: »Von irgendwoher kenne ich Sie.«

Mist! Hätte ich doch bloß meine Shorts anbehalten!

»Gut möglich«, reagierte ich blitzschnell. »Ich war bis letzte Woche im Sittendezernat. Da war doch etwas hier in dieser Straße?« Ich tat, als ob ich überlegte. »Ach ja, die Anzeige einer Frau wegen Stalking. Sind wir uns da vielleicht begegnet?«

»Was?«, krächzte Tim und wurde tomatenrot. »Das kann überhaupt nicht sein. Ich muss mich getäuscht haben. Ich kenne Sie doch nicht.«

Das war ja gerade noch mal gut gegangen!

Aus dem Wohnzimmer drangen Geräusche, die darauf hindeuteten, dass Lars gerade Yaras Wohnwand durchsuchte. Was machte er nur so lange? Warum hatte er sich nicht einfach nur das Notebook gekrallt?

Tim und ich warteten schweigend, jeder in einer anderen Ecke des Flurs. Während ich hinter dem Garderobenständer ungeduldig von einem Fuß auf den anderen trat, starrte er so gebannt auf den Ausgang, als ob dort das Endspiel der Fußballweltmeisterschaft stattfand.

Endlich kam Lars zurück. Ich warf ihm einen bösen Blick zu, atmete aber gleichzeitig erleichtert auf. Sein Trenchcoat zeigte über der runden Ausbuchtung an seinem Bauch nun zusätzlich eine kantige Beule im Brustbereich.

»Danke, Herr Hartmann, das war's.«

Lars und ich stiegen eilig die Treppe hinunter, während Tim sich ungewöhnlich lange mit dem Abschließen von Yaras Tür beschäftigte.

Drei Stufen, bevor wir den ersten Stock erreicht hatten, blieb ich wie versteinert stehen. Mein Herz setzte für mehrere Sekunden aus und begann dann, die verlorene Zeit aufzuholen, in dem es doppelt so schnell schlug.

Doktor Eckert hatte sich vor seiner Wohnung aufgebaut und versperrte unseren Weg. Er roch streng nach Alkohol. Hoffentlich sah er uns bereits doppelt und würde sich auf die Falschen stürzen, wenn wir gleich an ihm vorbeigingen.

»Ich hab dir Schlampe doch gesagt, du sollst hier nie wieder auftauchen«, fauchte er. »Meinst du vielleicht, ich erkenne dich nicht mit deinen blonden Haaren?«

Mein Herz blieb stehen. Doch ich hatte nicht damit gerechnet, wie schnell sich ein wabbeliger Ire in einen drahtigen Nahkämpfer verwandeln konnte.

»Nimm!«

Blitzschnell zog Lars das Notebook unter seinem Mantel hervor, drückte es mir in die Hand und schob mich zur Seite. Dann sprang er die restlichen Stufen hinunter und drehte dem verdutzten Doktor den Arm auf den Rücken. Der schrie auf und bog sich mit schmerzverzerrtem Gesicht nach vorne.

Auch ich heulte auf, denn beim Versuch, mit meinen Augengläsern und dem Notebook im Arm den beiden auszuweichen, hatte ich eine Treppenstufe verfehlt. Ein höllischer Schmerz durchzuckte meinen Knöchel.

Inzwischen war Tim am oberen Treppenabsatz erschienen.

»Wusste ich doch, dass ich dich kenne!«, schrie er außer sich. »Halt sie fest, Hermann, die klaut Yaras Computer!«

Ich warf die Brille weg und humpelte, unsere Beute fest umklammert, so schnell ich konnte, ins Erdgeschoss. Den Geräuschen nach trat Lars dem Doktor noch gezielt in die Eingeweide und gab Tim einen Kinnhaken, bevor er mir nachsprintete.

Unten angekommen, nahm er mir das MacBook ab, hakte mich unter und zog mich schnell zum Auto.

Als das zorngerötete Gesicht von Tim in der Haustür erschien, preschten wir bereits mit durchdrehenden Reifen aus dem Hof.

»Tut es sehr weh?«, erkundigte sich Lars, während er sich mit einem gewagten Manöver in den fließenden Verkehr auf der Hauptstraße einfädelte.

Ich zog vorsichtig die Socke herunter und tastete meinen Knöchel ab. Er war blau wie ein zu lange in Essigsud gekochter Karpfen, doch gebrochen schien er nicht zu sein.

»Geht schon«, sagte ich daher heldenhaft.

»Tapferes Mädchen.«

Lars tätschelte anerkennend meinen linken Schenkel, den ich sofort erschrocken wegzog. Wir wechselten kein Wort, bis er in der Nähe meiner Wohnung einparkte.

So selbstverständlich, als ob er hier wohnte, stieg er aus und folgte mir mit dem Notebook ins Haus.

In meinem Wohnzimmer nahm er die Perücke ab, fuhr sich durch die schwarzen Locken und löste vorsichtig den Bart von Oberlippe und Kinn.

Ich stellte das MacBook auf den Esstisch und ging in die Küche. Als ich mit zwei Gläsern Wasser zurückkam, hatte Lars es bereits gestartet. Ich stellte die Gläser auf den Tisch und trat hinter ihn, um ihm über die Schulter zu schauen.

Yaras Notebook fuhr ohne Passworteingabe bis in die Benutzeroberfläche hoch. Dann erschien eine Popup-Nachricht in der unteren Bildschirmleiste: »Web.de Mail-Check. Sie haben 7 neue Nachrichten.«

Nachdem Lars darauf geklickt hatte, öffnete sich der Internetbrowser und Yaras Posteingang füllte sich mit einer Handvoll neuer Nachrichten. Sechs davon waren neue Anfragen für 'eternallove'. Lars überflog sie kurz, dann fuhr er wieder mit dem Finger über das Trackpad, um ein neues Browserfenster zu öffnen.

Als er einen Buchstaben in die Adressleiste getippt hatte, vervollständigte sich der Text automatisch und die Log-in Seite des Dating-Portals baute sich auf. Die Felder für Yaras User Name und Passwort blieben leer. Lars klickte auf den 'Passwort vergessen?'-Link und wechselte zurück zum Postfach.

Nach wenigen Sekunden war die E-Mail zum Rücksetzen des Passworts eingegangen und wir waren im Profil von 'eternallove' eingeloggt. Lars klickte sich bis zur Sicherheitsabfrage 'Sind Sie sicher, dass Sie Ihre Mitgliedschaft beenden wollen? Ihr Profil wird dabei unwiderruflich gelöscht' durch und lehnte sich dann zufrieden zurück.

»Puh. Das wäre geschafft. Aber wir sind noch nicht fertig.«

Er wechselte wieder zum Posteingang und scrollte durch Yaras bereits heruntergeladene E-Mails. Ganz unten waren die beiden, die er ihr geschickt hatte.

Ich legte meine Hand auf seinen Arm.

»Warte. Ich möchte das kurz lesen.«

Lars öffnete jede E-Mail und wartete, bis ich mein Okay gab, um sie zu löschen.

Nach kurzer Zeit hatte er nicht nur alle Nachrichten, sondern sicherheitshalber sogar Yaras E-Mail-Account gelöscht. Genau in diesem Moment wurde der Bildschirm dunkel.

»Mist«, fluchte er.

»Warum hast du denn das Ladekabel nicht mitgenommen?«, fragte ich tadelnd.

»Weil ich es nicht gesehen habe«, brummte er.

»Das lag doch auch unter den Kissen.«

»Da lag nichts. Ich hab extra noch im Wohnzimmer nachgeschaut.«

Weißes Kabel auf weißem Betttuch. Männer! Ich drehte die Augen zur Zimmerdecke.

»Wetten, dass weibliche Ermittlungsbeamte Yaras MacBook und ihr Handy gefunden hätten? Mit Kabel!«

Lars wurde kreidebleich.

»Verdammt, dass ich daran nicht gedacht habe! Ihr Handy!«

»Aber ihr habt doch nie telefoniert.«

Doch daran schien Lars gar nicht zu denken.

»Nein, aber sicher hat sie ihre E-Mails auch aufs Handy gekriegt. Ich muss die auch löschen. Wir müssen sofort noch mal hin und das Handy holen.«

Er sprang auf.

»Wie willst du das denn machen? Der Hausmeister kennt uns doch jetzt.«

»Du hast recht.«

Mutlos ließ Lars sich wieder auf den Stuhl fallen.

Doch der Gedanke, herauszufinden, mit wem Yara telefoniert hatte, reizte mich inzwischen auch. Wäre ich doch bloß neulich beim Fotoshooting mit Tim zurückgegangen und hätte es an mich genommen!

Mir fiel etwas ein.

»Ich habs! Wir rufen Tim an und sagen, wir sind von der Heizungsablesungsfirma. Der Vermieter will eine vorgezogene Sonderablesung für die Dachgeschosswohnung, weil sie ab ersten September neu vermietet werden soll.«

Lars lächelte das Lächeln eines Mannes, der im Kühlschrank hinter der Milch noch ein Bier entdeckt hatte.

»Sherlock, du bist einfach die Größte.«

»Aber heute kriegen wir das nicht mehr hin«, gab ich zu

bedenken. »Wir können ja schlecht noch mal in derselben Aufmachung erscheinen. Und wenn wir uns nicht verkleiden, erkennt er uns.«

»Kein Problem«, strahlte Lars, »überlass das mir. Ich hol dich morgen früh um dieselbe Zeit ab.«

Wir klatschten uns high-five-mäßig ab.

23

Mit einer halben Stunde Verspätung und einem Karton, auf dem der Aufkleber von Amazon Express klebte, stand Lars tags darauf wieder vor meiner Tür.

»Sorry, ich musste noch auf die Post warten. Kann ich dein Bad benutzen?«

Kurz darauf verließen zwei Personen meine Wohnung. Der Mann trug eine Latzhose und eine Schirmmütze. Seine dunklen, unter der Mütze versteckten Haare, sein dunkler Oberlippenbart und die seitlichen Koteletten ließen vermuten, dass er Muslim war. Die Haarfarbe der Frau war nicht zu erkennen, denn sie trug eine schwarze Burka.

Es war ein ganz neues Lebensgefühl, als ich wie ein angeschlagener Batman in meinem Ganzkörperzelt durch die Straßen humpelte. Die Burka war wirklich ein sehr bequemes Kleidungsstück. Sie hatte sogar eine Handyinnentasche, in der ich Yaras Mobiltelefon verschwinden lassen konnte. Das einzige Problem war, dass ich nur gut eins sechzig groß und der weite Umhang mindestens zwanzig Zentimeter zu lang war, sodass mein ungelenkes Stolpern nicht nur an meinem inzwischen auf XXL-Maße angeschwollenen Knöchel lag.

Wir nahmen den Umweg über ein Schreibwarengeschäft, um eine Rolle durchsichtigen Klebebands, eine Taschenlampe und einen Auftragsblock zu erstehen. Lars steckte die Taschenlampe in seine Hosentasche und reichte mir den Block mit den Auftragsformularen. Dann half er mir, den Stoff meines Gewands hochzuraffen, und fixierte ihn mit ein paar Lagen Klebeband in meiner Taille.

Als wir nur noch zwei Querstraßen von Yaras Haus entfernt waren, holte er das Prepaid Handy aus der Tasche und drückte ein paar Tasten.

»Hier, ruf den Hausmeister an.«

Ich wühlte eine Hand hervor, griff danach und gab es

ihm nach einem Blick aufs Display wieder zurück: »Nein, da ist noch die Nummer der Polizei drauf.«

»Ups, mein Fehler.«

Sekunden später rief ich mit der korrekt gefälschten Anruferkennung bei Tim an.

Der meldete sich erst nach dem fünften Rufton: »Hallo?«

Es klang abgehetzt und ich freute mich diebisch, dass ich ihn anscheinend aus der hinterletzten Ecke geholt hatte. Schließlich hatte er mich auch schon zwei Mal auf halsbrecherischer Flucht durchs Treppenhaus gejagt.

Ich beschloss, ihn noch ein wenig mehr zu quälen.

»Herr Hartmann, wir müssten mal wieder bei Ihnen nachschauen«, zwitscherte ich und machte eine gehässige Pause.

Hoffentlich zog gerade der Gedanke an die längst überfällige Vorsorgeuntersuchung beim Zahnarzt in all ihren unangenehmen Details vor Tims innerem Auge vorbei!

Es dauerte genussvolle zehn Sekunden, bis er nachfragte: »Was muss ich nachschauen lassen?«

»Heizungsablesung«, erlöste ich ihn. »Bei Ihnen im Haus ist doch diese Wohnung, die am ersten September neu vermietet werden soll. Der Eigentümer hat uns gebeten, die Heizungsablesung vorzuziehen.«

»Ach so.« Tim atmete auf. Dann brummte er: »Davon weiß ich aber gar nichts.«

»Unsere Ableser sind gerade in Ihrer Nähe und könnten das gleich erledigen«, reagierte ich blitzschnell.

»Als ob ich nichts anderes zu tun hätte«, stöhnte Tim. »Das passt mir im Moment gar nicht.«

»Ich habe natürlich Verständnis dafür, dass Sie die fünf Minuten für die Ablesung in Ihrem viel beschäftigten Tagesablauf nicht unterbringen können, Herr Hartmann«, sagte ich zuckersüß. »Trägt der Eigentümer die 150 Euro Bearbeitungsgebühr, wenn wir deswegen extra noch mal kommen müssen?«

»Schon gut«, grollte Tim. »Ich lasse Sie rein.«

»Ich verstehe nicht, warum mir keiner gesagt hat, dass die Wohnung schon wieder vermietet werden soll. Es ist ja nicht damit getan, dass die Heizung abgelesen wird. Da muss ich ja noch durchstreichen lassen und die Möbel entsorgen. Wie soll ich das denn bis zum Ersten schaffen?«, schimpfte er weiter, als wir zu dritt die Treppe hinaufstiegen.

In den Wohnungen rührte sich nichts. Doch selbst wenn der Doktor, Frau Müller oder Patrick ihre Tür aufgerissen hätten - in unserer Aufmachung hätte uns keiner erkannt.

Endlich standen wir im Dachgeschoss. Ich japste nach Luft, als wäre ich gerade den Mount Everest hochgejoggt. Die verklebte Burka schnürte meinen Brustkorb ein wie ein Panzer. Nach den vier Etagen war mir ganz schwummrig vor Augen. Während Tim die Wohnung aufschloss und die beiden Männer hineingingen, zerrte ich an meinem Klebegürtel, als wäre er eine Reißleine und ich nur noch tausend Meter vom Boden entfernt. Doch er bewegte sich keinen Millimeter.

Keuchend hangelte ich mich an der Wand entlang, um den beiden ins Schlafzimmer zu folgen. Dort schwankte ich zu Yaras Schminktisch und legte meinen Formularblock auf die freie Stelle zwischen all den Tuben und Tiegeln. Das Handy würde ich unauffällig darunter verschwinden lassen und von dort aus in die Innentasche meiner Burka befördern.

Lars stand bereits am Fenster und leuchtete mit der Taschenlampe auf das kleine Kästchen am Heizkörper.

»Siebenunddreißig Komma fünf vier«, las er laut vor.

Stumm trug ich die Zahl in ein wahlloses Feld auf meinem Block ein und schielte dabei über den Schminktisch. Wenn es bloß nicht so schwer wäre, durch diesen schmalen Schlitz zu schauen! Immer wenn ich mich nach vorne beugte, um zu sehen, was direkt vor mir war, schnürte mir der Klebestreifen den Brustkorb ab und der

Stoff schob sich vor meine Augen. Lars beobachtete mich misstrauisch.

»Ich muss an den Hauptverteilerkasten«, sagte er geistesgegenwärtig und lockte Tim aus dem Raum.

Ich schob den Stuhl vor dem kleinen Tischchen zurück, klammerte mich an die Tischplatte und kniete mich vorsichtig hin. Ich hatte nun den Schminktisch in Augenhöhe und inspizierte ihn so sorgfältig wie Bobs Fell nach einem Waldspaziergang in der Zeckensaison. Fieberhaft nahm ich jedes der Kästchen des Stapels, in dem das Smartphone gelegen hatte, hoch. Wo war die verdammte Handyhülle? War sie etwa hinter den Tisch gerutscht? Mühsam zog ich ihn ein Stückchen von der Wand und krabbelte auf allen vieren drumherum.

Nichts.

Hier gab es so wenig Handys wie in meiner Lunge Luft. Tim! Er musste das Mobiltelefon an sich genommen haben!

Bei diesem Gedanken versank alles um mich herum in einer schwarzen Wolke.

Als ich die Augen wieder aufschlug, lag ich auf dem Wasserbett. Lars saß auf der Bettkante und fächelte mir mit dem Auftragsblock Luft zu.

»Hast du es gefunden?«, zischte ich aufgeregt.

Ich wollte mich aufsetzen, doch er presste mich zurück in die Kissen.

»Pst. Alles gut.«

»Sind Sie endlich fertig?«, meckerte es von der anderen Seite des Zimmers. »Ich habe nicht ewig Zeit.«

Lars sah mich fragend an. Ich nickte und er half mir, mich wieder auf die Füße zu stellen. Ich bekam noch immer schlecht Luft, aber ich presste die Zähne zusammen und ging mit giftigem Blick an Tim vorbei. Ich hätte meine letzte Tüte Gummibärchen darauf verwettet, dass er es war, der Yaras Handy geklaut hatte.

»Sie brauchen mich ja nicht mehr«, sagte Tim, sobald er Yaras Wohnungstür hinter uns abgeschlossen hatte und lief, zwei Stufen auf einmal nehmend, nach unten.

Ich dagegen musste auf jeder Stufe zweimal auftreten und klammerte mich dabei ängstlich an das Treppengeländer. In diesem Tempo kamen wir heute nicht mehr nach unten. Ich drehte mich um und gab Lars den Schreibblock, damit ich eine Hand frei hatte, um mein Gewand hochzuraffen.

»Vorsicht!«, schrie er.

Doch zu spät - mein linker Fuß hatte sich bereits im Saum der Burka verfangen und ich strauchelte. Nicht schon wieder diese verdammte Treppe, schoss es mir noch durch den Kopf, dann folgte mein Körper den Gesetzen der Schwerkraft, es wurde wieder dunkel um mich und ich fühlte, wie ich mit voller Wucht gegen etwas prallte.

Doch der Aufprall hatte gar nicht wehgetan. Überrascht schlug ich die Augen auf. Wundersamerweise war ich nicht die Treppe hinuntergesegelt, sondern direkt in zwei starke Arme. Ich blinzelte meinen märchenhaften Retter dankbar an - Patrick!

Es war schwer, zu sagen, wer von uns beiden sich schneller losmachte: Ich, weil ich unter allen Umständen verhindern wollte, dass er mich erkannte, oder der nicht weniger entsetzte Patrick.

Was machte der denn zuhause, und dann auch noch auf der Treppe zu Yaras Wohnung?

Er strich sich so heftig über die Arme, als gelte es, radioaktive Verseuchung abzustreifen und murmelte etwas, aus dem man mit etwas Fantasie das Wort »Schleiereule« heraushören konnte.

Im selben Augenblick hatte sich Lars bereits vor ihm aufgebaut. Da er ein paar Stufen über ihm stand, überragte er den gleichgroßen Patrick.

»Hej, Kumpel«, sagte er mit scharfem Unterton und zog die Schirmmütze tiefer in die Stirn, »pass auf was du sagst.«

»Reg dich ab«, meinte Patrick lapidar. »Mach lieber meine Wohnung auch gleich mit. Ich bin zufällig gerade zuhause. Sonst passt mir das nicht, da bin ich arbeiten oder schlafe.«

Lars und ich wechselten einen kurzen Blick. Sicher dachte er dasselbe wie ich: Wenn wir in Patricks Wohnung gingen, um seine Heizkörper abzulesen, war die Gefahr groß, dass er merkte, dass wir gar nicht die waren, für die wir uns ausgaben. Und wenn wir es ablehnten, ebenfalls.

Außerdem brannte ich darauf, endlich Patricks Wohnung zu sehen. Und wenn ich meinen Mund hielt, würde er mich unter meinem Vorhang nicht erkennen.

Patrick, der anscheinend glaubte, wir hätten ihn nicht verstanden, wiederholte: »Du lesen ab meine Heizung heute. Ich sonst nix da.«

Er wedelte zur Verdeutlichung mit den Händen.

Ich nickte Lars zu.

»Na gut«, brummte der unwillig und unser Trupp stieg in den zweiten Stock.

Neugierig betrat ich hinter den beiden Männern Patricks Wohnung. Da er nur mit Lars sprach und mich gar nicht beachtete, konnte ich mich in aller Ruhe umsehen.

Die Möbel, die ganz im neuesten Trend gehalten waren, sahen teuer aus, aber das Wohnzimmer war ungemütlich. Der Raum wirkte so steril, dass ich fröstelte. Das einzig Persönliche waren Schwarz-Weiß-Fotos, die einen Soldaten bei verschiedenen Ausübungen seiner Pflicht zeigten.

Warum hatte er nie erwähnt, dass er so an seinem Opa hing, wenn das Regal überquoll von seinen Fotos? Hatte er sie nur aus Dankbarkeit aufgestellt, weil er einen größeren Betrag von ihm geerbt hatte?

»Aische, schreibst du das bitte auf?«, holte mich Lars' Stimme aus meinen Gedanken zurück.

Anscheinend hatte er mich schon vorher angesprochen, denn Patrick warf mir einen Blick zu, der keinen Zweifel offenließ, was er über meine Eignung für diesen Job dachte.

Lars wiederholte geduldig die Zahl und ich nickte stumm und kritzelte etwas auf meinen Block.

Wir gingen zu dritt ins Schlafzimmer. Während die beiden Männer zum Heizkörper unter dem Fenster gingen, steuerte ich pfeilgerade auf Patricks Bett zu.

Als mein Blick auf den Nachttisch fiel, atmete ich auf. Ich brauchte mir definitiv keine Gedanken darüber zu machen, ob Patrick hier mit anderen Frauen schlief. Außer er rekrutierte seine Gespielinnen bei der Bundeswehr. Denn wie konnte man Gefühle entwickeln, wenn man dabei von einem Schwarzweiß-Soldaten beobachtet wurde?

Ich beschloss, einige unserer nächsten Wochenendausflüge zu IKEA zu verlegen, um Patrick nach und nach an bunte Drucke und flauschige Kuschelkissen zu gewöhnen. Die Fotos seines Opas konnte man ja irgendwo auf einem kleinen Tischchen in einer Ecke sammeln, wenn er wirklich Wert darauf legte.

Auch über die Bilder, die in seiner Küche hingen, würden wir ein Wörtchen zu reden haben. Zwar waren sie farbig und zeigten keine Soldaten, aber sie erinnerten stark an die Bergmassive aus Frau Müllers Wohnung. Nur dass die kurvigen Vorgebirge, die Patrick aufgehängt hatte, nicht aus Oberbayern, sondern aus dem Playboy stammten.

»Ich bin ja so froh, dass es geklappt hat und wir nicht aufgeflogen sind«, stöhnte ich, als wir wieder auf der Straße standen.

Doch Lars war anderer Ansicht.

»Von wegen geklappt«, sagte er traurig und nahm die Schirmmütze ab. »Das Handy ist weg.«

Ich zuckte gleichgültig die Achseln. »Zumindest ist es nicht in den Händen der Polizei.«

»Das stimmt auch wieder.« Lars lächelte schwach.

»Danke, dass du mitgegangen bist.«

»Schon ok.«

Wir liefen eine Weile schweigend nebeneinander her.

»Wie dieser Clown dich eben behandelt hat«, brach Lars schließlich kopfschüttelnd unser Schweigen. »Anscheinend hat er was gegen Frauen in Burkas.«

»Das war sicher nur, weil ich ihm bekannt vorgekommen bin«, verteidigte ich Patrick sofort.

Lars wurde hellhörig.

»Sag bloß, du kennst das ausländerfeindliche Arschloch?«

»Ja«, entgegnete ich trotzig. »Und ein Arschloch ist er auch nicht. Sondern mein erster Freund.«

»Du warst mit dem…?«

Lars brach ab und sah mich an, als hätte ich ihm soeben gestanden, dass ich ein Verhältnis mit dem Papst gehabt hatte. Er blieb stehen, während ich unbeirrt weiterlief.

An der nächsten Straßenecke hatte er wieder zu mir aufgeschlossen.

»Ich bring dich heim«, sagte er, als sein Handy klingelte. »Entschuldige, aber das ist wichtig.«

»Sorry, Kristin«, besänftigte er gleich darauf die anscheinend aufgebrachte Anruferin. »Ja, ich weiß, dass wir zum Mittagessen verabredet sind. Tut mir leid, dass ich zu spät dran bin. Ich bin in fünf Minuten bei dir.«

Er beendete das Gespräch.

Nun blieb ich stehen.

»Es ist nicht nötig, dass du mich nach Hause bringst«, sagte ich frostig.

»Bist du sicher?«, fragte er nach und stoppte ebenfalls.

Ich nickte kühl.

»Na gut, Sherlock. Pass gut auf dich auf.«

Mit diesen Worten entschwand Lars Engelmann aus meinem Leben. Ich bog rechts ab, während er geradeaus in Richtung meiner Wohnung ging, wo sein Auto geparkt war.

Auf meinem Umweg durch den Stadtpark wurde ich immer wütender. Lars glaubte wohl, er und seine – wie hatte er die Schnepfe genannt? – Kristin waren etwas Besseres als Patrick und ich!

Je mehr ich mich aufregte, desto fester war ich entschlossen, den Umschlag mit dem Geld, der immer noch ungeöffnet in meiner Schublade lag, an Engelmann zurückzuschicken. Seine Kohle konnte er sich sonst wohin schieben!

Was bildete er sich überhaupt ein? Er lief in alberner Verkleidung herum und nannte Patrick einen Clown?

Oh mein Gott, Patrick! Er würde in drei Stunden hungrig auf meiner Matte stehen! Nach einem ernsten Gespräch mit Bob hatte ich gewagt, ihn zum Dinner einzuladen.

Eilig machte ich mich auf den Weg nach Hause. Es war höchste Zeit, das Essen vorzubereiten! Obwohl ich nicht zum Probekochen gekommen war, wollte ich mich an Gulasch wagen. Hoffentlich gelang mir das und es lenkte ihn von den Spaghetti auf meinem Kopf ab.

Hektisch suchte ich im Internet nach einem Rezept.

Zehn Minuten später verließ ich ohne Burka, aber mit einer langen Einkaufsliste und dem an Engelmann adressierten und frankierten Umschlag das Haus.

Das Geld zahlte ich auf dem Rückweg vom Discounter bei meiner Bank ein. Schließlich konnten die noch druckfrischen Scheinchen nichts dafür, dass sie von einem eingebildeten Lackaffen abstammten.

24

Pünktlich um sieben klingelte es. Ich tackerte schnell noch eine unartige blonde Strähne fest und schärfte Bob ein, dass er ruhig auf seinem Platz bleiben musste, bis ich ihm ein weiteres Kommando gab.

Dann riss ich die Tür auf und blickte in einen riesigen Strauß mit wachsartigen weißen Kelchen.

»Für mich?«, entfuhr es mir überrascht.

Außer als WhatsApp Emojis hatte ich seit Jahren keine Blumen mehr bekommen.

»Für wen denn sonst?«, fasste Patrick das Offensichtliche in Worte und drückte mir das zusammengeknüllte Verpackungspapier in die Hand.

Er hatte sie sogar eigenhändig in einem Blumenladen für mich ausgesucht - wie süß! Mit einem verschämten »Danke« hauchte ich ein Küsschen auf seine Wange und nahm ihm das Bündel ab.

Er hatte sich eben nicht mehr daran erinnert, dass ich tote Blumen traurig fand und nicht einmal eine Vase besaß. Na, wenn schon! Der Gedanke war es, der zählte.

»Komm rein!«

Ich zerrte aufgeregt an seinem Arm.

Bob knurrte verhalten, als Patrick an seinem Platz vorbei ging, doch er blieb brav auf seiner Decke.

»Setz dich, ich bin gleich wieder da.«

Ich ging in die Küche, steckte den Wachsblumenstrauß in einen Bierkrug und platzierte ihn auf dem Esstisch.

Soweit klappte ja alles bestens.

Während Patrick sich auf meiner Couch mit der Fernbedienung durch die Programme zappte, warf ich in meiner Küchenecke abwechselnd prüfende Blicke in den Nudeltopf und den Topf, wo das Gulasch vor sich hin schmorte.

Wie sich die Zeiten änderten! Früher hätte ich eine Pizza bestellt und Patrick wäre mit einem Sechserpack Bier aufgetaucht. Nun zauberte ich Gulasch und er kam mit

Blumen. Doch meine Hausfrauenrolle fühlte sich gar nicht so schlimm an, wie ich befürchtet hatte. Es war interessant, immer wieder neue Seiten an dem anderen, den man in- und auswendig zu kennen glaubte, zu entdecken. Sicher war Patrick genauso überrascht wie ich, dass ich kochen konnte. Und abgesehen von den Pin-up Girls in seinem Schlafzimmer hatte ich auch bisher nur Gutes an ihm entdeckt.

Endlich war es soweit. Stolz trug ich den dampfenden Teller mit den köstlich riechenden Fleischstückchen, die selbst mir als Vegetarier das Wasser im Mund zusammen laufen ließen, ins Wohnzimmer. Auch Bob hob anerkennend die Nase.

Den Tisch hatte ich bereits am Nachmittag romantisch gedeckt, was sich in der Kürze der Vorbereitungszeit auf die Herzchen Servietten beschränkte, die ich noch von Valentinstag übrig gehabt hatte. Auch die obligatorischen Kerzen hatte ich mir gespart. Unser Abend sollte ja schließlich nicht in ein kitschiges Klischee ausarten.

»Kommst du?«, rief ich in Richtung Wohnzimmer.

»Gleich. Hast du das gesehen?«, antwortete Patrick.

Er zeigte auf den Bildschirm. Dort lief eine Reportage über Flüchtlinge, die von einem überfüllten Schlauchboot ins Wasser fielen.

»Ja, wie furchtbar.«

»Genau. Höchste Zeit, dass sich in unserem Land etwas ändert«, brummte er und drückte den Ausknopf.

Da stimmte ich ihm zu. Diese Ereignisse waren so unfassbar und einfach schrecklich. Ich schwor mir, eine großzügige Spende für die Flüchtlingshilfe von Lars Engelmanns Bezahlung abzuzweigen. Vielleicht konnte ich Patrick ja sogar dazu bringen, sich gemeinsam mit mir zu engagieren? Ich sah uns bereits die Patenschaft für ein süßes kleines Mädchen mit dunklen Dreadlocks übernehmen.

Doch, um dahin zu kommen, mussten wir erst einmal

ein Paar werden. Damit dies hoffentlich schon heute Abend geschah, hatte ich vorgesorgt. Ich verband mein Handy mit den Bluetooth Lautsprechern und suchte die Playlist aus, die ich unter 'Sanfte Musik zum Träumen' abgespeichert hatte.

»Hast du auch ein Bier?«, fragte er und sah Nase rümpfend auf den sündhaft teuren Lugana, den ich extra für ihn gekauft hatte.

»Na klar.«

Bob setzte sich auf, um sich in Erinnerung zu bringen, als ich an ihm vorbei in die Küche sprintete.

Ich kam mit einer Flasche Bier und einem Schälchen mit ungewürztem Fleisch zurück und stellte beides vor Patrick auf den Tisch.

»Hier«, sagte ich, »wenn du möchtest, kannst du ihm das geben.«

Mit dieser Geste würde er Bobs Herz im Sturm erobern.

Patrick nahm die Schüssel behutsam zwischen Daumen und Zeigefinger. Dann schob er seinen Stuhl zurück und trug sie so vorsichtig, als ob es sich um eine Tüte mit Bobs Hinterlassenschaften handelte, die jeden Augenblick reißen konnte, ins Badezimmer. Ich hörte, wie er sie auf dem Fliesenboden absetzte.

»Hol's dir«, munterte ich Bob auf, doch der rollte sich nur beleidigt zusammen und zeigte mir seinen Rücken.

Patrick wusch sich die Hände und kam zurück.

»Hunde, die am Tisch gefüttert werden, werden immer betteln«, belehrte er uns, nachdem er wieder am Tisch saß.

Ich sah ihn schuldbewusst an. Natürlich hatte er recht. Hundertmal hatte ich den Hundeflüsterer im Fernsehen gesehen und jedes Mal hatte er genau dasselbe gesagt. In meiner Singlezeit mit Bob hatten sich ein paar unschöne Gewohnheiten eingeschlichen, die ich dringend ändern musste, um Platz für einen Mann in meinem Leben zu schaffen.

Beschämt schenkte ich mir von dem Lugana ein,

während er eine großzügige Portion Gulasch und Nudeln auf seinen Teller häufte.

Ich selbst nahm mir nur einen kleinen Löffel Nudeln. So aufgeregt wie ich war, würde ich sowieso nicht mehr herunterbringen. Außerdem gab es nichts Schlimmeres, als mit Soße am Kinn erwischt zu werden. Außer vielleicht mit Haaren, die wie Sauerkraut aussahen. Dank des sündhaft teuren Naturshampoos, das ich heute Nachmittag noch schnell unter der Dusche aufgetragen hatte, klebten meine Haare nun nicht mehr grob wie Spaghetti, sondern fein wie Sauerkraut an meiner Kopfhaut. Doch entweder hatte Patrick meinen neuen Look noch nicht bemerkt oder er war so taktvoll, ihn nicht zu kommentieren.

Ein bisschen enttäuschend war es allerdings, dass er auch das Ergebnis meiner Küchenschufterei nicht kommentierte. Dafür, dass ich noch nie Gulasch oder irgendein anderes Gericht, das nicht aus der Tiefkühltruhe stammte, zubereitet hatte, konnte sich das Ergebnis durchaus sehen lassen. Zumindest erinnerte es nur ganz entfernt an ein wissenschaftliches Experiment und roch besser, als alles, was die afghanische Familie in meinem Haus je gekocht hatte. Wären wir alleine gewesen, hätte sich Bob in weniger als drei Sekunden die gesamte Portion einverleibt.

Doch auch wenn er nichts zu meinem Aussehen und meinen Kochkünsten sagte - Patrick schien sich bei mir wohlzufühlen und das war schließlich die Hauptsache. Er griff nach meiner Hand und hielt sie während des gesamten Essens fest. Gekonnt schaufelte er sich dabei Fleischstückchen und Pasta in den Mund, ohne einen einzigen Soßenfleck auf sein blütenweißes Poloshirt mit dem eingestickten Reiter auf der Brust zu klecksen.

Ich beobachtete ihn verliebt. Damals hatte ich mich zwar wegen seiner langen blonden Locken in ihn verguckt, aber der kurze Undercut stand ihm nicht weniger gut. Er hatte die blauesten Augen diesseits des Atlantiks. Und er wusste sich im verrohten digitalen Zeitalter noch zu benehmen wie einst Freiherr Knigge und brachte Blumen mit. Einen zukunftssicheren Job hatte er auch. Meine Mutter würde begeistert sein. Ich konnte es kaum erwarten, ihr zu erzählen, dass wir uns wieder getroffen hatten.

»Nimmst du kein Gulasch?«, fragte Patrick, nachdem er seinen leeren Teller von sich geschoben hatte und ich noch immer in meinen Nudeln herum pickte.

»Nein.« Ich schüttelte den Kopf. »Ich bin doch Vegetarier. Schon vergessen?«

Ich lächelte ihn nachsichtig an.

»Das kann sich ja in zehn Jahren geändert haben«, brummte Patrick.

Ja, unsere neue Beziehung war so spannend wie ein Überraschungsei und es gab noch so viel mehr zu entdecken. Höchste Zeit, endlich damit zu beginnen! Das schien auch Patricks Plan zu sein, denn ich hatte die Gabel noch nicht aus der Hand gelegt, als er schon zum Sofa wechselte.

Hastig räumte ich den Tisch ab, schaltete die Deckenleuchte aus und knipste die dimmbare Stehlampe an. Um Bob, der immer noch beleidigt mit dem Rücken zu uns lag, brauchte ich mir zum Glück keine Gedanken zu machen.

Ich holte ein neues Bier für Patrick aus dem Kühlschrank und füllte mein Weinglas mit dem feinfruchtigen Gold auf. Dann schmiegte ich mich an seine Seite und er legte seinen Arm um meine Schulter.

Konnte es noch schöner werden?

Es konnte.

Denn Patrick beugte sich zu mir herunter und gab mir einen vorsichtigen Kuss auf den Mund. Dann einen Zweiten, der bereits um einiges verlangender schmeckte. Unsere Lippen verschmolzen wie zwei Schokoladenkekse in der Sonne.

»Der Nachtisch! Ich habe ja noch Eis!«, murmelte ich in seinen geöffneten Mund und sprang auf.

Doch Patrick schüttelte sanft den Kopf und zog mich zurück auf die Couch. Es sah ganz so aus, als ob er ein wesentlich leckereres Dessert für uns geplant hatte. Zärtlich fing er an, an meinem linken Ohrläppchen zu knabbern, und wühlte dabei verlangend in meinen Haaren.

Panik stieg in mir auf, als ich spürte, wie sich eine Strähne nach der anderen aus meinem sorgsam zusammengesteckten Pferdeschwanz löste. Bestimmt sah ich inzwischen aus wie ein Junkie auf Drogenentzug. Ich redete mir ein, dass ihn mein neues Aussehen nicht störte, da er es ja immer noch nicht erwähnt hatte.

Ich sollte mich wirklich endlich locker machen.

Für dreißig Sekunden gelang mir das auch. Patricks Hand war gerade unter meinem T-Shirt verschwunden und er fing an, kleine Sahnehäubchen auf meinen Bauch zu malen. Ich leckte mir die Lippen und stöhnte genießerisch. Patrick, der meine immer schneller werdenden Atemzüge an seinem Hals spürte, fing an, wohlig zu knurren.

Aus dem Augenwinkel heraus nahm ich wahr, dass Bob herangekommen war. Er stand vor der Couch und sah mich fragend an. Patricks Knurren schien ihn stark zu irritieren. Ich verlagerte meine Position, sodass ich nun links und rechts neben Patricks Schoß auf der Sitzfläche kniete und dieser nur noch gedämpft in meine Schulter knurrte.

Bobs kummervoller Blick war immer noch deutlich in meinem Rücken zu spüren. Ich hob den Daumen, um ihm zu signalisieren, dass alles ok war. Patrick hatte inzwischen das T-Shirt von meiner rechten Schulter gestreift und hauchte heiße Küsse auf meine Haut. Ich quiekte. Er hatte schon immer genau gewusst, wo er mich berühren musste, damit ich abging wie eine liebeskranke Rakete!

Eine Schnauze stupste an meinen Fuß.

Gleich morgen musste ich mit Bob reden und ihm erklären, dass jegliche Eifersucht fehl am Platze war. Natürlich war er mein bester Freund und würde das immer bleiben, doch er musste lernen, dass wir von nun an zu dritt waren.

Ich war fest entschlossen, diese Nacht mit Patrick zu verbringen. Später würde ich einfach Bobs Körbchen in den Flur stellen und die Schlafzimmertür schließen. Schließlich war es nicht Patricks Schuld, dass ich einen übersensiblen Hund hatte, der uns immer noch gespannt beobachtete und inzwischen leise fiepte. Dabei war er seit dem Welpenalter kastriert und konnte bei dem, was Patrick und ich gleich tun würden, gar nicht mitreden!

Ich stand auf und griff zaghaft nach der Hand meines zweibeinigen Freundes.

»Komm«, flüsterte ich, »lass uns nach nebenan gehen.«

Patrick, der gemerkt hatte, dass ich im Gegensatz zu meinem Hund in den letzten Minuten nur abwesend bei der Sache gewesen war, zog seine Hand zurück und stand auf.

»Jani, ich glaube, ich gehe jetzt besser. Wir sollten nichts überstürzen.«

Ich sah ihn enttäuscht an. Aber Patrick hatte wie immer recht. Wir drei waren einfach noch nicht soweit. Es lief uns ja nichts davon. Und je länger wir unser erstes zweites Mal hinauszögerten, desto schöner würde es werden.

25

Am nächsten Morgen feierten die Schmetterlinge in meinem Bauch eine Red Bull Party. Ständig ertappte ich mich dabei, wie ich mir über die Lippen leckte, die immer noch nach Patricks Kuss schmeckten. Dabei war heute der Tag, an dem ich die Abschlussbesprechung bei meinem Kunden für seinen neuen Reiseprospekt hatte. Ich hatte ihn schon zweimal vertröstet und ein megaschlechtes Gewissen.

Doch obwohl meine Präsentation eine kaum wiedergutzumachende Katastrophe war, war mein Kunde begeistert.

»Super«, jubelte er. »Nur gehen unsere Reisen nicht nach Island, sondern nach Irland. Aber wenn du das noch ausbesserst, kann das so in den Druck.«

Ich versprach, die Vorlage noch heute korrigiert an den Drucker zu mailen, und ließ bei unserer Verabschiedung heimlich meine Rechnung in die Briefablage mit der Aufschrift 'Wichtig' fallen.

Auf dem Rückweg stoppte ich bei einem Sportgeschäft. Schließlich hatte ich eine überteuerte Fitnessstudiomitgliedschaft an der Backe und Yoga würde sowohl meinen Fettpölsterchen als auch meiner angespannten Seele guttun. Ich investierte daher kurz entschlossen auch noch das Geld, das ich gerade verdient hatte, in meine Gesundheit und erstand eine ultrabequeme Yogahose, ein Oberteil mit Buddha-Aufdruck, eine Yogamatte und sicherheitshalber auch ein Paar Sneakers, alles in meinem Lieblingsfarbton Pink.

Kurz vor siebzehn Uhr schwebte ich auf einer pinkfarbenen Wolke vorbei an Barbie in den Yoga Raum. Meine neue Fitnessbekleidung war die Vorstufe zum Nirwana. Nichts zwickte oder engte ein. Unglaublich, dass es solche Kleidung ohne Rezept gab. Ich war bereits jetzt so entspannt wie nach drei Valium. Relaxed rollte ich meine neue Matte aus und nahm in der Savasana Position Platz, genauso wie ich das im Video gesehen hatte.

Kurz darauf berührte mich jemand an der Schulter. Ich öffnete die Augen und blickte in Garrys Gesicht.

»Hi, ist das wieder ein geschäftlicher Besuch?«, lächelte er.

»Nein, diesmal bin ich nur für den Yoga Kurs hier«, erklärte ich ihm. »Ich mache keine Ermittlungen mehr.«

»Ach so. Ich dachte, du wolltest nachfragen, ob ich der Polizei erzählt habe, dass der Hausmeister meiner Schwester nachgestellt hat. Das habe ich nämlich getan.«

»Nett von dir.«

Ich schloss wieder die Augen. Nichts war mir momentan so egal wie Yaras Mörder. Ich war so tiefenentspannt, dass selbst meine Schmetterlinge ein Nickerchen hielten.

»Sonst noch etwas, wobei ich dir helfen kann?«

»Nein, danke«, lehnte ich höflich ab.

Garry räusperte sich.

»Es ist nur, weil ...«

»Ja?«, fragte ich abwesend und wechselte in den Siddhasana.

Kapierte er nicht, dass ich für den Kurs hier war? Warum fing er nicht endlich an?

»Ich müsste dann absperren.«

Ich öffnete die Augen und sah mich erstaunt um. Außer Garry und mir war die Halle leer. Das konnte doch nicht sein! Hatte ich tatsächlich den Yoga Kurs verpennt?

»Ups, das ... äh ... tut mir jetzt aber leid«, stammelte ich und spürte, wie mein Gesicht die Farbe meines Outfits annahm.

»Schon gut«, winkte Garry ab, während ich eilends meine Matte zusammenrollte.

Aufgetankt mit positiven Energien fuhr ich nach Hause. Die Schmetterlinge waren bereits in meine Herzgegend umgesiedelt und ich legte mich auf die Couch, wo ich tief ein- und ausatmete, um das prickelnde Gefühl, verliebt zu sein, noch intensiver zu genießen. Morgen war Wochenende und Patrick hatte frei. Bestimmt würde er bald anrufen, um mir mitzuteilen, was er für uns geplant hatte.

Wie durch Gedankenübertragung meldete sich mein Handy.

»Halloho«, hauchte ich mit geschlossenen Augen in den Hörer.

»Hallo. Die Polizei war wieder bei mir.«

Engelmann.

Er hatte es wieder einmal geschafft, meine gute Laune innerhalb einer Sekunde unter den Gefrierpunkt sinken zu lassen. So gelegen mir die Arbeit für ihn gekommen war, die Sache war abgeschlossen. In meinem Leben war kein Platz mehr für sein Chaos.

Noch bevor ich das Symbol mit dem roten Hörer finden konnte, um ihn wegzudrücken, kam es aus dem Lautsprecher: »Janin, störe ich dich?«

»Ja«, brummte ich genervt.

Ohne auf meine Antwort einzugehen, fuhr er fort: »Ich wollte dich eigentlich nur informieren. Die Polizei hat die Ermittlungen wieder aufgenommen, weil es einen Hinweis gab, dass jemand aus dem Haus Yara schon wiederholt belästigt hat.«

»Ich weiß. Der Hausmeister. Garry hat das ausgesagt. Das habe ich dir erzählt.«

»Richtig. Tja, äh ..., sei vorsichtig, falls du jemanden aus dem Haus triffst. Man weiß ja nie.«

'Jemanden aus dem Haus'. Ich wusste genau, wen er damit meinte!

»Danke«, sagte ich kühl.

»Ja, dann ...«

»... tschüss«, ergänzte ich seinen Satz.

Ich hatte den roten Knopf gefunden und beendete das Gespräch.

26

Samstagmorgen trug ich eine entspannende Gesichtsmaske und mehrere Haarkuren auf. Patrick hatte vorgeschlagen, dass ich am Nachmittag mit zu seiner Versammlung kam und mir war spontan keine Ausrede eingefallen. Ich tröstete mich mit der Vorfreude auf den morgigen Sonntag, denn da wollten wir in seinem Porsche einen Ausflug zum Baggersee machen, genau wie ich dies neulich geträumt hatte. Nur, dass diesmal keine Gefahr bestand, dass ich dort in die falschen Augen blickte.

In der heimlichen Hoffnung, dass wir nach der heutigen Veranstaltung noch den Abend zusammen verbringen würden, lief ich mit Bob eine Extrarunde durch den Park und stellte ihm danach mit schlechtem Gewissen eine Riesenschüssel Futter in die Küche.

Dann war es Zeit, mich fertigzumachen.

Die Kuren hatten meinen Haaren gutgetan und ich konnte sie offen tragen, ohne Gefahr zu laufen, dass mir jemand auf der Veranstaltung den Schlüssel zur Besenkammer in die Hand drücken würde.

Für die biederen Gewerkschafter wählte ich die Stoffhose, die ich mir für Kundentermine angeschafft hatte, bügelte die weiße Bluse, die ich diesmal züchtig zuknöpfte und stieg in Feinstrumpfhosen und Pumps. Darunter allerdings trug ich den raffinierten weißen Seidenbody mit den Spaghettiträgern, den ich mir vor Kurzem geleistet hatte.

Ich hatte gerade meine einzige Designerhandtasche abgestaubt, als Patrick bereits klingelte.

»Wow, siehst du gut aus«, entfuhr es mir.

Er trug eine dunkelblaue Hose mit Bügelfalten und ein bis zur Perfektion gebügeltes, blütenweißes Hemd.

Er lachte: »Schließlich bin ich der Vorsitzende unseres Ortsverbands. Da kann ich ja nicht in löchrigen Jeans erscheinen.«

Stolz sah ich ihn an - ich hatte ja keine Ahnung gehabt, dass mein Freund so eine hohe Position bei der Gewerkschaft innehatte!

Wir brausten in seinem Porsche bis in den Süden von Nürnberg, wo Patrick vor einer abgelegenen Halle parkte. Vor der Tür standen ein paar Leute und rauchten. Die meisten trugen abgetragene Lederjacken und verschlissene Jeans. Man konnte klar erkennen, wie wichtig Patricks Arbeit gerade für seine geringverdienenden Kollegen war.

Er kletterte aus dem Wagen wie ein hochrangiger Politiker aus der Staatslimousine und wurde von den Anwesenden bejubelt, als habe er soeben die 20-Stundenwoche bei vollem Lohnausgleich durchgesetzt. Ich trottete unerkannt wie die Gattin des Bundestags-Vizepräsidenten hinter ihm her.

Wir kamen in einem großen Saal an, in dem viele Reihen mit Stühlen vor einer Bühne mit Rednerpult aufgereiht waren. Die meisten waren bereits besetzt. Ich nahm schüchtern auf dem einzig leeren Stuhl in der ersten Reihe gleich neben dem Eingang Platz, während Patrick selbstsicher auf die Bühne stieg.

Frenetisches Trampeln und Pfeifen setzte ein. Jemand, der anscheinend gerade von einem Fußballspiel kam, schwenkte sogar eine schwarz-rot-goldene Fahne. Nie hätte ich gedacht, dass dröge Gewerkschafter zu derartigen Begeisterungsstürmen fähig waren!

Ich sah mich um. Irgendwie war es ein bisschen merkwürdig, wie unterrepräsentiert weibliche Polizistinnen hier waren. Was mich allerdings noch wesentlich mehr beunruhigte als die mangelnde Frauenquote, war das bekannte Gesicht, das soeben, keine fünf Meter von mir entfernt, durch die Flügeltür kam.

Ich zog die Augen zu Schlitzen, um besser sehen zu können. Nein, ich musste mich täuschen. Schließlich war dieser Dr. Eckert ja nicht bei der Polizei. Was sollte er also hier tun?

Gerade noch rechtzeitig beugte ich mich nach unten, denn der Glatzkopf ging so dicht an mir vorbei, dass ich seine Nasenhaare zählen konnte. Ich beobachtete aus meiner Kopf-Über-Position, wie er sich in die zweite Reihe drängelte und wenige Sitze schräg hinter mir Platz nahm. Was hatte das zu bedeuten? Was wollte Patricks Nachbar bei der Polizeigewerkschaft? Fehlte nur noch, dass Tim auch noch kam!

Hierzubleiben, war eindeutig zu gefährlich.

Ich streifte die klappernden Pumps von meinen Füßen und schlich in gebückter Haltung mit den Schuhen in der Hand zur Tür. Patrick, der gerade das Mikrofon testete, würde mich in der nächsten Stunde nicht vermissen. Ich konnte ihn ja später anrufen und mich dafür entschuldigen, dass mir urplötzlich schlecht geworden war. Schließlich war das nicht einmal gelogen.

Auf meinem Fußmarsch zur Bushaltestelle rasten meine Gedanken. Die einzig logische Erklärung war, dass Patrick nicht nur mich, sondern auch seine Mitbewohner zu der Versammlung eingeladen hatte. Ein bisschen traurig machte mich das schon. Wenn ich ehrlich war, hatte ich gehofft, dass ich als Frau an seiner Seite die Einzige war, mit der er solch wichtige Ereignisse teilte.

Bob, der wegen des übervollen Futternapfs noch nicht mit mir gerechnet hatte, wedelte, als wäre ich gekommen, um ihn aus dem Lieferwagen eines Hundefängers zu befreien. Ich wechselte die unbequemen Klamotten gegen Yogahose und T-Shirt und wir fläzten uns mit Entenröllchen und Schokokeksen auf die Couch. Ich spülte meinen Frust mit dem Wein, der von unserem Dinner for two übrig geblieben war, runter. Schließlich konnte ich nicht zulassen, dass die armen Trauben ihr süßes Leben umsonst geopfert hatten.

Nach dem Rest der Flasche feinfruchtiger Blumigkeit mit aromatischem Abgang und einer Packung Frustkekse war mir so schlecht, dass ich guten Gewissens Patricks Nummer wählen konnte, um ihm mein plötzliches Verschwinden zu erklären.

Ich war trotzdem erleichtert, als seine Sprachbox ansprang und ich ihn nicht persönlich anlügen musste. Hoffentlich glaubte er nicht, ich wäre von einem anderen schwanger, so oft wie ich ihm schon vorgelogen hatte, dass mich plötzliche Übelkeit überfallen hatte!

Bobs Abendgassi machte mich mit einem Schlag wieder nüchtern. Doch es war nicht die laue Luft des Sommerabends, die das bewirkte. Es war der aus dem Nichts in meinen Kopf schießende Gedanke, dass der unsympathische Doktor womöglich gar nicht bei der Veranstaltung gewesen war, weil Patrick ihn eingeladen hatte. Vielleicht war er in Wirklichkeit ebenfalls Drogenfahnder und als verdeckter Ermittler in die Parkstraße eingeschleust worden? Das würde erklären, warum er immer so wütend wurde, wenn ich mich in den Mordfall mischte.

Vielleicht war irgendwo noch ein Paket Kokain versteckt, von dem Yara gewusst hatte. War sie umgebracht worden, weil sie sich geweigert hatte, denjenigen, die danach suchten, Auskunft zu geben, um ihren Bruder zu schützen?

Sobald wir wieder zuhause waren, warf ich meinen Computer an. Ich rechnete mir zwar keinerlei Chancen aus, in so einer hochbrisanten Undercover-Ermittlung im Internet auf Informationen zu stoßen, wollte aber auch nichts unversucht lassen.

Nachdem ich die Polizeiberichte der letzten Jahre und die Webseite der mittelfränkischen Polizei auf der Suche nach den Vor- und Zunamen von Patrick und dem Doktor ohne Erfolg durchgekämmt hatte, besuchte ich die

Webseite der Polizeigewerkschaft. Wenn Patrick Vorsitzender war, musste wenigstens dort etwas über ihn zu finden sein. Doch sie enthielt nur generelle Informationen über Arbeitsschutz und Tarifverträge und listete unter Veranstaltungen nur große überregionale Ereignisse. Über die Nürnberger Ortsgruppe verlor sie kein Wort.

Zufrieden klappte ich den Notebookdeckel zu. Dass im Internet nichts über Patrick oder den Doktor zu finden war, bestärkte meine Theorie: Mein Freund und sein Helfer waren als verdeckte Ermittler in Yaras Haus eingesetzt. Das würde auch zeitlich genau passen, denn sowohl Yara wie auch Patrick wohnten dort erst seit einem halben Jahr.

Doch wenn der Doktor tatsächlich auch am Fall Atasoy arbeitete, hatte Patrick mit Sicherheit schon von ihm erfahren, dass ich hinter seinem Rücken herumschnüffelte. Warum hatte er mich noch nicht darauf angesprochen? Ließ er mich gewähren, weil er hoffte, dass ich ihn auf eine Spur brachte?

Eine eiskalte Hand griff nach meinem Herzen und ich zuckte zusammen.

War Patricks Interesse an mir etwa gar keine Liebe, sondern - rein beruflich?

Zum dritten Mal an diesem Tag stieg Übelkeit in mir auf.

27

Der Tag hatte ohne mich begonnen. Mit dem Bellen meines Handys gegen Mittag setzten tierische Kopfschmerzen ein. Es rächte sich, dass ich am Abend zuvor noch eine Flasche Roten geleert hatte, während ich darüber nachdachte, wie ich mich ab jetzt Patrick gegenüber verhalten sollte.

Was war eigentlich dabei herausgekommen? Ich konnte mich nicht erinnern. Wahrscheinlich war ich während des Nachdenkens eingeschlafen, denn ich lag noch immer auf der Couch. Und so mies, wie ich mich fühlte, würde sich das auch für die nächsten Stunden nicht ändern.

Doch erst musste ich diesen höllischen Lärm abstellen.

Endlich hatte ich mein Smartphone auf dem Fußboden ertastet und öffnete mühsam ein Auge. Als grelles Tageslicht auf meine Pupille fiel, schloss ich es sofort wieder und wischte blind über das Display.

Der Gesprächsteilnehmer am anderen Ende der Leitung war bereits in bester Morgenlaune.

»Jani, schade dass du gestern so schnell gehen musstest. Wir hatten eine tolle Versammlung. Danach bin ich mit den Jungs noch einen heben gegangen. Ach ja, wie geht es dir eigentlich?«

Statt einer Antwort gab ich nur mumpfeliges Stöhnen von mir.

»Ist dir immer noch schlecht? Dann kuriere dich in Ruhe aus. Mike hat mir gestern eine Karte fürs Franken-Derby gegeben. Seine Freundin hat ihn verlassen und sie hatten die Tickets schon vor ewigen Zeiten gekauft. Das ist Glück, was? Das Spiel ist ja schon seit Monaten ausverkauft.«

Ich würgte zur Bestätigung.

»Gute Besserung, melde dich, wenn du wieder auf der Reihe bist«, rief Patrick und legte eilig auf.

Mir war zum Heulen. Ich hatte mich so auf ein gemeinsames Wochenende mit Patrick gefreut und auf einmal war alles ganz anders! Doch es hatte auch sein Gutes, dass ich ihm mit all meinen Zweifeln nicht in die Augen sehen musste. Ich musste das Ganze unbedingt noch mal überdenken. Aber nicht jetzt. Am besten, ich verschlief den Rest dieses furchtbaren Tages.

Ich stellte den Klingelton meines Handys ab und weinte mich in den Schlaf.

Als ich am späten Nachmittag aufwachte, war wenigstens die Übelkeit verschwunden. Obwohl irgendetwas immer noch unaufhörlich gegen meine Schläfen hämmerte, duschte ich und zog mich an. Ich musste an die Luft. Hoffentlich war der Restalkohol in meinem Blut inzwischen unter die gesetzlich zulässige Grenze gesunken.

Ich nahm den Autoschlüssel und Bobs Leine vom Schlüsselbrett und wir stiegen in den Mini.

Eine halbe Stunde später fanden wir uns in Hinterkleinhofen wieder. Ich hatte erst wahrgenommen, dass ich hierher gefahren war, als ich das Ortsschild bereits passiert hatte.

Es fühlte sich gut an, hier zu sein. Man konnte kilometerweit spazieren gehen, ohne einen Menschen zu treffen, und die Landluft war frisch und rein. Mechanisch setzte ich einen Fuß vor den anderen und atmete tief, während Bob im weiten Bogen über die Felder streunte.

Nachdem ich mich körperlich regeneriert hatte, war ich bereit, meine schreckliche Vermutung von gestern nüchtern zu analysieren. Wie durch ein frisch geputztes Fenster erschien die Wahrheit mit jedem Schritt klarer vor meinen Augen: Es gab keinerlei Beweise dafür, dass Patrick tatsächlich am Fall Atasoy arbeitete und mich nur als Köder benutzte. Die einzige Tatsache war, dass ich Patrick liebte und wieder mit ihm zusammen sein wollte!

Ohne es zu merken, war ich viel weiter gelaufen als

beabsichtigt. Die Sonne war längst nicht mehr am Himmel zu sehen. Doch nicht nur sie, auch die blauen Markierungen des Rundwanderwegs waren verschwunden. Irgendwo auf den letzten Kilometern hatte sich der breite Kiesweg, auf dem wir gestartet waren, in einen zugewachsenen Trampelpfad mitten durch Äcker und Wiesen verwandelt.

Während Bob mit unbekümmertem Jagdtrieb hinter Füchsen und Hasen herlief, die in der Dämmerung herausgekommen waren, um sich gute Nacht zu sagen, wuchs mit jedem Schritt ein ungutes Gefühl in mir. Wie weit hatten wir uns von der Ortschaft entfernt? Gingen wir überhaupt noch in die richtige Richtung?

Ich stellte mich auf die Zehenspitzen, doch außer den Feldern um uns herum und dem Waldrand am Horizont war nichts zu sehen. Zeit, meinen Freund und Helfer in allen Lebenslagen, Google, um Rat zu fragen.

Doch als ich mein Handy aus der Bauchtasche zog, in der ich es zusammen mit einer Handvoll Hundetüten bei unseren Spaziergängen aufbewahrte, war in der oberen Leiste statt dem Symbol für ein Funknetz nur ein hässlicher leerer Fleck. Ich lief ein paar Meter in alle Richtungen und starrte wieder und wieder prüfend auf das Display. Alles, was ich damit erreichte, war, dass mein Batteriestand von fünfzehn auf zwölf Prozent sank.

Gut, das war zwar nicht optimal, aber noch lange kein Problem. Ich brauchte ja einfach nur umzukehren und in die Richtung zurückzulaufen, aus der wir gekommen waren.

Nach wenigen hundert Metern versank ich in einem Acker mit lehmiger Erde, an dem ich nie zuvor vorbeigekommen war. Zudem war es empfindlich kalt geworden, seit die Sonne untergegangen war.

Mit der Kälte kroch mir die ganze Tragweite meiner ausweglosen Situation in den Nacken: Ich hatte mich verlaufen und es hatte keinen Sinn, in der einsetzenden

Dunkelheit auf gut Glück weiter zu laufen.

Aber es half genauso wenig, in Panik zu verfallen.

Fröstelnd rieb ich meine Arme und aktivierte meinen Überlebensinstinkt. Wenn es uns gelang, vor dem völligen Dunkelwerden einen geschützten Platz zu finden, konnten Bob und ich uns dort bis zum Sonnenaufgang morgen früh aneinander kuscheln. Ausgeruht und bei Tageslicht würde mir schon irgendetwas einfallen, wie ich den Weg zurückfinden konnte.

Suchend sah ich mich um. Der Waldrand war zu weit weg, doch ein paar hundert Meter entfernt gab es eine Stelle, die in der Dämmerung anders aussah als die Felder, die uns umgaben.

Wir liefen hinüber und entdeckten eine kleine Ansammlung von Miniaturtannen. Damit sie zu stattlichen Weihnachtsbäumen heranwachsen konnten, bevor sich das Wild darüber her machte, hatte jemand die kleine Schonung mit einem Drahtzaun umgeben. Perfekt. Dort drinnen konnten wir uns nicht nur ein wärmendes Bett aus Moos und Zweigen bauen, wir waren auch sicher, falls eine Herde feuriger Junghirsche auf der Suche nach einem Mitternachtssnack vorbeikam.

Probehalber drückte ich oben auf den Zaun, damit wir drüber steigen konnten, doch er bewegte sich keinen Millimeter. Ich würde also mit Bob im Arm irgendwie drüber klettern müssen. Vorzugsweise, noch bevor der Mond vollständig hinter den aufziehenden Wolken verschwunden war. Wenn es nur etwas gäbe, auf das ich steigen könnte!

Während ich mich suchend umsah, ergriff eine weitere Furcht Besitz von mir: Schon als wir losgegangen waren, hatte ich, nach meinem Alkoholexzess gestern, großen Durst gehabt. Mittlerweile war mein Hals so ausgetrocknet, dass mir schon ganz schwindelig war. Gut, das waren vermutlich die Nerven. Aber ich hatte wirklich schrecklichen Durst. Außerdem war mir eiskalt. Ich fing an, am ganzen Körper zu zittern. Das Zittern steigerte sich zu heftigem Vibrieren in der Magengegend.

Als es plötzlich aufhörte, realisierte ich, dass es mein Handy gewesen war, das in meiner Bauchtasche vibriert hatte. Ich hatte einen lebensrettenden Anruf verpasst! Der hysterische Schrei, den ich ausstieß, musste alle Wildschweine im Fünf-Kilometer-Umkreis vertrieben haben.

Dann gewann mein rationelles Denkvermögen wieder Oberhand. Wenn mich jemand hier anrufen konnte, konnte ich ja wohl auch einen Anruf absetzen. Vor lauter Suche nach einem geeigneten Schlafplatz hatte ich gar nicht mehr daran gedacht, nach einem Funknetz zu suchen. Mit unterkühlten Fingern dröselte ich den Reißverschluss auf und triumphierte: Tatsächlich! Ein Anruf in Abwesenheit.

Ohne wertvolle Batterieladung damit zu verschwenden, herauszufinden, wer versucht hatte, mich anzurufen, drückte ich auf das Display, um die Nummer zurückzurufen. Die Leitung baute sich auf, es tutete drei Mal kurz, dann war die Verbindung unterbrochen. Ich versuchte es noch einmal. Nichts. Mein Batteriestand betrug inzwischen besorgniserregende zehn Prozent. Kurzentschlossen wechselte ich zum Tastenfeld und tippte die Zahlen 110 ein. Dies war eindeutig ein Notfall.

Als es auch diesmal nur drei Mal tutete und ich das Ganze noch zwei Mal unter hektischem Hin- und Herlaufen wiederholt hatte, sank ich auf den lehmigen Waldboden und brach in Tränen aus. Bob, der genauso durstig war wie ich, leckte sie mir begeistert aus dem Gesicht. Seine raue, warme Zunge fühlte sich so tröstend an, dass ich gar nicht aufhören konnte, zu weinen.

Erst in einer Heulpause viele Minuten später nahm ich wahr, dass es wieder in meiner Bauchtasche vibrierte. Mit zittrigen Fingern tastete ich nach dem Handy. Hoffentlich starb die Batterie nicht, bevor ich den Anruf entgegengenommen hatte!

»Alles ok bei dir?«, drang es besorgt aus dem Lautsprecher, als ich mein Smartphone endlich entriegelt hatte.

»Ich versuche schon eine ganze Weile, dich anzurufen.«

»Patrick«, heulte ich.

»Was ist passiert?«, wollte die süßeste Stimme, die ich je in meinem Leben gehört hatte, wissen.

»Ich hab mich verlaufen.«

»Bleib ganz ruhig, Schätzchen. Weißt du ungefähr, wo du bist? Sag schnell, bevor die Verbindung wieder abbricht.«

»Na-hein«, heulte ich wieder. »Hier sind bloß Weihnachtsbäume.«

»Wo bist du denn losgelaufen?«

»In Hinterkleinhofen am Friedhof. Nein warte, am Marktplatz, bei der Bushaltestelle.«

»Siehst du irgendwo eine Hochspannungsleitung?«

Ich sah auf. Tatsächlich konnte ich im fahlen Schein des Mondlichts Drähte am Firmament wahrnehmen.

»Ja, dort drüben«, schluchzte ich.

»Sehr gut. Unter der Hochspannungsleitung ist ein Feldweg. Geh da hin und warte auf mich. Ich fahre die gesamte Strecke ab, da müsste ich dich eigentlich finden. Schaffst du das?

»Ja-ha«, schniefte ich.

»Gut, ich fahre gleich los. Und mach dir keine Sorgen. Wenn ich dich nicht finde, kann die Polizei dein Handy orten. Daher leg jetzt auf, um deine Batterie zu schonen. Keine Panik, Süße, in spätestens einer Stunde bist du in Sicherheit.«

Patrick. Mein lieber Patrick. Er wusste genau, was zu tun war. Kein Wunder, dass er bei der Polizei gelandet war.

»Ich liebe dich«, schniefte ich, ergriffen von so viel männlicher Fürsorge.

Er würde kommen und mich retten.

Alles war gut.

Eine dreiviertel Stunde später saßen Bob und ich im warmen Auto unseres Retters und holperten im Schritttempo über den dunklen Feldweg. Wir waren beide bis zum Hals in zwei warme Wolldecken eingewickelt, die er vorsorglich mitgebracht hatte. Kleinlaut saß ich neben meinem Hund auf der Rückbank und klapperte noch immer mit den Zähnen. Doch mittlerweile war es nicht mehr die Angst oder die Kälte, sondern nur noch Aufregung.

Ich musste wirklich eine sehr lange Zeit in die falsche Richtung gelaufen sein. Ungläubig sah ich auf den Hinterkopf des Mannes, der es geschafft hatte, mich in weniger als einer Stunde mitten im Nirgendwo zu finden. Er musste gefahren sein wie ein Henker.

Allerdings war es nicht Patrick, der diese selbstlose Rettungsaktion für mich unternommen hatte.

Es war Lars.

Kurz darauf saßen wir im Goldenen Hirschen und ich schlürfte einen heißen Tee mit Rum, während Bob genüsslich an einem wärmenden Schnitzel kaute.

Seit ich mich beim ersten Kuss mit der Zunge in der Zahnspange meines Klassenkameraden verfangen hatte, war mir nichts mehr so peinlich gewesen. Es gab keine Worte, die meine Dankbarkeit Lars gegenüber auch nur im Mindesten beschreiben konnten.

»Wieder alles gut?«, erkundigte er sich.

Ich nickte tapfer. Mir kullerten immer noch Tränen der Erleichterung über die Wangen. Lars schob seine Hand unter mein Kinn und sah mir tief in die Augen.

»Sherlock ... nicht mehr weinen ...«

Doch schon im nächsten Moment zog er seine Hand so blitzartig zurück, als ob er in eine Steckdose gefasst hätte. Er löste seinen Blick.

»Entschuldige.«

»Schon gut«, schniefte ich. »Und ... Danke.«

»Schon gut.«

Wir saßen uns eine lange Weile schweigend gegenüber.

Lars studierte den Schaum in seinem Glas so aufmerksam, als ob es ein Orakel wäre. Ich rührte nachdenklich in meinem Tee.

Anscheinend hatte er die nächtliche Rettungsaktion so überstürzt angetreten, dass er nicht einmal Zeit gehabt hatte, sich einen Bart anzukleben. Vielleicht hatte er aber auch inzwischen mit der albernen Verkleidung aufgehört.

Er trug ausgewaschene Jeans und ein ausgeleiertes Sweatshirt. Die Ärmel waren bis zu den Ellbogen hochgeschoben und ich bemerkte zum ersten Mal, wie trainiert seine Arme waren. Sicher hatte er ein eigenes Fitnessstudio im Keller seiner Villa oder in seiner Dachterrassensuite über den Dächern der Stadt und musste sich nicht in den müffligen Räumen von Gymking herumtreiben. Vielleicht hatte ich ihn ja tatsächlich von der Hantelbank geholt, denn die Klamotten, die er trug, hätte Patrick nicht mal benutzt, um damit die Felgen seines Porsches zu polieren.

Wie stand es eigentlich um ihn und den Mordfall? Ich hatte ja keine Ahnung, wie sich die polizeilichen Ermittlungen inzwischen entwickelt hatten.

Plötzlich brach Lars das Schweigen: »Wer ist eigentlich Patrick?«

Ich spürte, wie mir die Röte ins Gesicht stieg.

»Mein Freund«, sagte ich leise und fühlte mich wie damals, als mich mein Vater beim nächtlichen Knutschen vor der Haustür erwischt hatte.

»Oh. Ich wusste ja gar nicht, dass du einen Freund hast.«

»Wir kennen uns ja auch erst seit Kurzem«, erklärte ich. »Das heißt, eigentlich kennen wir uns schon seit der Schule. Aber wir haben uns erst kürzlich wiedergetroffen.«

Ich biss mir auf die Lippen. Das ging ihn doch gar nichts an! Warum hatte ich es ihm auf die Nase gebunden? Lars zählte folgerichtig eins und eins zusammen.

»Der aus der Parkstraße ist also dein Freund«, stellte er mit gerunzelter Stirn fest und verzog den Mund, als ob es sich bei Patrick um eines der Schockfotos handelte, die man auf Zigarettenschachteln fand. »Sei vorsichtig. Die Polizei hat erst vor ein paar Tagen ausdrücklich zu meiner

Anwältin gesagt, dass sie einen Tatverdächtigen aus dem Haus überprüfen.«

»Ja, den Hausmeister«, antwortete ich und rollte die Augen. Hatte er inzwischen Alzheimer? »Außerdem ist Patrick selbst Polizist.«

»Trotzdem, sei bitte vorsichtig. Manchmal sind die Guten die Bösen.«

Als er meinen verärgerten Gesichtsausdruck bemerkte, beeilte er sich, hinzuzufügen: »Natürlich musst du machen, was dein Herz dir sagt. Das habe ich selbst gerade erst wieder gelernt.« Lars winkte die Kellnerin heran. »Ich habe dir viel zu verdanken, Janin. Seit ich dich kenne, bin ich endlich wieder der, der ich früher war. Pass einfach auf dich auf, ok?«

Ich nickte gleichgültig.

Lars zahlte und begleitete Bob und mich zu meinem Auto.

»Ja, dann«, sagte ich, »mach's gut. Und noch mal danke, dass du mir geholfen hast.«

»Keine Ursache. Du hast mir ja auch schon oft geholfen.«

Er drehte sich um und ging hinüber zu dem SUV, mit dem er heute gekommen war.

28

Hatte ich am Wochenende tatsächlich meinen Monatsvorrat an Schokoladenkeksen aufgefuttert? Als ich Montagmorgen auf die Waage stieg, stellte sich prompt die nächste seelische Krise ein.

Ich konnte kaum erwarten, bis es endlich Nachmittag war.

Um halb fünf warf ich Bob von der Yogamatte und joggte mit zahlreichen Verschnaufpausen zu Gymking.

Völlig außer Atem erreichte ich den Yoga Saal, wo Garry bereits an der Stereoanlage hantierte, um für die passende musikalische Untermalung zu sorgen.

Alles, was ich für vierundzwanzig Stunden erfolgreich verdrängt hatte, kam binnen einer Sekunde zurück in mein Kopfkino. Was für eine dumme Idee, hierher zu kommen! Automatisch setzte mein Fluchtreflex ein.

Doch Garry hatte mich bereits gesehen, und hob die Hand. Ich winkte schwach zurück. Na gut, dann blieb ich eben hier. Ich musste endlich lernen, den Mordfall zu vergessen und dabei konnte ich jedes bisschen seelische Ausgeglichenheit brauchen.

So ging der herabschauende Hund also wirklich!

Wir beteten tief in uns gekehrt den Vinylboden an, doch mir wollte es einfach nicht gelingen, meine Gedanken vollständig auszublenden. Ich hatte Bob noch nie in dieser Stellung gesehen. Wer diese Asana kreiert hatte, hatte mit Sicherheit keinen Hund. Vermutlich jemand mit einem Aquarium, dem der Gedanke gekommen war, als er gerade großartigen Sex hatte. Etwas, wovon ich, dank Bob, nur träumen konnte.

Wie auf Kommando bellte es im hinteren Teil der Halle. Neunzehn Personen schreckten auf und sahen sich verstört um. Ich entknotete mich, sprang auf und rannte zu meiner Tasche.

Unter achtunddreißig missbilligenden Augen wühlte ich nach meinem Telefon.

Es war Patrick.

Zwischen all den düsteren Gedanken und Schokokeksen hatte ich glatt vergessen, ihn anzurufen! Wir hatten ja vereinbart, dass ich mich meldete, wenn es mir wieder besser ging. Sicher war er schon krank vor Sorge! Ich musste unbedingt mit ihm sprechen, bevor seine Nachtschicht anfing und er für die nächsten Stunden nicht mehr erreichbar war.

Begleitet von immer lauter werdendem Gebell und immer böser werdenden Blicken stürmte ich aus dem Saal.

»Hallo, Patrick«, hechelte ich vor der Tür atemlos in den Hörer.

»Hallo, Jani«, antwortete er. »Wo bist du denn? Es klingt so komisch?«

»Beim Yoga.«

»Ach so. Kommst du mit, was essen?«

»Gerne«, freute ich mich, »aber hast du nicht Nachtschicht?«

»Ja, ich muss um sieben zum Dienst. Aber wenn wir gleich gehen, haben wir noch genügend Zeit.«

Ich würde es also nicht mehr schaffen, unter die Dusche zu springen. Aber eigentlich war es ja wegen Patricks Nachtschicht sowieso nur ein kurzer Imbiss. Und wenn er meine auffällige Verwandlung in Blondie schon so taktvoll übergangen hatte, würde es ihn sicher auch nicht stören, wenn ich nach Prana statt nach Seife duftete und pinkfarbene Wohlfühlhosen trug.

Ich gab ihm meinen Standort durch und wir vereinbarten, dass er mich hier abholen würde.

Als die ersten zum Ende der Stunde den Saal verließen, erschien ein Mann im Türrahmen. Wie der Terminator stand er dort, groß, breitschultrig und Respekt einflößend. Erst als er die dunkle Sonnenbrille abnahm, die er zu einer

Lederjacke, ausgewaschenen Jeans und groben Schnürboots trug, erkannte ich, dass es Patrick war. Mein Patrick! So hatte ich ihn noch nie gesehen! Anscheinend war das seine Dienstkleidung. Der verwegene Look stand ihm ausgesprochen gut. Nicht nur ich war von seiner Erscheinung geflasht, auch die anderen Frauen warfen interessierte Blicke in seine Richtung.

Ich winkte aufgeregt und lief ihm entgegen, aber er hatte mich noch gar nicht bemerkt. Eifersüchtig folgte ich seinem Blick. Doch keines der Yogamädels hatte seine Aufmerksamkeit auf sich gezogen, sondern unser Lehrer.

Inzwischen war ich am Eingang angekommen. Noch immer ließ Patrick den nur wenige Meter von ihm entfernten Garry nicht aus den Augen.

»Garry, das ist mein Freund ...«, begann ich wohlerzogen und verstummte.

Die finsteren Blicke, die die beiden Männer austauschten, bestätigten unzweifelhaft, dass sie sich nicht zum ersten Mal begegneten.

»Ihr kennt euch, nehme ich an«, beendete ich daher den Satz.

»Und wie ...«, knurrte der schlagartig gar nicht mehr entspannte Garry.

Patrick warf einen verächtlichen Blick in seine Richtung. Dann legte er schützend einen Arm um mich.

»Such dir einen anderen Lehrer. Der Verbrecher hier kann dir höchstens das Eseltreiben beibringen.«

Mit diesen Worten führte er mich aus dem Raum.

Mein Puls schlug schneller als während der letzten sechzig Minuten. Patrick kannte Garrys gesetzeswidrige Vergangenheit also! Trotzdem musste er ihn ja nicht so unter der Gürtellinie beleidigen. Ich drehte mich um und warf Garry, der uns fassungslos nachsah, einen entschuldigenden Blick zu.

Wir fuhren in Patricks Porsche zurück in altbekanntes Territorium. Der Schützenkönig lag in einer Seitenstraße der Parkstraße, dort wo sie auf die Straßen traf, in denen die Mieten noch erschwinglich waren.

Patrick stellte den Wagen in einer Einfahrt ab, die mit einem unübersehbaren Schild 'Privat' gekennzeichnet war. Wir stiegen aus und betraten die alte Eckkneipe, aus der uns ein Gemisch aus Küchengerüchen und Rauch entgegenschlug.

Patrick war mir heute so fremd. In seiner Dienstkleidung sah er richtig furchteinflößend aus und dann führte er mich auch noch in eine solche Kaschemme. Andererseits war es die nächste Wirtschaft im Umkreis der Parkstraße und kochen war, soweit ich mich erinnerte, noch nie seine Stärke gewesen.

Die Kneipe war voll. Ein paar der ebenfalls in dunklen Lederjacken gekleideten Männer hoben grüßend die Hand als Patrick mich an einen Tisch am Fenster dirigierte und Patrick grüßte zurück. Zweifellos war er hier Stammgast, denn kaum hatten wir uns gesetzt, stellte der Wirt bereits ein Bier vor ihn hin.

»Heinz, bringst du mir einen Schweinebraten und für die Dame einen Teller nur mit Kloß mit Soße?«, bat Patrick ihn.

»Das isst du doch, oder?«, fragte er mich. »Ist ja kein Fleisch dabei.«

Ich nickte mechanisch.

»Was trinkst du? Einen trockenen Rotwein?«, wand er sich noch einmal an mich.

»N... Nein, Wasser bitte.«

Alles an Patrick war heute so ungewohnt. Aber vermutlich war das nur meine veränderte Wahrnehmung.

»Woher kennst du Garry eigentlich?«, stieß ich hervor, als ich kurz darauf auf meinem Teller herumstocherte.

Der fiese Gnom, der seit Patricks Zusammentreffen mit Garry in meinem Kopf saß und mich mit Zweifel und Misstrauen überschüttete, hatte gesiegt.

»Welchen Garry?«

»Ich meine Tolgar. Tolgar Atasoy.«

»Ach so. Wir sind uns schon öfter in die Quere gekommen«, meinte Patrick lapidar.

»Beruflich?«, hakte ich nach.

»Nein, aus meinem Haus. Dauernd war der da. Hat sich von der toten Friseuse aushalten lassen. Immer stand seine dämliche Harley im Hof und ich musste beim Einparken erst mit dem Porsche herum rangieren.« Er nahm einen Schluck Bier und wischte sich den Schaum mit dem Handrücken ab. »Aber das ist ja jetzt vorbei.«

»Hast du ihn deswegen im Fitnesssaal einen Verbrecher genannt?«, forschte der neugierige Gnom in mir weiter.

Patrick schnaubte abschätzig.

»Solche wie der sind doch alle in irgendwelche illegalen Sachen verwickelt. Aber jetzt will ich nicht mehr über den Kameltreiber sprechen. Versprich mir einfach, dass du nicht mehr hingehst.«

Der eiskalte Blick, der mich aus seinen stahlblauen Augen traf, ließ mir das Blut in den Adern gefrieren.

Patrick schob seinen Teller von sich, griff in die Jackentasche und holte sein Portemonnaie heraus.

»Heinz, zahlen!«

Es schien ihm nicht aufzufallen, dass ich ihm eine Antwort schuldig blieb.

29

Da Patrick Nachtschicht hatte, verbrachten Bob und ich die nächsten Abende allein zuhause.

Ins Fitnessstudio traute ich mich derzeit nicht. Eigentlich hatte ich geplant gehabt, weiter zum Yoga zu gehen und mich bei Garry für Patricks Verhalten zu entschuldigen, doch ich schob es noch immer vor mir her. Die Situation war so unangenehm wie ein längst überfälliger Schwangerschaftstest, bei dem man hoffte, dass sich das Problem in der Zwischenzeit magischerweise in Luft auflöste.

Meine Spaghetti mit Tomatensoße köchelten auf dem Herd und Bob saß erwartungsvoll im Badezimmer vor der neuen Plastikunterlage, die ich ihm gekauft hatte. Sie passte farblich perfekt zu den Aquatönen der Handtücher, die ich ebenfalls neu erstanden hatte.

Ich war gerade dabei, eine Büchse Hundefutter zu öffnen, als es unverhofft klingelte.

»Polizei!«, schoss es mir sofort wieder durch den Kopf.

Ängstlich lugte ich durch den Türspion. Doch das Gesicht vor meiner Tür gehörte nicht zu einem Ordnungshüter, sondern zu Lars.

Das war, wenn auch nur unwesentlich, besser.

Ich drängte den heftig wedelnden Bob zur Seite und öffnete die Tür.

»Hallo«, sagte ich reserviert.

»Hallo, mein Schatz«, antwortete Lars bestens gelaunt.

Das galt Bob, der bereits aufgeregt an ihm hochsprang. Lars kraulte hingebungsvoll seinen Hals.

Als er sich wieder aufgerichtet und ein paar Haare von seiner dunklen Jeans geklopft hatte, fragten Bobs Augen: »Darf er reinkommen?«

»Komm rein«, sagte ich daher zu Lars und trat einen Schritt zurück.

Er kam schnuppernd in den Flur: »Riecht köstlich, was

kochst du?«

Lügner. So etwas Profanes wie Spaghetti hatte er vermutlich zum letzten Mal im Schullandheim gegessen.

»Nudeln mit Tomatensoße«, sagte ich knapp.

»Schon blöd, wenn man mit einem Vegetarier zusammen lebt, was?«, lachte Lars und erntete zustimmendes Wedeln. »Aber das können wir ja ändern.«

Er griff in die Innentasche seiner Lederjacke und hielt Bob ein Entenröllchen unter die Nase. Der schnappte so eifrig danach wie eine unverheiratete Mittvierzigerin nach dem Verlobungsring. Verzückt schleppte er seine Beute ins Wohnzimmer.

»Der Hund soll im Badezimmer essen«, protestierte ich schwach.

Lars sah mich erstaunt an. Dann griff er wieder in seine Jacke.

»Für dich habe ich auch etwas.«

Er reichte mir einen Briefumschlag. Verwundert nahm ich ihn und zog den darin liegenden Brief heraus. Etwas fiel auf den Boden und ich sprang erschrocken zurück. Ein Blick nach unten zeigte, dass ich in einem Meer von Hunderteuroscheinen stand.

Ich sah Lars fragend an.

»Für deine Spesen. Du hast bestimmt Ausgaben gehabt, während du für mich ermittelt hast«, erklärte er und grinste dabei verlegen. »Hätte ich fast vergessen. Sorry, dass es so lange gedauert hat. Aber jetzt lies das bitte.«

Er deutete auf den Brief, den ich in der Hand hielt. Gehorsam klappte ich ihn auseinander und las die Überschrift.

War Lars von allen guten Geistern verlassen? Sofort faltete ich das Blatt wieder zusammen und stopfte es zurück in den Umschlag.

»Was soll das denn?«

»Ich dachte, du solltest das wissen«, sagte er und sah mich treuherzig an.

»Ich will es aber nicht wissen. Nimm das wieder mit.

Und deine Kohle auch.«

Aufgebracht bückte ich mich und sammelte die Scheine ein. Dann stopfte ich sie in den Umschlag und warf ihn Lars vor die Füße.

Er bückte sich, um ihn aufzuheben, und hielt ihn mir wieder hin.

»Janin, es ist mir ernst. Lies das bitte.«

Doch ich war bereits so außer mir, dass mir vor Wut die Tränen in die Augen stiegen.

»Warum lässt du mich nicht einfach in Ruhe?«, presste ich mit zittriger Stimme hervor.

»Ich wollte nur, dass du weißt, ...«

»Spar dir das!«, kreischte ich. »Und kaufen lass ich mich schon gleich gar nicht!«

Wütend entriss ich ihm den Umschlag, zerknüllte ihn und schleuderte ihn in seine Richtung.

Lars drehte sich wortlos um und verließ meine Wohnung.

Immer noch in Rage bückte ich mich, um das Papierknäuel aufzuheben. Was fiel diesem Menschen bloß ein? Wenn ich mich beruhigt hatte, würde ich den Umschlag an Engelmann adressieren und zurückschicken. Ich zog die Flurschublade auf, warf das verknitterte Bündel hinein und knallte die Schublade so laut zu, dass Bob im Wohnzimmer ein erschrecktes Winseln von sich gab.

Dann fiel mein Blick in den Flurspiegel. Ungläubig strich ich mir die Haarsträhnen aus den Augen. Oh Gott, was war denn das? Hatte ich mich in den letzten Tagen tatsächlich so gehen lassen? Durch meine hellen Haare zog sich entlang des Scheitels ein fast fingerbreiter dunkler Streifen. Ich sah aus wie ein Albino-Stinktier und morgen Abend wollte Patrick vorbei kommen.

Ich musste mir schnellstens den Ansatz nachfärben lassen! Bei Gian Franco konnte ich mich mit diesen peinlichen Haaren auf keinen Fall sehen lassen. Am besten, ich ging morgen früh gleich bei Öffnung des Beautysalons zu

Nasrin. Dann hatte ich noch acht Stunden Zeit, diverse Haarkuren aufzutragen und eine modische Steckfrisur einzuüben, falls es wieder schiefgehen sollte.

30

Ich hätte es wissen müssen: Über mir lag ein böser Fluch. Er wurde immer dann zum Leben erweckt, wenn ich mich der Parkstraße näherte.

Sobald ich Yaras Salon betreten hatte und mit entschlossenem Schritt auf die Besucherecke zusteuerte, bemerkte ich Frau Eckert in einem der Behandlungsstühle.

Schneller als ein Raucher nach einem Langstreckenflug hetzte ich zurück zum Ausgang.

»Was hast du den Bullen gesteckt?«, dröhnte es auch schon hinter meinem Rücken, als ich die Türklinke noch in der Hand hielt.

Der Doktor!

Er bog gerade aus der Hofeinfahrt des Nachbarhauses. Noch bevor ich mich von meinem Schock erholen konnte, war er bereits bis auf wenige Meter an mich herangekommen und hatte sich wie ein Torwart vor der Eingangstür des Ladens aufgebaut. Sein massiver Körper deckte meinen gesamten Fluchtweg ab.

Mir blieb nur eine Möglichkeit: Wie beim herabschauenden Hund warf ich mich blitzartig auf alle viere, hechtete mit einem Satz an seinem rechten Bein vorbei und sprang hinter ihm wieder auf meine Füße.

Ich fegte schon schneller als ein Tornado durch den Stadtpark, als er noch verblüfft nach unten sah.

Erst als ich meine Wohnung erreicht hatte, hielt ich an. Erschöpft lehnte ich mich gegen die Wand. So heftig, wie ich atmete, hätte ich den alkoholisierten Doktor mit einem Wodka und einem Feuerzeug in Flammen aufgehen lassen können. Was wollte der Kerl bloß von mir? Und was machte er bei der Polizeigewerkschaft?

Ich musste das heute Abend herausfinden.

Patrick und ich lümmelten vertraut wie ein altes Ehepaar auf meiner Couch. Ich hatte meine Haare ganz weit oben zusammengebunden, sodass der Stinktierstreifen fast nicht auffiel. Bob lag auf seiner Decke. Er hatte uns den Rücken zugedreht und betrieb ausgiebige Intimpflege.

Ich genoss den Abend mit meinen beiden Lieben. Meine innere Unruhe hatte sich sofort wieder gelegt, als Patrick in Poloshirt und Designerjeans erschienen war. Was war neulich nur losgewesen? War der Patrick, der mich so verunsichert hatte, tatsächlich kurz vor dem Beginn seiner Schicht bereits in seine Rolle als eiskalter Drogenfahnder geschlüpft, oder hatte ich das nur mit meinen angespannten Nerven so empfunden?

Heute war alles wie früher. Wir saßen auf meiner Couch und Patrick hatte einen Arm um mich gelegt. Zwei leere Pizza-Kartons, ein Sixpack Bier und ein französischer Landwein standen auf dem Wohnzimmertisch. Unsere Füße lagen daneben und wir guckten einen 'Tatort', was ich noch nie so spannend gefunden hatte wie heute.

Es war eine Wiederholung, die ich bewusst ausgesucht hatte, denn es ging um Drogenfahndung. Ich hing an Patricks Lippen, der immer wieder sachkundige Hinweise einstreute, wo die Filmhandlung von der Wahrheit abwich.

Die Beamten jagten gerade in einem Zivil-BMW hinter einem japanischen Sportwagen her, der mehrere Kilo eines brisanten Pulvers im Kofferraum hatte und in halsbrecherischer Geschwindigkeit die Grenze eines osteuropäischen Landes ansteuerte. Das war die beste Gelegenheit, ihn auszufragen!

»Ist dein Job auch so aufregend?«, erkundigte ich mich so beiläufig wie möglich.

Patrick beugte sich nach vorne und stellte die leere Bierflasche zurück auf den Tisch.

»Nö. Meistens Bürokram.«

Ihm entfuhr ein anerkennendes Zischen, denn der Wagen der Verbrecher war in einer engen Kurve von der Fahrbahn abgekommen, einen Abhang hinunter gestürzt und ging gerade in Flammen auf.

Während er den Bergungsarbeiten konzentriert folgte,

nutzte ich die Gelegenheit, ihn mit meiner Theorie zu konfrontieren: »Sag mal, was macht eigentlich der Arzt, der bei dir im Haus wohnt, bei der Polizei? Ist der Gerichtsmediziner?«

»Wen meinst du?«, fragte Patrick abwesend, ohne den Blick vom Bildschirm zu lösen.

»Na, Dr. Eckert.«

»Hermann?«

Er sagte das, als hätte ich verkündet, dass ich den glatzköpfigen Doktor sexy fand. Dann brach er in Lachen aus. Er schlug sich auf die Schenkel und konnte sich gar nicht mehr einkriegen.

Ich sah ihn irritiert an.

»Kindchen, Hermann ist doch kein Medizin-Doktor«, prustete er schließlich. »Der hat früher mal irgendwas erfunden, wofür er viel Geld gekriegt hat, aber solange ich ihn kenne, säuft er nur noch. Wie soll so einer denn bei der Polizei sein?«

Er fing wieder an zu lachen.

»Aber warum ist er dann bei der Polizeigewerkschaft?«, schmollte ich.

Ich hatte es gar nicht gerne, wenn man mich Kindchen nannte.

Patrick wischte sich eine Träne aus dem Augenwinkel: »Wie kommst du denn da drauf?«

»Na, weil ich ihn neulich dort gesehen habe.«

Er sah mich entgeistert an.

»Was machst du denn bei der Polizeigewerkschaft?«

Nun war es an mir, erstaunt zu blicken. Patrick brach wieder in Gelächter aus.

»Sag mal, hast du was geraucht? Sieh dich vor, ich verhafte Solche wie dich.«

Ich schwieg beleidigt. Irgendwo, ganz hinten in meinem Kopf, klingelte eine Alarmglocke. Doch ich kam nicht drauf, was das zu bedeuten hatte.

Als der Fall gelöst war und der Abspann über den Bildschirm flimmerte, stand Patrick auf.

»Ich geh dann mal. Muss morgen früh raus. Bleib sitzen, ich finde raus.«

Ich streckte ihm wortlos meine Wange hin und er hauchte einen kurzen Abschiedskuss darauf.

Sobald die Wohnungstür zugefallen war, rannte ich in den Flur und zog den Umschlag, den Lars mir gegeben hatte, aus der Schublade. Ich legte das Geld achtlos zur Seite. Dann strich ich den zerknitterten Brief glatt und faltete ihn aufgeregt auseinander.

Während ich gestern gestoppt hatte, als ich die Überschrift 'Patrick Berger' gelesen hatte, las ich heute den ganzen Text. Zwar war der Ausdruck an ein paar Stellen stark mitgenommen, doch der Inhalt war immer noch zweifelsfrei zu entziffern:

Patrick engagierte sich gar nicht für die Gewerkschaft der Polizei.

Die Vereinigung, deren Ortsverbandsvorsitzender er war, nannte sich 'Gesinnungsgenossen deutscher Patrioten'.

Erschüttert las ich den kurzen Absatz wieder und wieder durch.

Patrick hatte Verbindungen zur rechtsradikalen Szene.

Er war dort sogar ein ziemlich großes Tier.

Das konnte überhaupt nicht sein! Dann wäre er doch nicht bei der Polizei! Und er hätte mich nicht zum Italiener ausgeführt. Bestimmt ließ sich das alles aufklären. Außerdem, was fiel Lars ein, Auskünfte über meinen Freund einzuholen?

Doch da war Patricks Reaktion heute Abend, als ich die Polizeigewerkschaft erwähnt hatte.

Wie geringschätzig er Garry behandelt hatte.

Wie er sich benommen hatte, als Lars und ich seine Heizung abgelesen hatten.

Die Soldatenfotos!

Sein Kommentar zum Fernsehbericht über das Flüchtlingsboot.

Eine unheilvolle Mischung aus Ungewissheit und Angst ergriff mich. Meine Nackenhaare stellten sich auf wie bei Bob, wenn er an einem chinesischen Restaurant vorbeiging.

Mit feuchten Fingern wählte ich Patricks Nummer.

»Jani?«

»Patrick.«

»Was gibt's denn noch? Ich wollte gerade ins Bett.«

»Nichts ... Es ist nur ... das mit uns ... ich wusste ja nicht, dass du ...«, stammelte ich.

»Was willst du?«, fragte Patrick.

Ein genervter Unterton in seiner Stimme war nicht zu verleugnen.

Ich holte tief Luft: »Bist du ... Bist du wirklich einer von diesen ... diesen deutschen Patrioten?«

»Gesinnungsgenossen deutscher Patrioten«, verbesserte er mich ungeduldig. »Das weißt du doch, du warst doch mit mir auf der Veranstaltung.«

»Wie ... Wieso machst du das?«, fragte ich fassungslos.

»Weil Ausländer in Deutschland nichts zu suchen haben«, kam die ungeheuerliche Antwort.

»Aber was stört dich denn an ihnen?«

»Die sollen zuhause bleiben und sich nicht hier auf unsere Kosten breitmachen. Entweder sind sie kriminell oder sie nehmen uns Deutschen die Arbeitsplätze weg. Nimm bloß deinen Yoga-Ziegenhirten. Oder neulich - da waren zwei Ausländer bei mir. Von den Stadtwerken! Die eine war sogar vollverschleiert! Die waren sowas von unfähig, das kannst du dir gar nicht vorstellen. Aber heutzutage stellen sie ja lieber solche ein als einen anständigen Deutschen mit Ausbildung.«

Ich fühlte, wie mich eine starke Inländerfeindlichkeit überfiel.

»Aber Patrick, das stimmt doch so gar nicht.«

»Natürlich stimmt das. Ich erlebe das als Polizist schließlich jeden Tag. Du hast doch keine Ahnung. Wie früher. Völlig blauäugig. Du denkst immer noch, alle

Menschen sind gut. Du hast anscheinend nichts dazugelernt in den letzten Jahren. Der einzige Unterschied zu früher ist, dass du jetzt noch so einen blöden Köter hast. Denk mal drüber nach.«

Er legte auf.

31

Der Prinz hatte Dornröschen eiskalt abserviert.

Es tat furchtbar weh, dass mich die Liebe so blind gemacht hatte und ich nicht schon früher erkannt hatte, was für ein herzloses Schwein Patrick in Wirklichkeit war.

Bob, der seit Tagen nicht mehr im Schlafzimmer geschlafen hatte, war auf meinem Kopfkissen zusammengerollt und ich weinte dicke Tränen in sein Fell.

Ich war in Sachen Liebe ein absolut hoffnungsloser Fall. Ein zwischenmenschlicher Blindgänger. Ein beziehungsgestörter Versager. Immer verliebte ich mich in den Falschen! Kein Wunder, dass ich den Mann fürs Leben noch nicht gefunden hatte. Warum lief in puncto Liebe bei mir immer alles schief?

Erst, als draußen schon die frühen Vögel nach Würmern jagten, fiel ich in tiefen Schlaf.

Im Gegensatz zur Königstochter wachte ich 99,99 Jahre zu früh auf, denn Bob leckte mir gegen elf übers Gesicht.

Gerädert quälte ich mich aus dem Bett. Zuerst blockierte ich die Telefonnummer meines Ex-Ex-Prinzen in meinem Handy. Dann brachte ich Bobs Körbchen wieder ins Schlafzimmer und stellte seinen Napf zurück in die Küche.

Nach einem doppelt starken Kaffee und drei Krisenkeksen sah der Tag ein klein bisschen besser aus und Bob und ich gingen in den Park. Während er mit den anderen Hunden spielte, setzte ich mich auf eine Bank und sinnierte, wie ich mein Leben wieder in Ordnung bringen konnte.

Könnte ich doch bloß mit Jill sprechen! Was würde sie mir jetzt raten? Davon abgesehen, dass sie mich wahrscheinlich gleich zu Anfang vor Patrick gewarnt hätte, würde sie bestimmt jetzt dasselbe vorschlagen, was sie immer tat, wenn es bei ihr mal nicht rund lief: Sie ging zum Friseur.

Entschlossen holte ich das Handy aus der Tasche und wählte Gian Francos Nummer.

Ich musste ziemlich verzweifelt geklungen haben, denn kaum hatte ich meine Haarkatastrophe in all ihren schrecklichen Details geschildert, hörte ich, wie Gian Franco am anderen Ende der Leitung in Tränen ausbrach.

Eine halbe Stunde später saß ich bereits in seinem Stuhl und sah schuldbewusst zu, wie er mit noch immer feuchten Augen an meinem Haar herum knetete.

»Che disastro!«, jammerte er und schüttelte immer wieder fassungslos den Kopf. »Warum bist du fremdgegangen? Gian Franco war immer gut zu dir.«

Ich rutschte tiefer in meinen Stuhl und wagte nicht, ihm zu widersprechen.

Mein Haarkünstler hatte wirklich magische Fähigkeiten. Schnell rührte er einen Zaubertrank an und verwandelte noch vor der Mittagspause das Stinktier auf meinem Kopf zurück in die dunkelbraune Bisamratte, die es vorher gewesen war. Doch die Ratte hatte jetzt coole pinkfarbene Strähnchen und war nun so eindrucksvoll wie ein edler Nerz. Danach ließ er noch eine größere Summe Euros aus meinem Portemonnaie verschwinden und erklärte sich großmütig bereit, mir meinen Seitensprung zu verzeihen.

Um halb fünf joggte ich gut gelaunt und voller Selbstbewusstsein mit glänzendem Haar ins Fitnesscenter.

»Da bist du ja wieder«, empfing mich eine altbekannte Piepsstimme, sobald ich einen Fuß in die Empfangshalle gesetzt hatte. »Können wir endlich mit deinem Fitnessplan weiter machen?«

»Später«, winkte ich fröhlich in Barbies Richtung und joggte weiter zum Yoga Raum.

Garry, der mich zuerst nicht erkannt hatte, freute sich:

»Willkommen zurück im Kurs. Schön, dass du wieder da bist!«

Ich entschuldigte mich für Patricks Verhalten und gestand, dass ich nicht mehr mit ihm zusammen war.

Garry lächelte weise wie Dalai Lama: »Yoga hilft uns, die richtigen Antworten zu finden.«

Nach herrlich entspannenden sechzig Minuten rollte ich, glücklich und dankbar dafür, dass mein Leben wieder in seinen gewohnten Bahnen verlief, meine Matte ein.

Ich verließ das Fitnesscenter durch den Hintereingang und joggte durch die frische, kühle Abendluft zurück zu meiner Wohnung. Vor dem Haus legte ich meine Yogamatte und die Sporttasche ab und lehnte mich ausgepowert, aber vollgepumpt mit Glückshormonen gegen die Hauswand, bis mein Puls wieder im Normaltempo pochte.

Bob, dessen aufgeregtes Bellen bereits durch das gekippte Schlafzimmerfenster gedrungen war, schlug noch heftiger an.

»Ich bin gleich bei dir«, rief ich und bückte mich, um Matte und Sporttasche aufzunehmen.

Ich hatte mich noch nicht wieder aufgerichtet, als die Tür unerwartet von innen aufgerissen wurde und jemand mich zur Seite schubste.

»Hej«, protestierte ich, während ich taumelnd versuchte, meine Balance wiederzuerlangen.

Sicher wieder einer dieser unmöglichen Prospektausträger, die ihre Reklameblättchen dank der Werbung-Nein-Danke-Schilder, die auf allen Briefkästen außer meinem klebten, einfach in unseren Hausflur warfen.

Noch bevor ich den Typen zur Schnecke machen konnte, schwang die Haustür wieder zu. Sie traf mich am Kopf und der Türknopf schlug hart gegen meine Nase. Ich schrie vor Schmerz auf, kippte zurück und landete flach wie nasses Herbstlaub auf dem Pflaster.

Eine dunkle Gestalt mit Springerstiefeln stieg über mich, riss die Sporttasche von meiner Schulter und rannte davon.

Ich verlor das Bewusstsein.

Als ich wieder aufwachte, fühlte sich mein Kopf an, als hätte mir jemand Eiswürfel durch den Gehörkanal geblasen. Mein linkes Auge war zugeschwollen. Ich drückte mühsam das Rechte auf. Soweit ich erkennen konnte, lag ich noch immer auf dem Gehweg. Ich versuchte, mich aufzusetzen, doch schon bei der ersten Bewegung zuckte ich zusammen. Daran, den Kopf oder irgendein anderes Körperteil zu heben, war überhaupt nicht zu denken. So musste sich eine Voodoo Puppe fühlen, die mit spitzen, kleinen Nadeln malträtiert wurde.

Unendliche Zeit später gelang es mir, mich auf die Seite zu drehen und dann hinzuknien. Mühsam hob ich eine Hand, um mir an die Nase zu greifen, die, wie es sich anfühlte, etwas mit dem Blut zu tun hatte, das ich auf meinen Lippen schmeckte, doch ich knickte sofort ein. Wieder lag ich wie ein Breitmaulfrosch auf dem Boden. Bob, dessen Bellen ich seit dem Überfall nicht mehr wahrgenommen hatte, fing an, jämmerlich zu jaulen.

Bob! Hoffentlich war er ok!

Der Gedanke an ihn mobilisierte ungeahnte Kräfte und ich schaffte es, zur Haustür zu robben, sie aufzudrücken und weiter zu meiner Wohnung zu kriechen. Dort ließ ich mich mutlos auf den Abtreter sinken. Mein Schlüssel! Er war in der Sporttasche, die mir der Typ abgenommen hatte.

Doch als ich gegen meine Wohnungstür stieß, schwang sie auf wundersame Weise auf. Ich musste denjenigen, dem ich zu verdanken hatte, dass ich jetzt aussah wie Frankenstein, beim Einbruch in meine Wohnung überrascht haben!

»Bob«, schrie ich, außer mir vor Sorge, doch mein bester Freund sprang bereits winselnd an mir hoch.

Ihm war nichts passiert! Tränen der Dankbarkeit

schossen in meine Augen. Ein neuer Kräfteschub durchflutete mich und es gelang mir, mich vom Abtreter in meinen Flur zu schleppen. Dort blieb ich völlig entkräftet und noch immer unter Schock mit dem Rücken an der Wand auf dem Boden sitzen, während Bob meine Hände abschleckte.

Immer wieder schluchzte ich seinen Namen und schickte weitere Dankesgebete an die wunderbare höhere Macht, die ihn beschützt hatte. Ich war mir sicher, dass Bob unser Hab und Gut mit Zähnen und Klauen verteidigt und sich dabei in große Gefahr gebracht hatte.

Nachdem ich mich ausgeweint hatte, setzte ich mich auf und fuhr prüfend mit dem Finger über die Kante meiner noch immer offen stehenden Wohnungstür. Sie war unversehrt. Wie war der Einbrecher hereingekommen?

Zitternd drückte ich sie ins Schloss.

Mir fiel ein, dass man normalerweise in solchen Situationen die Polizei anrief. Doch ich musste erst zur Ruhe kommen, meine Gedanken ordnen und darüber nachdenken, ob ich mich durch einen Anruf bei der Polizei nicht noch mehr in Schwierigkeiten brachte.

Ganz davon abgesehen konnte ich niemanden anrufen, denn mein Handy war in meiner Sporttasche gewesen.

Es war alles so schnell gegangen. Der Typ hatte mich umgerannt und ich war gegen die Tür geknallt. Ich hätte nicht mal sagen können, wie er ausgesehen hatte. Nur die Schnürstiefel, die über mich hinweg gestiegen waren, hatte ich noch immer ganz deutlich vor Augen.

Bob winselte wieder.

»Du musst raus, ich weiß«, sagte ich weinerlich, »gib mir fünf Minuten.«

Irgendwie gelang es mir, mich auf die Beine zu stellen und ins Bad zu stolpern.

Aus den fünf Minuten wurden fünfzehn.

Ich saß eine lange Zeit zitternd auf der Klobrille und

traute mich nicht, in den Spiegel zu schauen. Als ich endlich einen Blick wagte und mich ein blutverschmiertes Monster anstarrte, wurde mir so schlecht, dass ich mit zittrigen Knien zurück auf den Klodeckel sank.

Minuten später setzte mein Verstand wieder ein und ich griff mit zitternden Händen nach den feuchten Toilettentüchern und tupfte das verkrustete Blut aus meinem Gesicht. Das sechste Tuch zeigte endlich nur noch einen schwachen rosafarbenen Schmierer und ich riskierte einen weiteren Blick in den Spiegel.

Ein blaues Auge und eine tiefrote, geschwollene Nase waren übrig geblieben. Das war, in Anbetracht der noch immer höllischen Schmerzen, kaum zu glauben. Ich tastete meine Nase ab. Sie war nicht schief und ließ sich auch nicht verschieben. Sie war nur ungefähr doppelt so groß wie die von Rentier Rudolf. Doch gebrochen schien sie nicht zu sein. Vermutlich hatte ich auch keine Gehirnerschütterung, denn ich war wohl, Glück im Unglück, mit dem Hinterkopf auf meine Yogamatte gefallen.

Auf dem Weg zurück in den Flur nahm ich zum ersten Mal wahr, dass in meinem Apartment eigentlich alles so aussah wie immer. Nichts war aus den Schränken gezogen oder umgefallen. Nach einem Einbruch sah das nicht aus. Warum war der Typ in meiner Wohnung gewesen, wenn er nichts geklaut hatte? Es sei denn ... Ich zog im Flur die oberste Schublade auf. Doch auch die achthundert Euro, die nach meinem Besuch bei Gian Franco noch von Engelmanns Spesengeld übrig waren, waren vollständig.

Hätte der Einbrecher meine Wohnungstür wieder zugezogen und wäre ich nicht im unpassenden Moment nach Hause gekommen, hätte ich gar nicht gemerkt, dass jemand bei mir eingestiegen war. Hoffentlich war er bereits über alle Berge, denn ich musste es wagen, vor die Haustür zu gehen, damit Bob sein Abendgeschäft erledigen konnte.

Für den Fall, dass wir jemanden trafen, wickelte ich ein Halstuch um mein Gesicht und bewaffnete mich mit dem

Pfefferspray.

»Komm, wir gehen Beinchen heben«, näselte ich zu Bob, der bereits vor der Tür wartete.

Meine Schläfen klopften wie ein falsch betankter Ottomotor, als ich mich bückte und meinen Abtreter in den Türspalt zog, um die Wohnungstür offen zu halten, während wir draußen waren.

Dann atmete ich tief durch und verließ mit dem unangeleinten Bob und dem Daumen auf dem Pfeffersprayabzug die Wohnung.

Im Treppenhaus stieg ich zuerst ein paar Stufen hinauf, um einen Blick auf die Wohnungstür im ersten Stock zu werfen. Dort sah alles aus wie immer. Keine Spuren von einem Einbruch. Entweder hatte es der Typ tatsächlich nur auf meine leicht erreichbare Wohnung im Erdgeschoß abgesehen, oder er hatte seinen Plan abgebrochen, als Bob gebellt hatte.

Vorsichtig stieg ich die Stufen wieder hinunter und öffnete die Haustür, damit er im Dunkeln alleine zum Park laufen konnte, während ich, aufmerksam wie ein Heckenschütze, mit der Hauswand im Rücken und dem Daumen am Abzug der Pfefferspraydose vor dem Hauseingang wartete.

Bob würde mich vor jedem Bösewicht warnen. Dann würde ich alle Klingelknöpfe drücken, um Hilfe zu holen, und zurück ins rettende Treppenhaus springen.

Ich warf immer wieder prüfende Blicke nach rechts und nach links. Bei der dritten Runde entdeckte ich unweit des Randsteins etwas, das wie meine Sporttasche und meine Yogamatte aussah. Ich wagte die fünf Schritte in ihre Richtung und ging mit hämmernden Kopfschmerzen in die Knie, um beides aufzuheben.

Zurück im Schutz der Wand überprüfte ich den Inhalt der Tasche. Mein Smartphone, das noch aus der Zeit stammte, als man Handys zum Telefonieren benutzte, fehlte. Mit dem bisschen Kleingeld, das in der Tasche gewesen war, hatte er sich gar nicht erst abgegeben.

Sollte ich wirklich die Polizei anrufen? Ich war mit einem geklauten Uralthandy, einer geschwollenen Nase und einem blauen Auge davon gekommen und konnte keinerlei hilfreiche Angaben zu dem Einbrecher machen.

Doch wenn ich ganz ehrlich war, war es nicht das, was mich davon abhielt, den Einbruch zu melden. Es war die Tatsache, dass ich das Gefühl hatte, jemand, den ich kannte, könnte etwas damit zu tun haben.

Patrick?

Eine Sekunde lang war ich wie gelähmt.

Aber nein, Patrick hatte mich nicht überfallen. Bestimmt hätte ich etwas Vertrautes an ihm wahrgenommen, seinen Körperbau, seinen Geruch.

Doch es war nicht auszuschließen, dass er mir einen seiner Gesinnungsgenossen geschickt hatte.

Bob kam zurück und wir gingen wieder in die Wohnung. Am besten, ich sperrte heute Nacht von innen ab. Ich steckte den Schlüssel ins Türschloss und stocherte herum. Nanu? Er hatte doch noch nie so gehakt? Misstrauisch beäugte ich das Schloss. Es sah aus wie immer, doch als ich die Tür öffnete, um von außen einen Blick darauf zu werfen, bemerkte ich tiefe Kratzer. Aha! Also hatte der Einbrecher es geknackt.

War es etwa doch ein ganz gewöhnlicher drogenabhängiger Kleinkrimineller auf der Suche nach Elektronikgeräten, die er zu Geld machen konnte?

Mit einer schrecklichen Vorahnung lief ich ins Wohnzimmer.

Natürlich! Dass mir das nicht schon früher aufgefallen war!

Der Esstisch war leer. Mein Notebook war weg.

Eine raufaserdicke Gänsehaut kroch mir auf die Haut.

Am besten, ich versuchte, zu schlafen. Heute konnte ich sowieso nichts mehr tun.

Zur Sicherheit schleifte ich noch einen Stuhl in den

Flur und klemmte ein dickes Marketingbuch zwischen Lehne und Türgriff.

Dann machte ich eine Liste, was ich morgen früh tun musste: Meine SIM-Karte sperren lassen, mir ein neues Handy holen und die Hausverwaltung anrufen, damit sie mein Schloss auswechselten. Und ein neues Notebook brauchte ich auch.

Zum Glück hatte der Einbrecher die externe Festplatte, auf der ich alle Daten abspeicherte, nicht gefunden, weil sie an meinem WLAN-Router hinter dem Fernseher hing. Aber vorsichtshalber musste ich all meine Passwörter ändern. Was für ein Ärger! Ganz zu schweigen davon, was das alles kostete! Von Lars' Spesengeld würde danach nichts mehr übrig sein. Das hatte ich nun davon, dass ich so geldgierig gewesen war!

In Ermangelung einer Schlaftablette warf ich noch einen Beruhigungskeks ein und trank ein Glas Rotwein auf Ex. Dann schmierte ich mein Gesicht dick mit Heilsalbe ein und ging ins Bett.

32

Der Blick in den Badezimmerspiegel am nächsten Morgen war ein Albtraum. Mein Gesicht war verschoben wie ein Gemälde von Pablo Picasso. Selbst er hätte die roten und blauen Flecken nicht besser hingekriegt. Doch zumindest lenkte das Smokey Eye, das sich im drei Zentimeter-Radius rund um mein linkes Auge zog, von meiner Rentier-Nase ab.

Zuerst dachte ich daran, die Burka wieder überzuwerfen, doch da ich darin im Falle eines Falles nicht schnell genug rennen konnte, verwarf ich den Gedanken wieder. Stattdessen spachtelte ich großzügig alles Make-up, das ich in meinem Badezimmerschrank fand, in mein Gesicht und setzte meine Sonnenbrille auf.

Damit ich die Tür abschließen konnte, während wir unterwegs waren und später auch wieder hinein kam, fuhr ich solange mit einem Bleistift über meinen Schlüssel, bis genug Grafit im Schloss war und der Schlüssel sich wieder fast wie früher umdrehen ließ.

Kurz darauf verließ ich, streng bewacht von Security Officer Bob, meine Wohnung. Das Pfefferspray steckte griffbereit in meiner Bauchtasche.

Wir fuhren zu einem nahegelegenen Elektronikmarkt und spazierten am Hundeverbotsschild vorbei durch die Glastür. Niemand würde bezweifeln, dass ich einen Blindenhund brauchte, wenn ich meine Sonnenbrille abnahm und den Blick auf mein zugeschwollenes Auge freigab. Vermutlich würden sie mir sogar aus lauter Mitleid noch einen Geldschein in den Ausschnitt stecken.

Ich ließ meine SIM-Karte sperren, suchte mir passend zum neuen Handy sicherheitshalber auch eine neue Rufnummer aus und tauschte den Rest von Engelmanns Scheinen gegen ein neues Notebook ein.

Sobald wir wieder zuhause waren, rief ich bei meiner

Hausverwaltung an, deren Anrufbeantworter mir hilfsbereit versicherte, dass man sich gleich nach Rückkehr aus dem Urlaub um mein Anliegen kümmern würde. Grimmig googelte ich nach einem Schlüsseldienst. Die dritte Firma, bei der endlich jemand ans Telefon ging, erklärte mir, dass ich ohne Schließkarte das gesamte Schloss auswechseln lassen musste, was ungefähr dasselbe kostete, wie einen Wassergraben um mein verlassenes Märchenschloss zu bauen.

Ich legte deprimiert auf und hoffte, dass die restliche Einbrecherwelt Urlaub machte, bis meine Hausverwaltung wieder da war. Derselbe würde ja wohl kaum so doof sein, noch einmal vorbeizuschauen.

Ich tippte die Handynummer meiner Eltern ein.

»Janin, bist du das?«, wunderte sich meine Mutter.

»Ja, neue Nummer«, sagte ich knapp. »Leichter merkbar. Besser fürs Geschäft.«

Tatsächlich bestand meine neue Mobilnummer nur aus vier verschiedenen Zahlen und war damit fast so cool wie Lars Engelmanns VIP-Zahlenfolge.

Obwohl ich nur wenige Worte gesagt hatte, stellte meine Mutter sofort fest: »Du sprichst so durch die Nase, bist du erkältet?«

»Ja, aber nix Schlimmes«, versuchte ich, sie zu beruhigen.

»Kind, mit einer Sommergrippe darf man nicht spaßen!«

Nur mit Mühe gelang es mir, sie davon abzuhalten, mit dem nächsten Flieger nach Hause zu kommen, um mir eine kräftigende Nudelsuppe zu kochen. Wie sollte ich ihr nur in ein paar Tagen mit meinem verbeulten Gesicht unter die Augen treten?

Nach dem Anruf bei meinen Eltern fühlte ich mich grottenschlecht. So viel wie in den letzten Wochen hatte ich nicht einmal in der Broschüre für meinen Reisebürokunden gelogen. Schuld an allem war nur dieser blöde

Engelmann! Seit ich ihn kannte, hatte ich mich so oft um die Wahrheit herum gewunden, dass selbst einer Pole Dancerin dabei schwindelig geworden wäre.

Als Bob und ich auf dem Rückweg vom Abendgassi den Hausflur betraten, steckte etwas in meinem Briefkasten.

Instinktiv drehte ich mich mit dem Rücken zur Wand und krallte meine Finger so fest um die Pfefferspraydose, dass die Knöchel weiß heraus traten.

Misstrauisch schloss ich den Kasten auf und blickte auf einen weißen Umschlag. Er war handschriftlich adressiert. 'Janin' war alles, was darauf stand. Kein Nachname, keine Adresse, keine Briefmarke, kein Absender.

Mit spitzen Fingern zog ich ihn heraus und beäugte ihn argwöhnisch von allen Seiten. Er war leicht ausgebeult. Eine Briefbombe? Ein Pulver, das mich bei Kontakt vergiften würde? Ein abgeschnittener kleine Finger als Warnung, dass ich mich nicht in Dinge einmischen sollte, die mich nichts angingen?

Meine Nerven!

Ich hielt Bob den Brief vor die Schnauze, damit er daran schnüffeln konnte. Als er freudig mit dem Schwanz wedelte, nahm ich den Briefkastenschlüssel und schlitzte den Umschlag vorsichtig auf.

Im Inneren war eine bunte Karte. Als ich sie herauszog, fiel etwas vor meine Füße. Instinktiv ließ ich Karte und Umschlag fallen und sprang zurück.

Bob dagegen kam interessiert näher.

»Pfui!«, schrie ich ihn in einer schrecklichen Vorahnung an, doch zu spät - er hatte das, was auch immer in dem Umschlag gewesen war, schon mit einem Happs verschlungen.

Entsetzt öffnete ich seine Schnauze und fuhr mit dem Finger in seinem Maul herum. Um Himmels willen, war er gerade vergiftet worden? Wo war der nächste Tierarzt mit Notdienst?

Bob machte sich so beleidigt los, als hätte ich ihm ins Ohr gepustet und ich beruhigte mich wieder. Ich hatte wohl wieder überreagiert. Wahrscheinlich war das nur ganz harmlose Werbung von unserem Zoogeschäft mit einem Hundekeks. Der alte Marketing-Trick: Damit Werbung nicht sofort als solche entlarvt wurde, verwendete man eine Computerschrift, die aussah, als ob der Brief handschriftlich adressiert war und tat etwas Fühlbares hinein, das den Empfänger neugierig machte. 'Lumpy Mail' hieß das im Marketingdeutsch. Ich selbst hatte solche Werbekampagnen schon hundertfach verschickt.

Ich hob die Karte auf und sah, dass ein Cartoon darauf gemalt war: Mickey Mouse. Der Mäuserich hielt ein Schild hoch, auf dem 'Missing you' stand. Wie süß! Wer vermisste uns denn da? Doch der Zoo Markt konnte es nicht sein, denn dort waren wir erst vor ein paar Tagen gewesen.

Patrick? Tat ihm seine Reaktion am Telefon leid und er wollte sich bei mir und Bob entschuldigen?

Zutiefst berührt klappte ich die Karte auf. Innen war eine handschriftliche Notiz: »Hoffe, du hast dich nicht wieder im Wald verirrt, weil du den ganzen Tag nicht an dein Telefon gehst und zuhause bist du auch nicht. Wenn ich bis 21 Uhr nichts von dir höre, lasse ich dein Handy orten, Lars.«

Einerseits war das ja ziemlich rührend, aber wieso bildete er sich ein, dass ich vierundzwanzig Stunden am Tag für ihn erreichbar war? Ich sah auf die Uhr: Kurz nach acht. Jetzt musste ich ihn auch noch anrufen, wenn ich nicht schon wieder die Polizei auf der Matte haben wollte!

Wenig begeistert griff ich zum Handy.

»Hallo?«, kam es sofort nach dem ersten Klingeln aus dem Hörer.

»Ich bin's, Janin.«

»Du lebst ja noch, wie schön.« Der Ton seiner Stimme wurde freundlich. »Alles ok? Hast du eine neue Nummer?«

»Ja«, sagte ich kurz angebunden.

»Du klingst so komisch, bist du krank?«

»Ja«, wiederholte ich genervt.

»Oh. Irgendwas, was ich für dich tun kann? Bist du zuhause? Ich bring dir Hühnersuppe vorbei«, schlug er vor. »Ich hab da so ein Rezept von meiner Großmutter ...«

»Nein, bloß nicht«, schrie ich auf.

»Ach so, du bist ja Vegetarier. Na, dann eben eine Gemüsebrühe, das kriege ich auch hin.«

»Nein, bitte nicht«, jammerte ich.

Er durfte auf gar keinen Fall hierher kommen! Ich sah aus wie ein chinesischer Faltenhund auf Drogenentzug. Mein momentaner Gruselfaktor ließ selbst den Atem eingefleischter 'Nacht der hellen Schatten' Fans stocken. Niemand durfte mich so sehen! Schon gar nicht ein Mann.

Ein schmerzender Stich zuckte durch die angespannte Haut auf meiner Nase und mir entfuhr ein Stöhnen.

»Du klingst überhaupt nicht wie du«, stellte Lars fest. »Ich komme. Und wenn du mir nicht aufmachst, setze ich mich auf deinen Abtreter, bis du das nächste Mal herauskommst. Ich schätze, länger als zwölf Stunden wird Bob es nicht aushalten. Also dann bis spätestens ...«, er schien auf die Uhr zu sehen, »morgen früh um acht.«

Widerlich, wie sich dieser Typ einfach über mich hinwegsetzte! Wütend drückte ich ihn weg.

Eine Viertelstunde später klopfte es.

»Ich bin's, Lars. Bitte mach auf«, vernahm ich durch die Tür.

Es war einfach unglaublich.

»Es geht mir gut. Wirklich. Bitte geh wieder«, näselte ich genervt.

»Dann mach kurz die Tür auf, damit ich mich selbst davon überzeugen kann.« Es klang besorgt. »Ich verschwinde sofort wieder. Versprochen.«

Er würde ja doch nicht locker lassen! Seufzend drehte ich den Schlüssel im Schloss. Seit dem Überfall sperrte ich immer zwei Mal ab.

Ich hatte bereits den Türgriff heruntergedrückt, als eine plötzliche Eingebung wie ein Giftpfeil in mein Herz schoss: Lars war gar nicht daran interessiert, ob es mir gut ging! Das war nur ein Vorwand! Er würde mich überfallen, sobald ich die Tür öffnete!

Mit letzter Kraft warf ich mich dagegen, doch er hatte bereits seinen Fuß hineingestellt, und drückte gegen meinen Widerstand das Türblatt Zentimeter um Zentimeter nach innen.

»Bob!«, schrie ich um Hilfe, doch der stand nur fröhlich wedelnd neben mir.

Inzwischen war es Engelmann gelungen, die Tür weit genug aufzudrücken, dass er durch den Spalt schlüpfen konnte. Geistesgegenwärtig drehte ich mich um und riss die oberste Schublade aus dem Schränkchen. Doch noch bevor ich damit ausholen konnte, wurde es schwarz vor meinen Augen und ich selbst ging anstelle meines ungebetenen Gasts zu Boden.

33

Als ich wieder aufwachte, lag ich ausgestreckt auf einer weichen Oberfläche. Um mich herum war es ruhig, doch ich war mir nicht sicher, ob ich alleine war. Als ich ängstlich blinzelte, blieb es vor meinen Augen dunkel. Meinen Mund dagegen konnte ich öffnen. Vorsichtig bewegte ich den Arm.

Fast unmerklich ertönte das leise Quietschen, das mein Fertigparkett von sich gab, wenn man einen der Stühle an meinem Esstisch zurück schob.

Plötzlich wusste ich, wo ich war und was passiert war: Engelmann. Anscheinend hatte er mir die Augen verbunden, aber zumindest hatte er mich nicht geknebelt oder gefesselt.

Ich betastete vorsichtig mein Gesicht und fand statt einer Augenbinde ein Frotteetuch und eine Plastiktüte vor, die mit halb geschmolzenen Eiswürfeln gefüllt war. Sie bedeckten nicht nur mein blaues Auge, sondern auch meine geschwollene Nase.

»Um Himmels willen, Janin, was ist denn bloß passiert?«, erklang Lars' Stimme, als er bemerkte, dass ich aufgewacht war.

Er kam heran und nahm mir den Eisbeutel ab. Sein entsetzter Blick auf meine Horrorvisage sprach Bände. Ich versuchte verzweifelt, mein Gesicht mit den Händen zu bedecken, und brach in hysterische Tränen aus.

Lars setzte sich neben mich und zog mich an sich, sodass mein Gesicht nun an seiner Brust verborgen war. Er streichelte beruhigend über meinen Rücken, während sich meine Tränen wie ein Sturzbach über sein T-Shirt ergossen. Ich heulte und heulte. Erst als meine geschundene Gesichtshaut so wehtat, dass ich die salzigen Tränen nicht länger aushielt, machte ich mich los und ging mit gesenktem Kopf ins Bad.

Nachdem ich meine Haut trockengetupft und Heilsalbe

aufgetragen hatte, ließ das Brennen etwas nach. Aus dem Spiegel blickte ein gerötetes Gesicht, das mittlerweile stärker aufgequollen war als eine Wasserleiche nach drei Wochen. Für ein paar Sekunden erwog ich, aus dem Badezimmerfenster zu klettern, ging dann aber doch zurück ins Wohnzimmer. Es war ja nur Engelmann, der mich so sah und was er dachte, konnte mir ja egal sein.

»Hat er dir das angetan? Dieser Neonazi? Hat er dich ... geschlagen?«, fragte er, nachdem ich mich kleinlaut neben ihn auf die Couch gesetzt hatte.

»Natürlich nicht!« Ich schüttelte entrüstet den Kopf. »Au! Außerdem habe ich mich von ihm getrennt..«

Lars, der für eine Sekunde äußerst unangebracht gegrinst hatte, blickte sofort wieder ernst.

»Wie um alles in der Welt ist das dann passiert?«

»Jemand hat hier eingebrochen. Ich bin anscheinend im falschen Moment heimgekommen und vor der Haustür mit ihm zusammengestoßen.«

»Das ist ja furchtbar. Warst du schon beim Arzt? Hast du die Polizei geholt?«

»Nein, es ist ja nichts weiter passiert«, winkte ich ab. »Zum Glück hat er ja Bob und mir nichts getan. Ich bin nur ganz blöd gegen den Türgriff gekracht. In ein paar Tagen bin ich wieder ok.«

Ich verzog mein Gesicht zu einem schiefen Lächeln. Lars sah mich zweifelnd an.

»Bist du sicher, dass deine Nase nicht gebrochen ist?«

»Ja. Es sieht wirklich schlimmer aus, als es ist.«

Missbilligend zog er eine Augenbraue nach oben und ging in den Flur, wo er die Wohnungstür öffnete und kritisch prüfte.

»Du solltest dringend das Schloss auswechseln lassen.«
»Ich weiß.«

»Ist etwas weggekommen?«, wollte Lars wissen.

Ich nickte und ein stechender Schmerz fuhr zwischen meine Augen.

»Au! Ja, mein Handy und mein Notebook.«

»Ach, deswegen hast du eine neue Nummer. Und was ist mit Yaras MacBook? Wurde das auch geklaut?«

»Daran habe ich gar nicht mehr gedacht«, nuschelte ich.

Ich hatte es neulich oben auf meinen Schlafzimmerschrank gelegt und danach vergessen.

»Komm mit ins Schlafzimmer«, forderte ich Lars auf und ging voraus.

»Gerne«, grinste er und folgte mir.

»Idiot.« Ich zeigte auf den Schrank. »Kommst du da ohne Stuhl hoch?«

Lars tastete den oberen Rand ab.

»Da ist es.«

Er stellte sich auf die Zehenspitzen und zog mit beiden Händen das Notebook herunter.

»Vielleicht ist der Einbrecher hinter dem hier hergewesen, und hat aus Versehen deins mitgenommen«, überlegte er laut.

Wir waren also wieder mitten im Mordfall.

»Kann sein«, stimmte ich zu, »aber das hieße ja, Tim oder der widerliche Doktor haben bei mir eingebrochen. Das sind doch die Einzigen, die wissen, dass wir es geklaut haben.«

Ich dachte an die Springerstiefel. Es war schwer vorstellbar, dass der ältliche Doktor solche Schuhe trug. Und sicher hätte ich auch seine Alkoholfahne gerochen, als wir zusammengeprallt waren.

An Tim konnte ich mir zwar Springerstiefel vorstellen, aber er wusste ja nicht, wo ich wohnte.

Es gab nur einen, der wusste, wo ich wohnte und Verbindungen zur Springerstiefelszene hatte: Patrick. Vielleicht hatte er durch den Doktor von dem Notebook gehört und einen seiner Nazikumpanen in meine Wohnung geschickt, um es zu holen?

Mir wurde so schwindelig, dass ich mich setzen musste.

»Wissen die denn, wo du wohnst?«, las Lars wieder mal meine Gedanken.

»Nein.«

Aber hatte ich nicht neulich bei meinem Friseurbesuch das Gefühl gehabt, jemand wäre mir gefolgt, es dann aber damit abgetan, dass mich sowieso mit dem blonden Flokati auf meinem Kopf alle angestarrt hatten? Ja, richtig! Und mein Schlüssel war auch weg gewesen! Der Doktor im Friseursalon! Bestimmt hatte er mich doch bemerkt. Er hätte leicht meinen Schlüssel aus meiner Jacke an der Garderobe nehmen können, als ich den Kopf unter Wasser gehabt hatte.

Ich erzählte Lars von meinem Verdacht.

»Aber wenn der Einbrecher deinen Schlüssel hatte«, gab er zu bedenken, »warum war dann das Schloss verkratzt?«

»Du hast vermutlich recht. Vielleicht habe ich den Schlüssel wirklich verloren.«

»Der Hausmeister kennt sich bestimmt damit aus, wie man Schlösser ohne Schlüssel aufkriegt«, überlegte Lars weiter.

»Ja, er hat schon immer so mit seinem Generalschlüssel angegeben!«

»Aber woher wusste er, wo du wohnst? Und was wollte er überhaupt mit Yaras Notebook?«, fragte Lars zweifelnd.

Ich dachte nach. Der zweite Typ, der mir gefolgt war, hatte tatsächlich einen Männerdutt gehabt. Aber ich hatte nicht wirklich versucht, ihn aus der Entfernung zu erkennen.

»Möglich, dass er der zweite Mann war, der mir damals nachgelaufen ist«, überlegte ich. »Vielleicht hat er gehofft, es wären irgendwelche Fotos von Yara auf dem Notebook, die er sich an die Wand hängen könnte?«

»Das würde Sinn machen«, stimmte Lars zu.

»Ja. Oder Yara und Garry haben doch irgendwo Drogen oder Bargeld versteckt. Vielleicht hat Tim davon gewusst und das Notebook wegen Information über das Versteck durchsuchen wollen«, gab ich zu bedenken.

»Wir sollten es uns unbedingt noch einmal ansehen«, stimmte Lars zu.

Kurz darauf saßen wir mit zwei Gläsern trockenem Rotwein an meinem Esstisch. Das Notebook hing am Ladekabel, das Lars aus dem Auto geholt hatte.

»Hab ich mitgehen lassen, als du mit der Burka in Yaras Bett ohnmächtig geworden bist. Wollte ich dir schon die ganze Zeit geben«, hatte er erklärt.

Wir gingen noch einmal ihre gesamten Daten und Dateien durch. Doch außer ein paar harmlosen Familien- und Urlaubsfotos fanden wir nichts, was unsere Theorie bestätigt hätte.

Schließlich klappte Lars enttäuscht den Notebookdeckel zu. Er leerte sein Glas in einem Zug und stellte es auf den Tisch.

»Es ist spät. Ich geh' dann mal.«

Bob und ich brachten ihn zur Tür.

Im Flur blieb Lars stehen, kraulte Bob und zog mich an seine Brust.

»Ich bin so froh, dass euch beiden nichts Schlimmeres passiert ist. Sei vorsichtig und ruf mich sofort an, wenn etwas ist, ok?«

»Mhm.«

Ich machte mich schnell los und öffnete ihm die Wohnungstür.

Lars war schon unten an der Haustür, als er sich noch einmal umdrehte. Seine grünen Augen funkelten belustigt.

»Was ich dir schon den ganzen Abend sagen wollte: Deine neue Frisur steht dir ausgezeichnet. Passt auch besser zu dem blauen Auge und der roten Nase.«

Dieser unverschämte Kerl! Wenn mein Gesicht nicht beim Bücken noch mehr weh getan hätte, hätte ich ihm einen Schuh nachgeworfen.

Kaum lag ich im Bett, kreisten wieder tausend Gedanken durch meinen Kopf. Mit jeder Minute, die ich wach lag, kristallisierte sich ein schrecklicher Verdacht immer deutlicher heraus: Im Gegensatz zu Tim und dem Alkoholiker, die zwar gesehen hatten, wie wir Yaras Notebook geklaut hatten, war Lars der Einzige, der gewusst hatte, dass es in meiner Wohnung war.

War seine Sorge um mich nur ein Vorwand gewesen, um an das Notebook zu kommen? War er in Wirklichkeit nur, bestens vorbereitet mit dem Ladekabel, vorbeigekommen, um selbst an Yaras Notebook zu gelangen, weil der Einbrecher, den er gestern zu mir geschickt hatte, das falsche mitgebracht hatte? Dass er gerne mal jemanden mit illegalen Sachen beauftragte, war ja hinreichend bewiesen.

Wenn ich nicht schon so geschlagen gewesen wäre, hätte ich mich noch einmal geohrfeigt.

Im selben Moment kamen mir Zweifel. Ich konnte einfach nicht glauben, dass der neue Lars Engelmann so abgebrüht war, bei mir einbrechen zu lassen, um danach teilnahmsvoll hier zu erscheinen.

Andererseits war es ja nicht vorherzusehen gewesen, dass ich den Einbrecher überrascht hatte. Wenn alles normal abgelaufen wäre und er das richtige Notebook mitgenommen hätte, hätte ich wahrscheinlich gar nicht gemerkt, dass bei mir eingebrochen worden war.

Vielleicht hatte Lars den Einbruch wirklich beauftragt und nun tat es ihm leid, dass ich dabei zu Schaden gekommen war. Andererseits, wenn er mich heute ganz offen nach Yaras Notebook gefragt hatte, warum hatte er dies nicht schon vorher getan?

34

Am nächsten Abend ertönte der noch ungewohnte Klingelton des neuen Mobiltelefons in zehn Minuten Abständen. Jedes Mal war Lars' Nummer auf dem Display. Hätte ich doch nur meine Rufnummer unterdrückt, als ich ihn gestern zurückgerufen hatte! Der Mann war ja noch lästiger als der Kaffeevollautomat in unserem Büro, bei dem auch ständig irgendein Kontrolllämpchen aufleuchtete.

Meine Gefühle schwankten zwischen Dankbarkeit, dass sich jemand Sorgen um mich machte und Zweifel daran, wie ehrlich seine Absichten waren. Wann machte die Polizei bloß endlich Yaras Mörder dingfest und ich konnte wieder ohne Schrecken leben?

Beim vierten Anruf nahm ich ab. Lars würde ja doch nicht aufgeben und kam womöglich sogar noch hierher, wenn ich nicht antwortete.

»Nett, dass du dir Sorgen um mich machst, aber es ist alles in Ordnung. Du kannst also aufhören, mich alle zehn Minuten anzurufen«, sagte ich und legte auf.

Nach wenigen Sekunden klingelte es zum fünften Mal. Diesmal nahm ich nicht ab. Kurz darauf piepste es - eine Sprachnachricht war eingegangen. Vielleicht gab es ja Neuigkeiten über den Stand der polizeilichen Ermittlungen und ich war endlich von meinen Angstzuständen erlöst?

Neugierig hörte ich die Nachricht ab.

Lars' Stimme klang höflich: »Janin, ich werde dich selbstverständlich in Ruhe lassen, wenn du das möchtest. Es tut mir so leid, was mit dir passiert ist und das Mindeste was ich tun kann, ist ..., also ich wollte nur sicher sein, dass alles mit dir ok ist. Aber ich bin ja nicht mehr das unsensible Ekel, das ich nach Marlens Tod war. Ich will dich nicht belästigen, wenn du nicht mit mir sprechen willst.«

Täuschte ich mich oder hatte seine Stimme beim letzten Satz gezittert? Ich war nun ebenfalls den Tränen nah. Erst vor Kurzem hatte ich mich in Patrick getäuscht. Wie konnte ich da sicher sein, dass Lars, den die Polizei immer noch als Mörder verdächtigte, mir nicht auch etwas vorspielte? Andererseits liebte Bob ihn, und wenn ich überhaupt noch auf irgendetwas vertraute, war es der Instinkt meines Hundes.

Lars hatte sich ja tatsächlich in letzter Zeit vom unnahbaren Macho in einen Mann mit Gefühlen verwandelt. Er war zweimal ganz selbstverständlich für mich da gewesen, als ich Hilfe gebraucht hatte. Dankbar erinnerte ich mich, wie er Bob und mich in Hinterkleinhofen aus der Kälte der Nacht gerettet hatte und wie er mir gestern seine Schulter angeboten hatte, damit ich mich daran ausweinen konnte.

Ich entriegelte mein Handy und drückte auf den entgangenen Anruf, um mich bei ihm zu entschuldigen.

Lars nahm bereits nach dem ersten Klingeln ab: »Janin.«

Es klang erleichtert.

»Danke für deine Nachricht«, fing ich an, »und entschuldige, dass ich vorhin so unfreundlich war. Morgen Abend kommen meine Eltern aus Teneriffa zurück und ich soll sie vom Flughafen abholen und ich weiß nicht, wie ich ihnen erklären soll, warum ich so aussehe und ...«

Ich brach mit tränenerstickter Stimme ab. Himmel, jetzt heulte ich ihm schon wieder die Ohren voll! Doch Lars reagierte so verständnisvoll wie der Besitzer eines Welpen, der schon wieder auf den Teppich gepinkelt hat.

»Das ist alles nur meine Schuld. Es tut mir so leid. Ich hätte dich nie in meine Probleme reinziehen dürfen.«

»Schon gut«, schniefte ich tapfer, »lass uns nicht mehr davon reden. Ich will versuchen, das alles zu vergessen und nach vorne zu schauen.«

»Einverstanden. Lass uns einen Schlussstrich unter die Vergangenheit ziehen und ab jetzt einfach Freunde sein. Du, ich wollte gerade in den Hirschen fahren. Hast du auch Hunger? Möchtest du mitkommen? Aber wenn du keine Lust hast, ist das auch okay.«

Ich zögerte.

Was stellte er sich unter 'Freunde sein' vor? Dass er mich immer dann anrief, wenn er keine Lust hatte, alleine in sein Provinznest zu fahren, während er sich mit seiner Vorzeigefrau in den schicken Restaurants der Frankenmetropole sehen ließ? Ob sie überhaupt wusste, dass es mich gab?

Ich war mir nicht sicher, ob mir die Rolle, die er mir zugedacht hatte, gefiel. Andererseits musste ich dringend meine kaputte Seele kitten und ein weiterer Abend, an dem ich alleine hinter meiner zweimal abgesperrten Tür zuhause grübelte, war da wenig hilfreich. Außerdem würden wir uns sowieso aus den Augen verlieren, sobald der Fall Yara aufgeklärt und - für oder gegen Lars - entschieden worden war. Im Alltag trennten den Millionär und mich Lichtjahre.

»Ok«, sagte ich schließlich.

»Prima«, freute sich Lars, »dann hole ich euch ab.«

Kaum hatten wir aufgelegt, klingelte mein Festnetztelefon. Misstrauisch beäugte ich die mir unbekannte Nummer und entschied, sie zu meiner Sprachbox gehen zu lassen. Nur für den Fall, dass jemand mit Springerstiefeln am anderen Ende der Leitung überprüfte, ob ich zuhause war.

Tapfer drückte ich wenig später die Kurzwahltaste, um die Nachricht, die der Anrufer hinterlassen hatte, abzuhören. Falls etwas Schlimmes drohte, würde Lars gleich hier sein und konnte mir helfen.

Ich atmete auf, als die Stimme von Frau Müller aus dem Lautsprecher krächzte.

Die alte Dame war ganz aufgelöst: »Frau Kommissarin, ich habe gerade aus dem Fenster geschaut und da ist unser Hausmeister in ein Polizeiauto eingestiegen! Wie lange bleibt der denn weg? Die Glühbirne bei mir im Flur ist doch kaputt, wer wechselt mir die denn jetzt? Und wie soll ich denn ...«

Ich unterbrach die Verbindung und legte den Hörer zurück auf die Station.

Stalker Tim war also nach Garrys Aussage tatsächlich festgenommen worden. Mir fiel wieder ein, wie er davon gesprochen hatte, dass er an Tolgar Atasoys Stelle dem Komplizen, der dem unschuldigen Türken das Kokain ins Handschuhfach gelegt hatte, den Hals umgedreht hätte und ich fröstelte. Ob die Polizei wohl diesmal den Richtigen erwischt hatte? Bedeutete das, dass ich jetzt aufatmen konnte, falls Tim wirklich derjenige gewesen war, der mich überfallen hatte?

Ob Lars wohl schon wusste, dass Tim von der Polizei abgeholt worden war? Bestimmt wusste zumindest seine Anwältin Bescheid. Aber ich würde ihn heute Abend nicht danach fragen. Erstens hatten wir gerade beschlossen, die Vergangenheit ruhen zu lassen, und zweitens bedeutete Tims Verhaftung noch lange nicht, dass er schuldig und Lars vom Haken war.

Für das Essen mit ihm konnte ich die Jeans und das T-Shirt, das ich trug, anlassen. Das einzige was ich tat, war, mir eine dicke Schicht Make-up ins Gesicht zu schmieren, mit der Michelangelo die komplette Sixtinische Kapelle hätte grundieren können.

Kaum hatte ich meine Restaurierungsarbeiten beendet, klingelte es auch schon.

»Hi«, sagte Lars, der ebenfalls lässig in Jeans, T-Shirt und Sneakers gekleidet war.

Dazu trug er wieder die Lederjacke, die ich schon kannte.

»Hi«, antwortete ich und ließ ihn herein.

Nach der stürmischen Begrüßung zwischen Bob und Lars standen wir verlegen voreinander.

»Ok, dann lass uns gehen«, unterbrach Lars die peinliche Stille und drehte sich zur Tür.

Anscheinend ging seine Vorstellung davon, Freunde zu

sein, nicht so weit, dass er mir zur Begrüßung ein Rechts-Links-Küsschen auf die Wange drücken wollte.

Was mir sehr recht war.

Lars hatte seinen SUV in zweiter Reihe geparkt. Zuerst ließ er Bob durch die hintere Tür in den Kofferraum einsteigen, dann öffnete er mir die Beifahrertür. Ich rutschte auf den Ledersitz und schnallte mich an.

Während er uns sicher über die kurvigen Landstraßen chauffierte, lief im Radio ein Sender, der Rock der 80er spielte. Wir grooviten schweigsam im Takt der Musik.

Ich tat, als beobachtete ich konzentriert, wie die Sonne auf der Fahrerseite am Horizont unterging. In Wirklichkeit jedoch betrachtete ich Lars. Für einen Mann, der immer noch des Mordes verdächtigt wurde, wirkte er ziemlich entspannt. Es hatte eben Vorteile, wenn man Leute dafür bezahlte, dass sie sich um die unangenehmen Dinge des Lebens kümmerten.

Anscheinend war er beim Friseur gewesen, denn seine Haare waren ein paar Zentimeter kürzer, was ihm ebenfalls gut stand. Ob er das seiner Freundin zuliebe getan hatte? Ob er sie mir wohl jemals vorstellen würde? Vielleicht täuschte ich mich ja, und sie war gar keine aufgetakelte Oberklassentussi und wir konnten sogar Freundinnen werden. Aber eigentlich war ich alles andere als scharf darauf, in die Welt der Reichen und Schönen einzutauchen. Bestimmt war es nett, wenn man sich alles leisten konnte, doch ich stellte es mir superanstrengend vor, immer perfekt sein zu müssen, weil man überall Gefahr lief, von irgendjemandem erkannt zu werden.

Trotzdem machte es mich traurig, dass ich nur der Notgroschen war, den der Millionär mit aufs Land nahm.

Da es um diese Zeit schon kühl geworden war, war der Biergarten des Goldenen Hirschen bereits leer.

»Was gefällt dir eigentlich so gut hier?«, wollte ich wissen, als wir durch den knirschenden Kies zur

Eingangstür gingen. Ich verkniff mir, ein »in diesem Kuhdorf« anzuhängen.

»Ich bin hier bei meinen Großeltern aufgewachsen«, erklärte Lars. »Ich mag die Ruhe und die Abgeschiedenheit auf dem Land und liebe es, dass die, die mich kennen, in mir nicht den Geschäftsmann sehen, sondern den Lars von früher. Aber bestimmt ist Hinterkleinhofen für dich nur ein hässliches Provinznest. Das nächste Mal gehen wir da hin, wo du willst. Versprochen.«

Ich zuckte zusammen. Hatte er etwa tatsächlich vor, sich mit mir in der Großstadt sehen zu lassen?

Lars legte - genauso wie er es neulich bei seiner schicken Begleitung im Valontano's gemacht hatte - andeutungsweise den Arm um meine Hüfte und dirigierte mich durch die Eingangstür, die er mit der anderen Hand öffnete.

Im Gasthof war heute Abend nur der Stammtisch besetzt. Vier Männer spielten dort Karten und diskutierten dabei lautstark. Keiner kümmerte sich um uns, als wir uns an einen Tisch in der anderen Ecke des Gastraums setzten.

Ich nahm auf der Bank Platz und Lars setzte sich auf den Stuhl gegenüber. Bob, der sich inzwischen im Goldenen Hirschen zuhause zu fühlen schien, streckte sich wie ein Eisbärenfell vor unserem Tisch aus.

»Weißt du schon, was du willst?«, erkundigte sich Lars und winkte, als ich nickte, nach der Bedienung, die prompt über Eisbär Bob stolperte.

Ich bestellte den obligatorischen Salatteller, Lars ein Schnitzel mit und eines ohne Pommes frites.

»Die Domina, die sie hier haben, ist sehr gut«, grinste Lars und wir bestellten zwei Gläser des fränkischen Rotweins.

»Weißt du, was komisch ist, Janin?«, begann er, als die Dominas vor uns standen. »Es fühlt sich an, als ob wir uns schon ewig kennen, obwohl ich gar nicht viel über dich weiß. Erzähl mir was von dir.«

Hmm, was sollte ich jemandem erzählen, der in ganz anderen Sphären als ich schwebte? Dass ich Woche für Woche damit kämpfte, Aufträge an Land zu ziehen, um Bob und mich durchzufüttern? Dass ich immer noch nicht wusste, ob ich jemals meiner besten Freundin Jill oder meinen Eltern von ihm erzählen würde, weil ich mir nicht sicher war, wie ich unsere so merkwürdige Beziehung erklären sollte? Dass ich Lars Engelmann, der sich vom selbstverliebten Chauvi zum netten Kerl gewandelt hatte, immer noch nicht hundertprozentig über den Weg traute?

Ich beschloss, die unverbindliche Small-Talk-Schiene zu fahren, und erzählte, welche Filme ich mochte.

Natürlich gab es keinen, den Lars nicht gesehen hatte. Er kannte sogar meinen Lieblingsfilm 'Tote tragen keine Karos'.

»Erinnerst du dich noch an die 'Cleaning woman'-Szene?«, grinste ich.

Lars stutzte.

»Cleaning woman?«, fragte er nach und legte den Kopf schief. Sein Gesicht hatte urplötzlich einen so merkwürdigen Ausdruck angenommen, dass ich schaudernd zurückwich.

»Cleaning woman?«, knurrte er noch einmal und sein Mund verzog sich zu einer hässlichen Fratze.

Er atmete schwer. Mit einer ärgerlichen Armbewegung schob er den Salz- und Pfefferstreuer zur Seite und lehnte sich über den Tisch. Sein Gesicht war nun nur noch eine Armlänge von meinem entfernt. Ich saß wie versteinert auf der Bank, unfähig, zurückzuweichen.

»Cleaning woman!«, zischte er wieder durch die Zähne und sein irrer Blick ließ keinen Zweifel daran, was er gleich tun würde.

Wie in Zeitlupe bewegten sich seine Hände auf meinen Hals zu.

Lars sah die Todesangst in meinen Augen und stoppte.

»Bitte entschuldige, Sherlock, es tut mir so leid. Es sollte lustig sein. Aber ich bin wohl kein Steve Martin.«

»Schon gut. Ich bin nur ein bisschen schreckhaft zurzeit.«

Zur Beruhigung kippte ich den Rest meines Rotweins herunter.

Lars machte eine Handbewegung in Richtung Theke.

Die Bedienung näherte sich im weiten Bogen um das Eisbärenfell unserem Tisch und stellte, ohne etwas zu verschütten, ein zweites Glas vor mich hin.

Als sie auf dem Rückweg wieder über Bob stolperte, hob Lars sein Glas.

»Cheerio, Miss Sophie.«

»Sir Toby. Mr. Pommeroy. Mister Winterbottom. Admiral von Schneider. Skål!«, parierte ich und wir stießen grinsend unsere Gläser aneinander.

Ob er mit seiner neuen Schnalle auch solche Filme anguckte? Ich konnte sie mir eher in der Oper als im Kino vorstellen, aber 'Sex and the City' mochte sie bestimmt auch. Ich brannte darauf, mehr über sie zu erfahren.

»Jetzt bist du dran«, forderte ich ihn daher auf. »Erzähl mal was über dich.«

»Ok«, sagte Lars und legte los.

Seine Augen glänzten wie die eines Teenagers, als er von seiner ersten großen Liebe, einem Nachbarschaftskino, erzählte, das er schon mit achtzehn eröffnet hatte.

»Und irgendwie wurde daraus ein Kinoimperium.« In seine Pupillen trat das öde Graugrün einer Dollarnote. »Vom Filmfreak zum Millionär. Ich kann das immer noch nicht glauben.« Plötzlich leuchteten seine Augen wieder wie eine Frühlingswiese. »Das Schöne daran ist, dass ich jetzt Start-ups und Hilfsprojekte, die mir sehr am Herzen liegen, fördern kann. Wenn du willst, erzähle ich dir, welche.«

Das war ja sehr löblich. Doch im Moment interessierte mich seine neue Flamme mehr als seine flammende Leidenschaft für wohltätige Zwecke.

»Was hast du denn in den letzten Wochen so gemacht, wenn du nicht gerade irgendwo eingebrochen bist?«, fragte ich neugierig.

Nun kam er nicht mehr drum herum, mir von seiner neuen Liebschaft zu erzählen!

»Du wirst enttäuscht sein, wenn du das hörst«, erwiderte Lars auch prompt.

Natürlich, kaum ging es um Frauen, kam der alte Macho wieder durch. Er bildete sich wohl tatsächlich ein, ich wäre enttäuscht oder gar eifersüchtig, dass er sich postwendend eine andere geangelt hatte!

»Unter der Woche komme ich meistens erst spät heim«, fuhr er fort. »Dann schaue ich Nachrichten, gucke mir einen Film an oder lese. Und am Wochenende fahre ich am liebsten irgendwo in die Natur und denke einfach mal an nichts.«

Hatte ich wirklich angenommen, Mister Unnahbar würde sein Liebesleben vor mir ausbreiten? Noch deutlicher hätte er nicht sagen können, dass mich das nichts anging.

Ich griff zu meinem Glas und stellte es enttäuscht wieder zurück. Irgendjemand musste es in den vergangenen Minuten ausgetrunken haben.

Lars schien sich durch meinen Gesichtsausdruck bestätigt zu fühlen, denn er lachte: »Ich habe doch gesagt, du wirst enttäuscht sein. Total langweilig, was? Weder teure Partys noch Segeltörns, oder was man sonst von einem reichen Knacker erwartet.«

Er machte wieder eine Handbewegung zur Theke. Die Bedienung lief mit einem weiteren Weinglas los und stieg diesmal vorsichtig über Bob.

Lars begann, von seinen Reisen zu erzählen. Ein abenteuerlustiges Regenwaldgrün glühte in seinen Pupillen, als er davon schwärmte, wie er mit einem Jeep Südost-Asien erkundet hatte.

»Das hab ich auch schon gemacht! Nur mit dem Rucksack und der Bahn!«, rief ich begeistert.

Ich hatte den Flug nach Thailand ganz spontan gebucht, gleich nachdem Patrick mich verlassen hatte.

Patrick. Ein eiskalter Stich zuckte durch mein Herz.

Doch heute Abend hatte ich keine Zeit, in dunkle Gedanken zu verfallen. Ich hing an Lars' Lippen und hörte die Tuk Tuks in den Straßen von Bangkok hupen, während der Grillgeruch der Hühnerfüße auf den Straßengrills mir in die Nase stieg.

»Leider habe ich schon ewig keinen Urlaub mehr gemacht«, seufzte Lars, als unser Essen kam.

»Ich auch nicht«, bedauerte ich.

Unsere Blicke trafen sich. Seine Augen waren nun so grün wie das Meer vor Ko Phi Phi. Diese Augen. Wie schnell sie chamäleonartig den Farbton wechseln konnten. Hypnotisiert wie eine Kobra in einer thailändischen Schlangenfarm starrte ich in seine Pupillen.

Die Kobra. Garry. Der Mord.

Es war alles ganz weit weg.

Diese Augen. Es war unmöglich, sich ihrem Bann zu entziehen.

Erst als Lars sich nach unten beugte, um Bobs Schnitzel auf den Boden zu stellen, erwachte ich aus meiner Trance. Wir beobachteten belustigt, wie meine unersättliche Fellnase die klein geschnittenen Fleischstücke einsaugte wie ein Laubsauger.

»So einen besten Freund könnte ich auch gebrauchen«, meinte Lars, während er mir ein Paar des mit Servietten umwickelten Bestecks reichte. »Erfolg macht einsam.«

Wie elektrisiert zuckte ich zusammen, als sich unsere Fingerspitzen berührten.

»Guten Appetit«, sagte Lars und wickelte Messer und Gabel aus.

»Guten Appetit«, antwortete ich, froh, dass ich in den nächsten Minuten auf meinen Teller schauen konnte.

Ich sollte mich wirklich mehr zurückhalten. Nicht nur, was den Wein betraf. Vor allem musste ich aufhören, Lars anzustarren wie die Märchenkönigin ihren Zauberspiegel.

Als unsere Teller abgeräumt wurden, orderte er unter

meinem Protest eine vierte Domina, während er für sich selber ein Wasser bestellte. Er hatte mich definitiv in die Alkoholiker-Schublade gesteckt.

Ich schob das Glas demonstrativ von mir und sah verstohlen auf die Uhr: Schon zehn. Im Augenwinkel bemerkte ich, wie Lars' Blick auf der Suche nach meinem herumwanderte. Nein, ich durfte ihm auf keinen Fall in die Augen schauen. Überhaupt sollten wir jetzt besser gehen. Wir waren inzwischen die einzigen Gäste und seit ich mir vorgenommen hatte, mich zu benehmen, saßen wir voreinander wie ein Ehepaar, das gerade die Scheidungspapiere eingereicht hatte.

Ich hielt den Blick eisern auf die Tischplatte geheftet, doch ich konnte spüren, dass er mich noch immer ansah. Plötzlich fiel mir ein, warum: Er wollte mir bestimmt nur dezent zu verstehen geben, dass ich endlich austrinken sollte, damit wir gehen konnten. Den Gefallen konnte ich ihm gerne tun. Doch nach all der Flüssigkeit musste ich zuerst Platz schaffen.

»Entschuldige mich bitte«, bat ich daher und rutschte von der Bank.

Als ich zurück an den Tisch kam, setzte ich mich mit gesenktem Blick und nahm den ersten großen Schluck. Noch drei und wir konnten gehen. Nur nicht mehr in seine Augen sehen!

Sekunden später verschwamm der Gastraum vor meinem Gesicht. Bleierne Müdigkeit überfiel mich. Mein Kopf kippte auf meine Brust.

Das Letzte, was ich wahrnahm, war, wie Lars mich an der Schulter hochzog und gegen die Rückwand der Eckbank lehnte. Dann bewegte er seine Hand prüfend vor meinem Gesicht hin- und her. Dass ich weggetreten war, schien ihn nicht weiter zu beunruhigen.

Anscheinend hatte er es erwartet.

35

Als ich wieder aufwachte, war es hell. Ich lag im Bett, aber es war nicht mein Bett. Ich richtete mich verwirrt auf. Wo war ich?

Zum Glück auch nicht in Lars Engelmanns Bett, denn wie das Schlafzimmer eines Millionärs sah dieser einfache, unmoderne Raum nicht gerade aus.

Ich atmete erleichtert auf.

Das Bett aus hellem Eichenholzimitat war ein Doppelbett. Die Seite neben mir war leer und die Bettdecke zurückgeschlagen.

Ich entdeckte Bob, der auf einer Decke am Fußende lag und einen Morgengruß wedelte.

Auf beiden Seiten des Bettes standen Nachttische. Auf meinem befand sich ein altmodischer Digitalwecker, der sieben Uhr vierundfünfzig anzeigte.

Es sah so aus, als ob ich in einer in die Jahre gekommenen Pension gelandet war. Mühsam versuchte ich, mich an den gestrigen Abend zu erinnern. Hinterkleinhofen. Der Goldene Hirsch. Wir hatten gegessen und über Filme geredet.

Danach hatte ich einen Filmriss.

Irgendwo hinter einer Wand ertönte das Geräusch von laufendem Wasser. Jemand nahm dort eine Dusche. Sofort brach Panik in mir aus. War das Lars? Hatte ich die Nacht etwa mit ihm verbracht? Das durfte doch nicht wahr sein! Meine Beine waren nicht rasiert und mit meinem verschmierten Make-up, dem blauen Auge und der roten Nase hätte ich jeden Bewerber für einen Job in der Geisterbahn ausgestochen. Ganz davon abgesehen, dass er liiert und ich, nach der Pleite mit Patrick, alles andere als bereit für eine neue Partnerschaft war!

Erschrocken hob ich die weiße Damastdecke. Ich war in BH und Unterhose.

Was war passiert?

Warum konnte ich mich an nichts mehr erinnern?

Das Pochen, das mir fast die Schläfen zerriss, war das eindeutige Zeichen eines tierischen Katers. Doch das komische Gefühl, das in elektrisierenden Schüben durch meine Herzgegend zuckte, wenn ich an den gestrigen Abend dachte, hatte ich so noch nie gehabt.

Hatte Lars mich betrunken gemacht, oder noch schlimmer, mir etwas in den Wein getan, um mich willenlos zu machen? K.O.-Tropfen! Bestimmt waren es K.O.-Tropfen gewesen, die Lars Engelmann mir verabreicht hatte! Daher war ich auf einmal so müde geworden! Das Schwein hatte mich betäubt und dann meinen Zustand schamlos ausgenutzt, um mich ins Bett zu kriegen!

Das Wasserrauschen verstummte und die Tür einer Duschkabine wurde zurückgeschoben. Wie vor den Kopf geschlagen sprang ich aus dem Bett, riss meine Jeans und meine Handtasche von dem altmodischen Stuhl neben dem Resopal Tisch vor dem Fenster und schlüpfte in meine Sneakers, ohne darauf zu achten, dass ich dabei die hinteren Kappen heruntertrat.

»Los, komm«, zischte ich Bob an, der gähnte und sich unwillig auf den Rücken drehte.

Ohne mich mit dem Karabinerhaken an seinem Halsband aufzuhalten, schlang ich die Leine in einer losen Schlaufe um seinen Hals, zerrte ihn zur Tür und schlurfte mit der Jeans und meiner Handtasche im Arm in den Flur.

Wir gelangten unbeobachtet ins Erdgeschoss und von dort aus durch die Hintertür ins Freie. Erst hinter einem Geräteschuppen stoppte ich, um in meine Jeans zu steigen und die Sneakers richtig anzuziehen.

Dann hetzten wir zur Bushaltestelle.

Wie ein Senior auf der Flucht aus dem Pflegeheim tigerte ich vor dem leeren Wartehäuschen hin und her und betete, dass im morgendlichen Berufsverkehr ein Bus kommen würde, bevor mein Betreuer merkte, dass ich weg war. Hoffentlich nahm Lars an, dass wir beim Morgengassi waren und machte sich nicht auf die Suche.

Endlich fuhr ein Bus nach Erlangen vor.

Gerettet!

Am Erlanger Hauptbahnhof konnten wir in die S-Bahn nach Nürnberg umsteigen. Ich kaufte zwei Fahrkarten und wir setzten uns in die hinterste Reihe.

Der Bus fuhr an und ich beobachtete erleichtert, wie die Häuser des Provinznests, das ich in meinem Leben nicht wieder betreten würde, an mir vorbeizogen.

Während der Fahrt zermarterte ich mein Hirn, um mich an den gestrigen Abend zu erinnern. Doch alles, was ich nach unserem harmlosen Essen in Erinnerung hatte, war, wie ich schlagartig müde geworden war und Lars vor meinen Augen herumgefuchtelt hatte.

Wie war ich in das Zimmer im ersten Stock des Gasthofs gekommen? Hatte er mir tatsächlich etwas eingeflößt, um mit mir zu schlafen? Nein, ich konnte nicht glauben, dass er, gerade als ich angefangen hatte, ihm zu vertrauen, mich so ausgenutzt hatte!

Und doch sprachen die Tatsachen gegen ihn.

Zuhause sprang ich unter die Dusche und rubbelte unter Tränen allen Schmutz der letzten Nacht von meiner Haut. Dann legte ich eine neue Lage Make-up auf und packte Schokokekse, Hundefutter und eine Flasche Wasser in einen Rucksack. Bob und ich würden den Rest des Tages weit weg von meiner Wohnung verbringen. Die Gefahr, dass Lars bei mir auftauchte, war einfach zu groß. Mein Handy schaltete ich aus. Ich hatte immer noch keine Ahnung, was genau passiert war, aber irgendetwas hatte er mit mir gemacht. Außerdem war er immer noch einer der Hauptverdächtigen in einem Mordfall.

Mehr als genug Gründe also, um sich vor ihm in Acht zu nehmen.

Wir fuhren über fünfzig Kilometer in die entgegengesetzte Richtung von Hinterkleinhofen, wo Engelmann uns garantiert nicht vermutete. Dort machten Bob und ich einen langen Spaziergang, bei dem ich peinlich darauf achtete, nicht die Orientierung zu verlieren.

Nach zahlreichen Pausen, die ich bei meinem desolaten Zustand dringend nötig hatte, kehrten wir gegen Mittag in einem Gasthof ein. Ich bestellte uns sechs Nürnberger Rostbratwürstchen, die Bob mit seinem üblichen Gusto inhalierte, während ich an einem Mineralwasser nippte. Das Kraut und das Brot ließen wir zurückgehen. Mein Magen war wie zugeschnürt. Nicht einmal die Schokokekse aus meinem Rucksack wollte ich anrühren.

Den Nachmittag verbrachten wir auf einer Wiese.

Als es kühler wurde, überlegte ich, ob es sicher war, heimzufahren. Oder doch lieber in ein Hotelzimmer? Nein, dieser Gedanke weckte schreckliche Erinnerungen. Dann schon lieber im Auto schlafen. Morgen würde ich jedenfalls zu meinen Eltern ziehen.

Meine Eltern! Die hatte ich ja ganz vergessen!

Um sechs Uhr kamen sie an und ich musste sie vom Flughafen abholen. Sie mussten mittlerweile bereits in der Luft sein und ich war den ganzen Tag telefonisch nicht erreichbar gewesen. Meine Mutter, die immer kurz vor dem Abflug noch einmal anrief, war bestimmt schon krank vor Sorge!

Schnell schaltete ich mein Handy ein und wartete ungeduldig, bis es hochfuhr. Tatsächlich: Zweiundzwanzig Anrufe in Abwesenheit und fünf Sprachnachrichten waren seit heute Morgen eingegangen. Ein Anruf und eine Nachricht war von meiner Mutter, die sich besorgt erkundigte, warum ich nicht ans Telefon ging und ob es klappte, dass ich sie abholte.

Die anderen waren von Engelmann. Ich löschte sie, ohne sie abzuhören.

Ich heizte durch den angehenden Berufsverkehr zurück in die Stadt. Vor meiner Wohnung stoppte ich in zweiter

Reihe, um Bob hinein zu lassen. Ich wollte noch kurz einkaufen fahren, damit meine Eltern bei ihrer Heimkehr etwas zu essen hatten.

Als ich meine Haustür aufdrückte, schlug mir ein seltsamer Geruch entgegen. Was hatte die afghanische Familie aus dem zweiten Stock denn heute bloß wieder gekocht? Ich wollte gerade auf den Türfeststeller treten, um frische Luft hereinzulassen, als Bob anfing, hysterisch zu bellen.

Sofort schalteten meine inneren Antennen auf Alarmstufe Rot.

Noch bevor ich mich umdrehen und wieder hinausrennen konnte, trat jemand hinter der Tür hervor und presste ein Stück Stoff mit einer übel riechenden Flüssigkeit auf meine Nase. Alles um mich herum fing an, sich zu drehen.

»Bob!«, schrie ich noch und sah, wie er auf den Angreifer zusprang.

Dann sank ich auf den Boden. Ich spürte, wie mich jemand unsanft wieder hochriss und in Richtung Treppe schleifte, doch wehren konnte ich mich nicht.

36

Als ich das Bewusstsein wiedererlangte, war es immer noch dunkel um mich herum. Doch diesmal lag ich nicht, ich befand mich in aufrechter Position. Wenn der schmale Spalt unten an meinen Wangen, durch den ein wenig Helligkeit drang, nicht täuschte, saß ich auf einem Stuhl an meinem Esstisch.

Ich nahm das bisschen, das ich sehen konnte, nur durch einen Schleier wahr. Mir war fürchterlich schlecht. Noch immer steckte dieser üble Geruch in meiner Nase. Reflexartig wollte ich mir ins Gesicht fassen, doch ich konnte meine Hände nicht losmachen. Sie waren hinter meinem Rücken an den Stuhl gebunden.

Höllenangst überfiel mich und wie auf Kommando begann mein Körper, schrecklich zu zittern. Alles war still, aber war ich wirklich alleine? War derjenige, der mir das angetan hatte, noch in meiner Wohnung? Die Ungewissheit brachte mich fast um den Verstand.

Für eine gefühlte Ewigkeit saß ich nur da und zitterte. Sonst passierte nichts. Nur, dass das Zittern mit jeder Sekunde, die verstrich, stärker wurde. Die Gedanken rasten durch meinen Kopf. Ich hatte die schreckliche Vorahnung, dass derjenige, der mich an den Stuhl gefesselt und mir eine Augenbinde umgelegt hatte, noch nicht fertig war mit mir.

Ich war ihm hilflos ausgeliefert.

Wer hatte das getan?

Tim war verhaftet worden. War es also Lars? Was wollte er? Mich umbringen?

Horrorvisionen zogen durch meinen Kopf. Ich war das Opfer eines Verrückten. Er würde mich jetzt quälen, bis ich viele Stunden später jämmerlich an meinen Verletzungen zugrunde ging.

Tränen schossen in meine Augen. Mein Herz pochte so heftig, dass es mir den Atem raubte. Das Blut pulsierte wie verrückt in meinem Brustkorb und ich zitterte, wie ich noch nie in meinem Leben gezittert hatte. Dazu kam dieser grauenhafte Geruch. Ich hyperventilierte, hustete und würgte. Gleich würde ich ohnmächtig werden.

Doch mein Körper hatte beschlossen, nicht so einfach aufzugeben. Er gönnte es mir nicht, mich meiner ausweglosen Situation zu entziehen.

»Hast du Angst?«, fragte eine heißere Männerstimme und ich zuckte zusammen.

Die Stimme kannte ich, auch wenn sie jetzt anders klang. Wem gehörte sie? Ich kam einfach nicht darauf. Die Todesangst lähmte mein Denkvermögen.

»Bob«, nuschelte ich verzweifelt, doch was herauskam, war nur ein weinerlicher Laut.

Wo war er?

»Halt die Fresse.«

Die Stimme kam von der anderen Seite meines Wohnzimmers. Der Mann schien irgendwo in der Nähe meiner Küchenecke zu stehen.

Die erste Träne tropfte nun unter meiner Augenbinde hervor und lief mir über die Wange. Ich zog die Nase hoch und fing an, stoßweise zu schluchzen.

»Du sollst die Fresse halten, hast du nicht verstanden?«, fuhr er mich in schärferem Ton an. »Ob du das verstanden hast, will ich wissen! Antworte mir gefälligst.«

»J... Ja«, jammerte ich und konzentrierte all meine Kräfte darauf, das Schluchzen einzustellen, bevor der Verrückte komplett ausrastete.

»Ich hab dir schon immer gesagt, du sollst die Fresse halten«, wiederholte er wie besessen, »aber du musstest ja den Bullen stecken, dass meine Alte sich verraten hat.«

Der besoffene Doktor!

Heute schien er besonders viel intus zu haben, denn er sprach einige Tonlagen tiefer und viel langsamer als sonst. Deswegen hatte ich seine Stimme nicht gleich erkannt.

»Die blöde Kuh«, fuhr er ungerührt fort. »Ich hab ihr immer wieder eingebläut, dass wir nicht zuhause waren, und was macht sie? Sagt zu dir, dass wir ferngesehen haben. Aber der habe ich es gegeben. Genau wie der Türkenschlampe. Und jetzt bist du dran.«

Er machte eine theatralische Pause, dann lachte er gehässig.

»Alle Weiber, die sich für so superschlau halten und nicht machen, was ich sage, kommen früher oder später dran!«

Das Blut gefror in meinen Adern. Der Kerl war komplett ausgerastet! Er hatte Yara und inzwischen wohl auch seine Frau umgebracht! Ich war die Nächste auf seiner Liste. Anscheinend war er immer noch von der fixen Idee besessen, dass ich ihn bei der Polizei verpfiffen hatte.

Ich würde sterben.

Hoffentlich ging es wenigstens schnell und er quälte mich nicht auch noch. Doch bevor ich aus diesem Leben schied, musste ich noch eines wissen.

»Wo ist mein Hund?«, krächzte ich mit einer Stimme, die nicht nach meiner eigenen klang.

Ich konnte seinen schlechten Atem riechen, als er näher kam, sich zu mir herunterbeugte und zischte: »Der Scheißköter hat mich gebissen.«

Bob! Mein mutiger kleiner Freund! Er hatte sich todesmutig auf einen Mörder gestürzt, der mindestens zehn Mal so groß war wie er und ihn heldenhaft gebissen!

Ich war kurz davor, wieder loszuheulen und dabei gleichzeitig hysterisch zu lachen. Bob war so ein tapferes Tier und ich war unendlich stolz auf ihn.

Der Gedanke an ihn verlieh mir Kraft.

»Wo ist er?«, wiederholte ich und war überrascht, wie ruhig meine Stimme klang.

»Hals umgedreht. Mülltonne. Scheißegal. Du wirst ihn sowieso nicht wieder sehen.«

Das Blut wich aus meinen Adern.

Das Schlimmste auf der ganzen Welt war geschehen.

Bob war tot.

Ein Adrenalinstoß schoss durch meinen Körper. Es

war nun nicht mehr die Angst vor meinem eigenen Tod, die mich steuerte, es waren eiskalte Rachegedanken.

Ich würde Bob rächen.

Es war das Letzte, was ich für ihn tun konnte, bevor ich ihm auf die andere Seite folgte.

Ich war alleine mit einem verrückten Mörder, konnte nichts sehen und meine Hände waren auf dem Rücken gefesselt. Aber er reagierte auf meine Worte. Und ich hatte als Werbetexter schon aussichtslose Kampagnen geführt. Wenn es mir irgendwie gelang, meine Fesseln abzubekommen, konnte ich in die Küche rennen und das große Fleischermesser holen.

Ich würde nicht eher aufgeben, bis das Schwein seiner gerechten Strafe zugeführt oder ich tot war!

»War es schwer für dich, die Türkenschlampe zu beseitigen?«, wiederholte ich seine eigene Formulierung und versuchte dabei zu ignorieren, dass meine Stimme zitterte.

Es blieb für eine Weile still.

Dann antwortete er: »Natürlich nicht.«

Er stieß ein schnaubendes Lachen aus.

»Wieso musstest du sie denn umbringen?«, forschte ich weiter.

Seine Antwort kam sofort: »Weil sie es herausgefordert hat. Man tötet Untermenschen ja nicht, wenn sie einem dienen. Aber die kleine Nutte hat mich einfach nicht rangelassen. Dabei hätten wir so viel Spaß zusammen haben können. Hübsch war sie ja.«

Wieder dröhnte sein irres Lachen in meinem Kopf. Dann wurde es still. Ich hörte, wie er anscheinend planlos in meinem Wohnzimmer hin- und herlief.

Fieberhaft überlegte ich meinen nächsten Schritt.

»Du willst Yara umgebracht haben?«, fragte ich höhnisch und fühlte Übelkeit in mir aufsteigen. »Das glaube ich dir nicht. Tim, euer Hausmeister, ist gestern verhaftet worden. Er ist der Mörder.«

Es dauerte ein paar Sekunden, bis diese Information in

seinem vom Alkohol benebelten Großhirn angekommen war. Dann kam er wieder näher. Dem Geruch nach musste er jetzt ganz dicht vor mir stehen.

Plötzlich schrie er los: »So ein Blödsinn. Ich habe die Schlampe die Treppe runter gestoßen. Ich war es! Ich!«

»Du? Das glaube ich dir nicht!« Ich war auch lauter geworden. »Du bist doch viel zu feige. Du hast doch Angst vor Frauen. Sonst hättest du mich nicht gefesselt und mir die Augen verbunden!«

»Ich, Angst vor Frauen?«, heulte er auf wie ein trotziges Kleinkind. »Du spinnst wohl!«

Er verlieh seinen Worten mit einer Ohrfeige Ausdruck, die meine Wange so stark traf, dass mein Kopf nach rechts geschleudert wurde.

Ein stechender Schmerz fuhr durch mein geschundenes Gesicht, doch statt eines Schmerzensschreis drang nur tiefes Stöhnen aus meiner Kehle. Bob war wieder vor meinem inneren Auge erschienen. Ein neuer Kraftschub durchströmte meinen Körper und betäubte meine Schmerzen. Ich durfte jetzt nicht aufgeben.

Nicht, bevor ich ihn gerächt hatte.

»Dann beweise mir, dass du keine Angst vor mir hast. Nimm mir die Augenbinde und die Fesseln ab!«

Er überlegte eine kurze Weile. Dann zischte er gefährlich leise: »Warum spreche ich überhaupt mit dir?«

Zwei kalte, schwitzige Hände legten sich langsam um meinen Hals.

»Du willst mich umbringen?«, stieß ich zornig hervor. »Dann schau mir dabei ins Gesicht! Oder traust du dich das auch nicht?«

»Natürlich traue ich mich das«, brüllte er und riss mir die Binde von den Augen.

Ich blinzelte, als die plötzliche Helligkeit meine Pupillen traf. Sein ekliger, feuerroter Glatzkopf war direkt vor mir. Sein Blick war glasig und hasserfüllt. Er legte seine Hände zurück an meinen Hals. Doch, statt sofort zuzudrücken, zögerte er eine entscheidende Sekunde, die mir neuen Auftrieb gab.

»Eine Frage habe ich noch«, plapperte ich schnell darauf los und blickte in seine rot unterlaufenen Augen. »Wie bist du eigentlich hier reingekommen?«

»Hahaha«, lachte er selbstverliebt. »Ich habe deinen Schlüssel beim Friseur aus deiner Jacke genommen. Ich wusste schon damals, dass ich dir mal einen Besuch abstatten muss, wenn du nicht spurst. Hast du gar nicht gemerkt, dass ich dir gefolgt bin? Du bist eben doch nicht so schlau, wie du denkst.« Er nahm die Hände von meinem Hals und legte sie stolz auf seine Brust. »Keiner ist so schlau wie ich.«

Inzwischen lief er wieder ziellos durch den Raum.

»In Blond hast du ja ganz gut ausgesehen. Wie ein echtes deutsches Mädchen.« Seine Stimme wurde scharf: »Ein böses Mädchen. Ich habe dich immer wieder gewarnt. Aber du hast ja nicht gemacht, was ich dir gesagt habe. Deswegen musst du jetzt sterben.«

Er kam wieder näher. In wenigen Sekunden würde er seine schwitzigen Hände erneut um meinen Hals legen.

»Du hast recht, ich bin Deutsche«, hörte ich eine Stimme, die nicht zu mir zu gehören schien, sagen, »und deswegen kann ich es dir viel besser besorgen als diese Türkenschlampe. Stehst du auf Fesselspiele? Ich auch. Aber ein bisschen muss ich mich schon bewegen können. Komm, mach das hier ab!«

Es gelang mir, mit den Füßen den Stuhl herumzuschieben und ihm meine gefesselten Arme entgegenzustrecken.

Er blieb irritiert stehen.

»Wenn du die Fesseln locker machst, verwöhne ich dich«, wiederholte ich und fühlte, wie es in meinem Magen gärte.

In seinem hochroten Kopf arbeitete es. Er schien zu überlegen. Dann trat er einen weiteren Schritt auf mich zu. Uns trennten nur noch zwei Armlängen.

»Los, lass uns endlich Spaß miteinander haben«, fuhr

ich fort und schluckte den stärker werdenden Würgereiz herunter.

Er zögerte noch immer.

»Na, komm schon«, lockte ich wieder.

Noch immer glotzte er mich ausdruckslos an.

Verdammt, und ich war so sicher gewesen, dass mein Plan aufgehen würde.

»Worauf wartest du denn? Los, lass es uns tun, ich bin schon ganz scharf«, startete ich einen letzten verzweifelten Versuch.

Tatsächlich versetzten meine Worte ihn diesmal in Bewegung. Er machte den letzten Schritt in meine Richtung, legte seine Finger ein weiteres Mal um meinen Hals und drückte langsam zu.

Ich war wohl doch kein so überzeugender Werbetexter.

Hustend schnappte ich nach Luft. Alles um mich herum wurde dunkel, nur irgendwo in der Ferne schien ein helles Licht.

Es bellte.

Mein lieber, treuer Freund Bob.

Nun waren wir also wieder vereint.

37

Dort, wo früher meine Augen gewesen waren, glühten zwei hellrote Lichter. Ich hatte mir immer vorgestellt, dass man im Himmel von allen Schmerzen befreit war, doch anscheinend war ich in der Hölle gelandet. Mein Hals brannte, als ob ich mit Salzsäure gegurgelt hätte.

Ich versuchte, mich aufzusetzen, doch schon nach wenigen Millimetern gab ich kraftlos auf. In einem zweiten Anlauf gelang es mir zumindest, den Kopf ein wenig zu drehen, und ich schaffte es, meine Lider auseinanderzudrücken.

Durch den nebligen Schleier, der mich umhüllte, sah ich einen weiß gekleideten Engel.

Willkommen im Jenseits!

Doch warum auch immer, ich war wenigstens nicht in der Hölle gelandet.

»Ich glaube, sie wacht auf«, wisperte eine leise Stimme.

»Janin, kannst du uns hören?«

»Bin ich ...?«, brachte ich mühsam hervor.

»Du bist hier bei uns. Alles ist gut«, drang eine Stimme durch den Nebel..

»Ich geh dann mal. Wenn Sie mich brauchen, drücken Sie einfach auf den roten Knopf«, sagte der Engel.

Ein Summen ertönte und ich spürte, wie sich mein Oberkörper aufrichtete. Ich hob die rechte Hand, doch sie schien noch immer festgebunden zu sein. Aber es gelang mir, die Linke zu meinem Gesicht zu führen. Ich rieb mir die Augen, um endlich durch den Schleier hindurch sehen zu können.

Ich lag in einem Krankenhausbett. Um mich herum standen meine Mutter, mein Vater und - Lars.

»Wo ist Bob?«, fragte ich und ein jäher Impuls, aufzuspringen, überfiel mich.

»Nicht, Liebes.«

Die Hand meiner Mutter auf meiner Brust drückte mich zurück aufs Kissen. Sie streichelte mir sanft über die

Stirn.

»Bob geht es gut«, hörte ich Lars' Stimme.

Ich drehte den Kopf in seine Richtung.

»Warum ist er dann nicht hier?«, fragte ich störrisch.

Er log doch, nur um mich zu beruhigen! Wie ein Tsunami überfielen mich die Erinnerung und der ganze Horror, den ich erlebt hatte. Der widerliche Doktor hatte Bob getötet und in die Mülltonne geworfen. Mein Herz klopfte so heftig, dass es mir den Atem nahm. Tränen schossen in meine Augen.

»Du bist im Krankenhaus, mein Schatz«, erklärte meine Mutter sanft. »Und Bob darf hier nicht rein.«

Lars nickte zustimmend. Er ergriff meine Hand.

»Du kannst ganz beruhigt sein. Es geht ihm gut. Er wartet in meinem Büro.«

Durch den Tränenschleier sah ich, dass alle drei lächelten.

Bob lebte? War das wirklich möglich?

»Was ist ...? Wie hat er ...?«, schluchzte ich.

»Später, mein Schatz. Du darfst dich jetzt nicht aufregen«, sagte meine Mutter.

Mein Vater trat an mein Bett.

»Janin, Schätzchen, wie fühlst du dich?«

Prüfend sah ich an mir herab. Außer dem Schlauch, der aus meinem rechten Handgelenk kam, schien alles in Ordnung zu sein. Und die schrecklichste aller Sorgen war von meinen Schultern genommen. Bob lebte!

»Alles ok, nur grässliche Halsschmerzen«, lächelte ich.

»Du kannst dich bei Lars bedanken, dass das so ist«, sagte mein Vater.

»Harald, du sollst sie nicht an diese schlimme Sache erinnern.«

Meine Mutter rammte ihm den Ellbogen in die Seite.

»Ich bin ja so froh, dass nicht mehr passiert ist«, murmelte mein Vater ergriffen und legte seine Hand auf die Bettdecke.

»Ja, lasst uns nach Hause gehen und feiern«, stimmte

ich ihm zu und knibbelte an dem Pflaster, das die Injektion mit dem Plastikschlauch an meiner Hand befestigte.

»Da müssen wir aber erst den Arzt fragen!«, bremste mich meine Mutter.

Doch ich hatte mir bereits die Kanüle aus der Haut gezogen.

»Ach Quatsch, wir sagen einfach der Schwester beim Rausgehen Bescheid«, bestimmte ich und schwang die Decke zurück.

Lars schielte interessiert auf meine nackten Beine. Dann schien ihm einzufallen, dass wir nicht alleine waren und er löste widerwillig den Blick.

Er räusperte sich.

»Ich geh dann mal besser.«

»Aber nein, Sie kommen mit uns«, protestierte meine Mutter.

»Das ist nett«, lehnte der höflich ab, »aber das ist Familiensache.«

»Na dann, noch mal danke, dass sie gestern am Flughafen waren. Ich hoffe, wir sehen Sie bald wieder«, sagte meine Mutter zu ihm.

Sie lächelte ihn an wie ein verliebtes Schulmädchen.

»Das würde mich auch freuen«, antwortete Lars charmant.

Er griff nach meiner Hand und schüttelte sie ungelenk: »Bis bald, Sherlock. Falls du Lust hast, melde dich.«

Dabei sah er mir so tief in die Augen, dass mir wieder ganz schwindelig wurde. Dann gab er meinen Eltern die Hand und wünschte jedem einen guten Tag.

Zu meinem Vater sagte er: »Ich rufe in meinem Büro an, damit sie Bob vorbeibringen. Kommen Sie mit runter, um ihn zu übernehmen?«

»Natürlich«, antwortete der und die beiden verließen das Krankenzimmer.

»Wie hat der dich genannt: Schärlogg?«, fragte meine Mutter, während sie mir half, mich anzuziehen. »Was bedeutet das denn?«

»Keine Ahnung, habe ich nicht gehört«, sagte ich schnell.

Diese letzte Notlüge musste noch erlaubt sein. Ich musste erst herausfinden, was meine Eltern von dem Überfall wussten und wollte sie auf keinen Fall beunruhigen.

»Was für ein Glück, dass dieser Lars ausgerechnet in dem Moment vorbeigekommen ist, als der Einbrecher bei dir war! Da kannst du aber auf keinen Fall wohnen bleiben. Jetzt kommst du erst mal mit zu uns«, bestimmte meine Mutter. »Wie lange kennt ihr euch denn schon?«, fragte sie dann neugierig. »Warum hast du ihn uns denn noch nicht vorgestellt?«

»Ach, er ist nur ein Bekannter«, winkte ich ab.

Doch die Schmetterlinge, die in meinem Magen ihre Runden drehten, waren anderer Ansicht.

38

Wir saßen zu dritt in Lars' SUV, der auf einem Hügel bei Hinterkleinhofen geparkt war.

Der Himmel leuchtete in den buntesten Farben. Von unserem Standort aus hatte man einen überwältigenden Rundumblick über alle Feuerwerke der Region, ohne dass man das laute Knallen und Krachen hörte.

»Wunderschön«, sagte ich und kuschelte mich noch näher an Lars, »und genau das Richtige für Bob.«

Der schlief entspannt auf dem Rücksitz.

Lars sah mich zärtlich an und sofort schlug mein Herz bis zum Hals. Noch immer zog mich sein Blick wie magisch in den Bann. Ich schloss die Augen und fuhr verträumt mit der Hand durch sein Haar. Er beugte sich zu mir herunter und ich spürte seinen Atem und die Wärme seiner weichen Lippen, die jetzt ganz dicht vor meinen waren. Sie öffneten sich und berührten sanft meinen Mund.

Auch wenn wir uns nun schon vier Monate kannten, war es noch immer so aufregend wie beim ersten Mal, wenn wir uns küssten.

Als sich unsere Lippen wieder voneinander gelöst hatten, nahm er meine Hand in seine und sagte:

»Glückliches neues Jahr, Sherlock.«

»Ich wünsche dir auch alles Gute im neuen Jahr, Dr. Watson. Und, dass dir ohne Metrocity nicht langweilig wird.«

»Mit euch beiden bestimmt nicht«, gab er zurück.

Wir drehten uns beide nach hinten und stießen dabei mit den Köpfen zusammen.

»Au!«, riefen wir gleichzeitig.

Bob wachte auf und blinzelte uns verschlafen an. Lars fasste nach hinten und kraulte ihn liebevoll hinter dem Ohr.

»Bob und ich kennen uns heute übrigens genau ein Jahr«, erklärte ich.

»Erzähl!«, bat Lars und öffnete die Autotür, um die zwei Gläser Champagner hereinzuholen, die dort schneegekühlt auf uns warteten.

»Letztes Sylvester habe ich mit Freunden in der Altstadt gefeiert und inmitten der Feuerwerke rannte ein Hund panisch hin und her. Auf dem Parkplatz der Bauordnungsbehörde habe ich ihn dann eingefangen. Ich habe am nächsten Morgen das Tierheim angerufen, auf Twitter und Facebook gepostet und Schilder aufgehängt, aber vermisst hat ihn bis heute niemand.«

Ich bekam noch immer einen Kloß im Hals, wenn ich daran dachte, wie Bob am ganzen Leib gezittert hatte.

Wir prosteten uns zu.

Lars wand sich nach hinten.

»Glückliches neues Jahr, Bob - und pass immer schön auf dein Frauchen auf.«

»Glückliches neues Jahr, Bob«, schloss ich mich an.

Wir drehten uns wieder nach vorne.

»Jetzt verstehe ich«, grinste Lars, als er mir half, mein Glas im Getränkehalter zu fixieren. »Deswegen heißt er Bob: wegen der 'Bau-Ordnungs-Behörde'.«

»Erraten«, sagte ich und drückte ihm einen Kuss auf die Lippen.

Wie immer, wenn der Mann, den ich noch vor ein paar Monaten nicht ausstehen konnte, meine Gedanken las, überfiel mich ein Glücksgefühl, das nicht mal ein Fußballfeld voller Schokoladenkekse toppen konnte.

Lars sagte nachdenklich: »Erst hast du Bob das Leben gerettet und dann er dir.«

»Nein, falsch«, sagte ich, »ihr beide habt mir das Leben gerettet. Wenn du nicht gekommen wärst ...«

Ich fühlte Tränen aufsteigen.

Lars küsste sie sanft aus meinen Augenwinkeln.

Der verhängnisvolle Tag war mit all seinen grauenhaften Details noch immer in meine Erinnerung eingebrannt:

Am Morgen hatte ich Lars verdächtigt, mir am

Vorabend K.O.-Tropfen gegeben und mich dann ausgenutzt zu haben, während ich in Wirklichkeit nach meinen vier Gläsern Wein auf der Eckbank eingeschlafen war. Lars hatte mir ein Zimmer in der Pension gemietet, mich ins Bett gebracht und war selbst nach Hause gefahren. Den Zettel, den er auf dem Nachttisch hinterlassen hatte, dass er zum Frühstück wieder kommen und mich abholen würde, hatte ich wohl übersehen, als ich vor lauter Panik aus dem Zimmer gestürzt war.

Als ich beim Frühstück nicht da gewesen und den ganzen Tag über nicht an mein Handy gegangen war, war er immer wieder zu meiner Wohnung gefahren. Bei seinem letzten Besuch hatte er mein in zweiter Reihe abgestelltes Auto gesehen. Daraufhin war er ausgestiegen und hatte klägliches Jaulen aus dem Müllcontainer vernommen. Zum Glück hatte der mutige Bob so heftig um sich gebissen, dass ihn der besoffene Doktor nicht zu Tode gewürgt hatte.

Lars hatte daraufhin sofort die Polizei alarmiert, die schon wenige Minuten später meine Wohnung gestürmt hatte - gerade noch rechtzeitig, um mich aus den Fängen des Wahnsinnigen zu befreien.

Lars war inzwischen frei von jeglichem Verdacht und sein guter Ruf wiederhergestellt.

Dr. Hermann Eckert hatte zugegeben, in jener Nacht kurz vor Lars bei Yara gewesen zu sein. Sie hatte sich geweigert, ihn in ihre Wohnung zu lassen, und er hatte sie gewürgt und dann die Treppe heruntergestoßen. Am Abend, bevor er betrunken zu mir gekommen war, hatte er auch seine Frau getötet. Nun saß er für immer hinter Gittern.

Allerdings war er nicht derjenige, der mein Notebook geklaut und mir mein Handy abgenommen hatte. Das war tatsächlich Tim gewesen, der auf der Suche nach Fotos von seinem Stalking Opfer selbst vor einem Einbruch nicht zurückgeschreckt hatte. Er war der zweite Mann gewesen, der mir und dem Doktor auf meinem Heimweg von Yaras Friseursalon gefolgt war. Er hatte den Einbruch zugegeben und sich in aller Form bei mir entschuldigt. Ich hatte ihn nicht angezeigt, denn dass ich mit ihm in der Tür zusammengeprallt war, war ja im Grunde ein dummer Zufall und nicht seine Schuld gewesen.

In Yaras Wohnung wohnte nun eine junge Frau, in die sich Tim noch beim Einzug verliebt hatte. Das Schöne war, dass sie seine Liebe erwiderte.

Garry war inzwischen ein guter Freund von uns.

Von Patrick hatte ich nie wieder gehört.

»Wenn das Schreckliche nicht gewesen wäre, hätten wir uns nie kennengelernt«, brach Lars unser Schweigen.

»Dabei konnte ich dich zuerst überhaupt nicht leiden«, kicherte ich.

Er grinste verlegen.

»Ja, ich weiß, ich war ein reiches Ekelpaket.«

Ich kuschelte mich noch näher an ihn.

»Bist du nicht traurig, dass du Metrocity verkauft hast?«

»Im Gegenteil. Ich habe es geliebt, den Laden aufzubauen, aber ich bin nicht der Richtige, um so ein Millionenimperium zu führen. Lieber helfe ich in Zukunft anderen dabei, ihren Traum zu verwirklichen. Ich habe da schon einiges im Auge.«

Ich hob eine Braue: »Hauptsache, das, was du im Auge hast, ist nicht deine Anwältin.«

Lars stöhnte.

»Es war ein reines Geschäftsessen bei Valontano's, wie oft soll ich dir das noch erklären? Ich habe Kristin nicht mehr gesehen, seit die Polizei den Mordverdacht gegen mich fallen gelassen hat.«

»Ich weiß«, sagte ich und drückte ihm einen Versöhnungskuss auf die Wange. Dann wurde ich nachdenklich: »Aber gegen Yara bin ich doch Aschenputtel. Ich verstehe immer noch nicht, was du an mir findest. Ich bin doch gar nicht deine Kragenweite.«

»Da liegst du völlig falsch, mein Schatz. Du bist genau, was ich gesucht habe. Ich habe mich schon in dich verliebt, als wir verabredet haben, dass wir zusammen einbrechen. Aber da warst du ja noch in diesen Nazi verknallt. Ich verstehe immer noch nicht, was du an dem gefunden hast.«

»Wir machen eben alle Fehler«, gab ich zu und wurde rot.

»Lass uns versuchen, ab jetzt nicht mehr an die Vergangenheit zu denken.«

»Ja«, seufzte ich, während ich mich wieder auf die bunten Lichter in der Ferne konzentrierte, »lass uns ab jetzt nach vorne schauen.«

Lars zog mich zärtlich an sich und wir küssten uns, bis uns die Luft wegblieb.

Dann beugte er sich zu mir und sagte bestimmt: »Ich liebe dich. Genauso wie du bist.«

»Ich liebe dich auch«, murmelte ich.

Bob, der uns mit schiefgelegtem Blick beobachtete, seufzte. Dann ließ er zufrieden den Kopf zwischen die Vorderpfoten sinken.

Die Autorin

Claudia Evelyn Schulze lebt und arbeitet dort, wo fast immer die Sonne scheint. Sie ist Nürnbergerin und Kalifornien-Auswanderin, Hunde- und Katzenmutter und verbringt zu viel Zeit im Internet.

Die besten Ideen zum Schreiben bekommt sie, wenn sie mit ihrer mexikanischen Mischlingshündin Murphy Gassi geht.

Sie arbeitet gerade an ihrem nächsten Roman.

Bisher erschienen

Verliebt in Kalifornien – Ein humorvoller
Auswanderungs- und Liebesroman
ISBN-13: 978-1537019147

Printed in Poland
by Amazon Fulfillment
Poland Sp. z o.o., Wrocław